ars vivendi
Krimi

TESSA KORBER

DAS LEBEN IST MÖRDERISCH

Kriminalerzählungen

ars vivendi

Originalausgabe

1. Auflage März 2010

www.arsvivendi.com

Lektorat: Dr. Hanna Stegbauer
Umschlaggestaltung: Anna Ponton unter Verwendung
einer Fotografie von Paul Schwarzl / fotolia
Druck: Fuldaer Verlagsanstalt, Fulda
Printed in Germany

ISBN 978-3-89716-994-4

Inhalt

Haben Sie Feuer?	7
Der lange Abschied	26
Göttinnen	48
Feines Fresschen	73
Schönes Wetter heute	88
Das tote Kind	106
Im Kreise meiner Lieben	123
Lasst Blumen sprechen	139
Kalte Betten	155
All about Eve	166

Haben Sie Feuer?

Es ist ja nicht so, dass ich je behauptet hätte, schön zu sein. Ich bin die Erste, die zugibt, dass ich das nicht bin, wirklich nicht. Ich weiß es. Meine Mutter sagte zu mir, als ich vierzehn war: »Mädchen, schön bist du nicht, aber du kannst was aus dir machen.« Meine Mutter selbst war sehr schön, ich habe ein Foto von ihr in meiner Brieftasche, möchten Sie es sehen? Hier, das ist sie mit Anfang zwanzig, als sie meinen Vater kennenlernte. Toll, was? Ich habe mir ihre Worte zu Herzen genommen und mich bemüht, etwas aus mir zu machen. Mein Leben lang habe ich mich angestrengt. Heute denke ich manchmal, sie hat vielleicht einfach nur gemeint, ich sollte mich schminken und mal öfter zum Friseur gehen. Wirklich, der Gedanke verfolgt mich, dass es so einfach hätte sein können. Was meinen Sie?

Andererseits, Friseur war für mich immer vergebliche Liebesmüh, bei diesen Schnittlauchlocken. Und dann kam man da so aufgetakelt raus, die Haare aufgeplustert und wie geleckt. Ich bin dann im Gehen so lange mit den Fingern durchgefahren, bis sie wieder glatt anlagen. So unauffällig war es mir einfach lieber. Ich mit einer Divenfrisur, das wäre ja lächerlich. Zu viel, wenn Sie verstehen, was ich meine. Jeder, der mich sah, dachte ich, musste doch bemerken, wie verkleidet ich war, wie überfordert von dem Gewicht all dieser Zierde. Und er hätte gelacht. Aber ich schweife ab, entschuldigen Sie.

Nein, ich bin bestimmt kein traumatisiertes Kind, ich will mich nicht herausreden. Meine Kindheit war durchaus glücklich. Und ich bin hart im Nehmen, das habe ich von meinen Eltern gelernt, die waren auch hart im Nehmen. Man lässt sich nicht gehen. Ich bin noch die Jammerigste von uns, zugegeben, krieg' mein Leben nicht so gut auf die Reihe wie sie. Die beiden haben sich was aufgebaut, haben sich durchgebissen. Ich bin nicht so. Mama hat sich ja immer Sorgen gemacht, ob ich das hinkriege mit den Kindern. Sie selbst hatte ja nur mich. Drei fand sie für mich einfach zu viel. Und Papa, der hat ja immer gewusst, dass ich so gar nicht lebenspraktisch bin. Gott, was hab' ich mich geschämt, als ich anfing, die Antidepressiva zu nehmen. Aber damit ging es dann wieder. Und inzwischen bin ich auch schon fast davon runter. Man muss das ausschleichen, wissen Sie. Ich hab' die Dosis schon beinahe halbiert. Ostern ist es dann so weit, dann bin ich clean. Ich bemühe mich wirklich.

Und ich bin hart im Nehmen, wie gesagt. Ich bin auch nicht empfindlich. Manchmal, wenn ich vor dem Spiegel stehe und mich ansehe, dieses Matronengesicht, das mir, ehrlich gesagt, immer noch fremd ist ... geht Ihnen das auch so? Na ja, vielleicht ist es mein Problem, dass ich nicht realisiere, wie lange das alles jetzt schon her ist, das Wohnheim, das Studium, die Zeit in der IT-Abteilung, wo wir alle arbeiteten wie die Verrückten und uns von Kaffee ernährten. Ist aber doch alles schon zehn Jahre vorbei, meine Güte, fast fünfzehn. Ist es zu glauben? Mein Körper weiß das, er ist rund geworden und schwer, die Haut schlaff. Mein Kopf arbeitet noch an diesen Tatsachen. Vermutlich bin ich einfach langsamer von Begriff als andere. Im Grunde sehe ich mich immer noch als das glatthaarige, fleißige Mädchen von damals, das lernt und lernt und nichts anderes im Sinn hat, als ein kluges Kind zu sein. Ich mag ja unauffällig gewesen sein und eine graue Maus, aber ich hatte was im Kopf. Und ich war schlank, zumindest das. Schmale Taille, schlanke Beine. Das hat zumindest hie und da einen Mann auf mich aufmerksam gemacht. Nicht allzu viele, zugegeben. Aber es kam doch immer wieder mal einer auf die Idee, so auf den zweiten Blick. Ich war schon immer ein Typ für den zweiten Blick. Auf Partys und in größeren Gruppen falle ich nicht so auf. Aber ich bin eine gute Zuhörerin, zum Beispiel.

Aber was wollte ich sagen? Ach ja, ich bin nicht zimperlich, genau, wirklich nicht. Und wenn ich so vor dem Spiegel stehe und mich ansehe, die Brüste, die inzwischen wirklich hängen, vor allem die linke, das kommt vom Stillen, wissen Sie, dann denke ich manchmal selber: »Titten«. Wirklich, das Wort geht mir durch den Kopf, zumindest still. Titten.

Ich erzähle Ihnen das, damit Sie sehen, ich bin mit diesem Vokabular vertraut, ich ziere mich nicht. Normalerweise würde ich Sie nicht mit solchen Details belästigen, aber ich will nicht, dass Sie einen falschen Eindruck bekommen. Ich stehe wirklich im Leben, will ich damit sagen. Es ist auch so, dass mein Mann, der Vater der Kinder, wissen Sie, also, der hatte so gewisse Vorlieben. Nicht immer, aber im Lauf der Zeit lernt man sich ja besser kennen. Und die Libido lässt ja auch nach im Laufe der Jahre, der Berufsstress, die Kinder, die schlaflosen Nächte. Man kann nicht ewig Honigmond feiern, nicht wahr? Ich bin da ganz realistisch und habe nie überzogene Erwartungen gehabt. So was hat ihn auch furchtbar genervt. Kerzen, Schaumbäder, Blumen, Massagen, wissen Sie, all diese Klischees, dagegen war er allergisch. Er sagte immer, ich müsse auch so wissen, dass er mich liebe, ohne diesen Beziehungskitsch. Er sei nicht bereit, seine Beziehung nach den Vorgaben irgendwelcher billigen Ratgeber zu führen. Und ich gebe zu, ein bisschen war ich auch stolz darauf, dass er so ein unabhängiger Geist war. Na ja, als ich damals das Wochenende in der verschneiten Romantik-Pension organisiert hatte, mit Sekt auf dem Zimmer und so weiter, da war ich schon ein wenig enttäuscht, dass er keine Lust hatte hinzufahren. Wozu die lange Anreise, hat er gemeint, ein Bett hätten wir schließlich auch zu Hause, da war ich schon ein wenig enttäuscht. Aber irgendwie hatte er natürlich recht, und der Schnee hätte die Fahrt ja auch nicht einfach gemacht. Die ganze Zeit habe ich mir dann überlegt, wie ich den Wirtsleuten unser Ausbleiben erklären soll, sie hatten ja zugesagt, aufzubleiben, um uns hereinzulassen, und ob ich wohl einen Teil des Geldes zurückbekommen würde. Dadurch habe ich mir dann das ganze Vorspiel verdorben. Selber Schuld natürlich.

Später dann habe ich solche Versuche gar nicht mehr gestartet. Um ehrlich zu sein, ist ohnehin nicht mehr viel zwischen uns gelaufen. Ich habe mir dann angewöhnt, darauf zu warten, dass er die Initiative ergreift, das war weniger problematisch, man konnte nichts falsch machen. Und dass es nicht mehr oft war, ich meine, das liest man überall, nicht wahr, dass die Leute viel weniger Sex haben, als man denkt, überall. Jedenfalls, so war es einfacher. Und um, also, um in Schwung zu kommen, hat er gerne so ein bisschen Dirty talk gemacht. Sie kennen das, ja? In manchen Büchern wird das ja auch empfohlen. Es ist eine Möglichkeit, nicht wahr? Erlaubt ist, was gefällt und Schwung in die Beziehung bringt. Ich hab' mir das dann auch angewöhnt. Ficken und Schwanz und so. Sie wissen schon. Entschuldigen Sie. Manchmal habe ich ja doch was vermisst, irgendwie. Er vermutlich auch, darum ist das wohl auch passiert mit der Sekretärin.

Das hat dann schon wehgetan, als ich das erfahren habe. Vor allem, weil es ja im Grunde doch ziemlich lange ging. Das mit der Weihnachtsfeier habe ich ja noch verstanden. Ist ja ein bisschen wie der rheinische Karneval, nicht wahr? Mein Gott, einmal ist vermutlich keinmal. Das meinte mein Mann auch. Aber als ich dann die Briefe fand ... ach, was soll's. Ich hab mich dann im Bett einfach noch mehr angestrengt. Und Dirty talk, das bietet sie ihm bestimmt nicht, meinen Sie nicht auch?

Also, es tut mir leid, Sie mit solchen Details zu belästigen, ich möchte nur, dass Sie verstehen, dass ich wirklich kein falsches Bild von den Männern habe. Und ich bin mit den Realitäten des Lebens vertraut. Mein Gott, ich habe drei Kinder auf die Welt gebracht. Wissen Sie, wie mein Geschlecht danach aussah? Ich habe mich auf einen Spiegel gehockt, um es mir anzusehen, weil ich den Schmerz nicht begriffen habe. Ein Bergwerk, sage ich Ihnen. Genau das war der Begriff, der mir durch den Kopf ging. Ein Bergwerk. Vermutlich ist das auch nicht mehr besser geworden. Ich habe mir diesen Teil meines Körpers danach nie wieder angesehen. Niemand hat das mehr getan, mein Mann war eh nie so der Petting-Typ. Was ich irgendwie ja auch verstehen kann. Der Körper wird eben benutzt, im Laufe des Lebens, er kriegt seine Schrunden ab und sein Fett, seine Falten, Pickel, Altersflecken und so weiter. Er ist kein Tempel. So ein Typ bin ich nicht. Ich habe mich nicht geschont und es auch von anderen nie erwartet. Wo war ich stehen geblieben?

Vor dem Spiegel, richtig, tut mir leid, das ist so ein Tick von mir. Ich stehe oft vor dem Spiegel, obwohl es meist nicht sonderlich erfreulich ist. Neulich im Kaufhaus in der Umkleidekabine bin ich in Tränen ausgebrochen, als ich mich sah. Ich sollte mich endlich mal damit abfinden, dass ich einen anderen, angepassten Kleiderstil brauche. Ich bin eben keine zwanzig mehr. Bald bin ich sechzig, na ja, in fünfzehn Jahren. Aber das ist ja nicht mehr lange. Soll ich Ihnen was verraten? Manchmal wünsche ich mir, es wäre schon so weit. Dann müsste ich mich wenigstens nicht mehr dafür schämen, dass ich mich im Grunde schon so fühle. Dann müsste ich mich nicht mehr bemühen, schlank und attraktiv zu sein und voller Energie und und und. Sie merken schon, ich bin ein bisschen jammerig; das ist es, was meine Eltern meinen. Sie selbst haben ihr Leben mit viel mehr Schwung angepackt. Meine Mutter würde sich nie so gehen lassen, weiß ich schon. Mein Mann findet das auch. Wenn ich mir zu dick bin, soll ich halt Sport machen, meint er. Er selbst stemmt Gewichte und hat so eine Ruderbank. Seine Figur ist toll, kein Gramm Fett, obwohl ich zugeben muss, dass mir diese schwellenden Muskeln eigentlich nicht so zusagen. Ich stehe doch mehr auf den schlanken, drahtigen Typ, eher Tänzer als Athlet, verstehen Sie. Aber wenigstens tut er was für sich. Ich habe das auch versucht, mit Gymnastik vor dem Fernseher, wenn die Kinder im Bett waren. Jazztanz hätte mir gefallen, aber in meinem Alter ist das schon ein wenig albern, oder? Mein Mann meinte auch, das Gehüpfe bringe gar nichts. Und ich hätte mich ungern in Leggins im Studiospiegel gesehen. Das hätte mich nur noch mehr deprimiert. Außerdem war ich um acht Uhr immer schon so müde. Und ein Kurs früher am Tag kam nicht in Frage, dafür kommt mein Mann zu spät von der Arbeit. Mir fehlt eben manchmal der Biss, das gebe ich zu.

Übrigens, das mit den Psychopharmaka bleibt unter uns, geht das? Ich habe es meinen Eltern nie gesagt. Als bei meinem Vater nach seiner Krebs-OP eine Depression diagnostiziert wurde, habe ich kurz erwogen, es ihnen zu beichten. Ich dachte mir, dann hätten sie es nicht als Vorwurf auffassen können, so, als hätten sie bei meiner Erziehung etwas falsch gemacht, denn das haben sie nicht. Es wäre eben einfach genetisch gewesen, eine gemeinsame Erfahrung. Aber ich habe es dann doch gelassen, war besser so, wenn Sie verstehen, was ich meine. Mein Mann weiß es natürlich, er findet es auch ganz gut, dass ich die Tabletten nehme. Dann hänge ich nicht immer so rum, sagt er. Es hat ihn schon ziemlich genervt, meine Negativität, sagt er. Und dass ich mich so gar nicht trösten ließ. Nie hätte ich gemacht, was er sagt. Gewichte stemme ich ja auch nicht.

Er ist ein echter Mann, hasst es, wenn er nichts tun, nicht helfen kann. Situationen, die sich nicht produktiv lösen lassen, machen ihn verrückt, sagt er. Ich verstehe das. Er war auch bei der Geburt unseres Dritten nicht mehr dabei. Hat ganz bewusst einen Skiurlaub gebucht. Was hätte er auch dabei gesollt? Ich musste ja zugeben, so versunken in den Schmerz, wie man immer ist, nimmt man von seiner Umgebung gar nicht mehr viel wahr. Ob er da noch irgendwo stand oder nicht, das hätte vermutlich wirklich keinen Unterschied gemacht. Inzwischen wusste ich ja selber, wie man es machte, dass sie einem keine Betäubung legen, die man nicht will, und keinen voreiligen Dammschnitt machen und solche Dinge. Hat er auch gesagt. Und er konnte seinen Urlaubsantrag eh nicht dauernd hinausschieben, bis ich endlich mal niederkam. So hatten wenigstens alle was davon.

Meine Mutter ist dann für ein paar Tage eingezogen und hat gekocht. Sie war nicht so gut drauf wie sonst, was ich verstehen kann. Sie ist das nicht gewohnt mit den vielen Kids, wie man die bei Laune hält und jedem etwas anbietet. Basteln und Spielen und Vorlesen war eh nie ihr Ding, dieser ganze Kinderweltkram. Ich war ja ein Einzelkind und außerdem ziemlich still, hab' immer viel gelesen. Im Urlaub haben sie mich zu den Großeltern gegeben, und ich habe es schnell gelernt, mich unter Erwachsenen zu bewegen. Der Trubel in meinem Haushalt ist einfach nichts für sie. Und ich spüre, wie bedenklich sie es findet, dass ich mich so gehen lasse. Für meine Mutter war es immer sehr wichtig, eine Frau zu sein. Ich hab ja immer schon gewusst, dass ich damit ein Problem haben würde. Zu wenig Temperament, zu wenig Charme. Und mein Gesicht ist ja doch eher durchschnittlich. Sie hat versucht, mich aus dem Wochenbett zu treiben und mich angehalten, mich ordentlich zu kleiden und zu schminken. Sie hat mir ein paar ihrer alten Lippenstifte dagelassen. Ich habe noch nie Lippenstift benutzt, zu laut, zu bunt, zu viel für mich. Am Ende lacht noch jemand, habe ich immer gedacht. Aber sie hat natürlich im Prinzip recht. Man darf sich nicht gehen lassen, gerade als Frau. Damals zum Beispiel wog sie fast fünf Kilo weniger als ich. Und ich konnte ihre abgelegten Kleider nicht mehr tragen, wie all die Jahre. Sie hat sie dann der Putzfrau gegeben.

Sie wirkte enttäuscht, als sie ging, und auch erleichtert, dass es vorbei war. Am Ende ist sie auch einfach nicht mehr die Jüngste. Sie wird nicht ewig für mich da sein. Was ich ohne sie machen soll, weiß ich wirklich nicht. Ich habe ja nicht ihre Lebensenergie geerbt.

Mein Gott, ich weiß gar nicht, warum ich Ihnen das alles erzähle. Sie halten mich vermutlich für ziemlich Ich-bezogen und eitel. Meine Therapeutin findet das auch, fürchte ich. Schon zwei Jahre bin ich bei ihr, und immer noch dreht sich alles um dieselben Probleme. Ich frage mich manchmal, wie sie das aushält, dieses Klagen den ganzen Tag. Vor mir ist ja schon jemand dran gewesen, und nach mir kommt dann ohne

Pause der Nächste. Und dabei weiß ich im Grunde ja genau, was zu ändern wäre. Ich bin vermutlich ein hoffnungsloser Fall. Das tut mir leid. Manchmal versuche ich, ihr eine Freude zu machen. Wenn sie mich auffordert zu erzählen, wie es mir geht, dann strukturiere ich das wenigstens, bemühe mich um ein Thema, und wenn ich einen passenden Traum hatte, dann erzähle ich ihn ihr. Träume mag sie gern. Am Abend vor dem Therapietag lege ich mich immer hin und hoffe, dass ich irgendetwas Interessantes für sie träume.

Die Träume der anderen Nächte merke ich mir nicht, dazu ist zu viel los. Die Kids starten zwischen fünf und sechs in den Tag, ich weiß nicht, von wem sie das haben, ihr Vater ist Langschläfer, der steht erst auf, wenn der Kaffee auf dem Tisch steht, trinkt ihn im Stehen und nimmt dann die beiden Großen mit, um sie vor der Schule abzusetzen. Das habe ich durchgesetzt, in einem ganz konstruktiven Gespräch. Ich hatte mich gut darauf vorbereitet, und letztlich hat er es eingesehen. Der Kleine muss ja in diese besondere Tagesstätte, die nun mal am anderen Ende der Stadt liegt. Ich fahre um halb sieben los, um pünktlich da zu sein, ich kann es einfach nicht sehen, wie alle naselang ein anderer Zivi ihn in seinen Rollstuhl hebt. Was er hat? Fragen Sie nicht nach dem medizinischen Fachbegriff. Bei seiner Geburt war irgendwas mit der Sauerstoffversorgung, viele Dinge entwickeln sich bei ihm nur sehr langsam. Er ist immer noch nicht sauber, zum Beispiel. Aber man versteht immer besser, was er sagt. Ich zumindest verstehe es. Und er hat eine gute Entwicklungsprognose, wenn wir ihn entsprechend fördern und die Entwicklungsfenster nutzten, ehe sie sich schließen. Ich will da nichts versäumen, verstehen Sie. Von mir hängt es schließlich ab, ob er später mal ein sabbernder Heiminsasse wird oder ob er ein teilunabhängiges Leben in irgendeiner offenen Einrichtung führen wird. Das ist eine enorme Verantwortung. Aber ich bin da ganz entschlossen. Das bleibt bitte auch unter uns. Natürlich weiß die Krankenkasse davon, und das Jugendamt, wegen der Pflegestufe und der Hilfen. Aber mein Arbeitgeber sollte davon besser nichts erfahren. Sonst kann ich die Fortbildungsmaßnahmen sofort vergessen. Das ist nicht übertrieben, schauen Sie nicht so. Teilzeitkräfte werden nicht betriebsintern weitergebildet, das ist nun mal eine Tatsache. Und ich brauche das Einkommen, die Reittherapie zum Beispiel zahlt ja keine Kasse. Da wollte ich übrigens gerade hin, zur Reittherapie, ja, das heißt, erst in die Tagesstätte, das Kind abholen. Nein, nein, ich hatte den Jungen nicht dabei. Warum fragen Sie?

Immer mittwochs, meinen Sie? Sie wollen das mitschreiben? Wenn es wichtig ist, ja, mittwochs verzichte ich auf die Mittagspause, mache früher Schluss und hole dann meinen Sohn für eine Reittherapie ab. Sie sollten sein Gesicht sehen, wenn er auf dem Pferderücken liegt. Nein, Entschuldigung, natürlich tut das nichts zur Sache. Äußerer Ring 10 ist die Adresse, ja, das ist ein langer Weg, aber es lohnt sich, glauben Sie mir. Mein Mann, nein, es ist schon besser, ich mache das, glauben Sie mir. Er kann nicht so mit Behinderten, der Anblick deprimiert ihn. Das geht ihm auf die Potenz, hat er mal gesagt. Das ist, wie es ist, da kann man nichts machen. Und eine intakte Mann-Frau-Beziehung ist nun mal der Kern eines guten Familienlebens, wenn es von Dauer sein soll, nicht wahr? Das kann man auch in jedem Buch lesen. Manchmal blättere ich ja doch in einem, es ist oft gar nicht so unvernünftig, was da steht. Aber sagen Sie das nicht meinem Mann, bitte, ja?

Was er wohl dazu sagen wird? Ich weiß es nicht, ehrlich gesagt. Was sagen Sie dazu? Sie schauen so komisch. Dabei habe ich doch nur, ich meine ... Ich habe ja schon zu erklären versucht, dass ich wirklich nicht zimperlich bin. Und ich bin jemand, der nach konstruktiven Wegen sucht, ehrlich. Also gut, ich erzähle es Ihnen. Das habe ich nun wirklich noch niemandem gesagt, nicht meiner Mutter, nicht meinem Mann, und ich will nicht, dass das an die große Glocke gehängt wird. Wäre heute auch gar nicht günstig, wo er doch praktisch mein Abteilungsleiter ist. Ich nenne auch keine Namen. Damals war er einfach ein Kollege. Und er ist mal in der Tiefgarage ... ein wenig grob geworden, formulieren wir es so. Es war schon spät, wir hatten beide lang gearbeitet, und ich hatte mich mit ihm zugegebenermaßen angeregt unterhalten. Vielleicht gefiel er mir sogar, ich will das gar nicht bestreiten, und man kann ja gar nicht sagen, was da alles an Schwingungen ... das lässt sich ja oft gar nicht beherrschen. Danach gefiel er mir jedenfalls nicht mehr. Jedenfalls, ich habe ziemlich lange geduscht. Kennen Sie den Film mit der Lollobrigida, wo sie dem Cowboy, der sie belästigt, entgegenschleudert, ihr könne nichts zustoßen, was nicht mit einem schönen heißen Bad in Ordnung gebracht werden könnte? Die Frau hat mir immer imponiert. In dem Film hat er sie dann ja auch nicht belästigt, sondern nur gesagt: »Du kochst bestimmt 'nen tollen Kaffee.«

Na ja, man kann nicht alles haben. Ist halt doch nur ein Film. Jedenfalls, ich hab' mir dann einen Kaffee gemacht und nachgedacht. Oder es zumindest versucht. Die Kanne ging leider zu Bruch, ich war halt noch ein wenig durcheinander, und mein Mann fragte mich, wieso ich die Bluse linksrum angezogen hätte. Normalerweise fällt ihm so was nicht auf, und ich dachte schon, er hätte was gemerkt. Wäre ich jünger gewesen, hätte ich vielleicht geglaubt, er würde mich rächen oder so einen Unfug. Sie reden ja manchmal so daher. Und er hat wohl mal auf einem Jahrmarkt einem die Nase eingeschlagen, der seine Schwester belästigt hatte, in seiner Jugend. Mit der Zeit bekommt man dann mit, dass das so Geschichten sind. Nicht, dass ich sagen will, er hätte gelogen oder angegeben, bestimmt nicht. Aber das war halt damals, und heute ist heute, und mein Mann ist nicht der Typ, der die Konfrontation sucht. Da bin ich im Grunde ja auch froh drum, wer will schon so einen Neandertalerschläger im Haus? Er hat dann damals auch nur den Kopf geschüttelt und gemeint, das mit unserem Kleinen färbe wohl langsam auf mich ab.

Die blauen Flecken habe ich dann so erklärt, dass ich im Büro über ein paar provisorisch verlegte Kabel gefallen bin.

Meiner Mutter sind sie nämlich aufgefallen, weil ich halt keine Abdeckcreme verwende. Damals habe ich mir zum ersten Mal eine gekauft.

Der Kollege war dann eine Zeit lang ziemlich aggressiv mir gegenüber, hat meine Arbeit schlecht gemacht, Sie verstehen schon. Er hatte eben Angst. Anfangs habe ich mir überlegt, die Abteilung zu wechseln. Aber kneifen wollte ich doch nicht. Die Lösung war einfach, ihm seine Ängste zu nehmen. Ich habe dann das Gespräch gesucht. Und danach ging im Grunde alles ganz gut. Ich parke jetzt immer um die Ecke vom Bürogebäude, da sind ein paar gut besuchte Dönerbuden und immer Leute, egal wie spät man abends rauskommt. Laufe ich halt ein wenig weiter. Die Jungs finden es sogar ganz toll, wenn ich manchmal Döner als Abendessen mitbringe. Mein Mann lästert dann, aber das führt jetzt vermutlich zu weit. Was ich ausführen wollte, war wirklich nur, dass ich in der Regel ein Mensch bin, der konstruktive Wege aus Konflikten sucht.

Ich sehe, dass Sie zweifeln. Wie meinen Sie, ich würde laut? Aber habe ich nicht eben klar und deutlich... Entschuldigen Sie, entschuldigen Sie. Sie haben vermutlich recht. Das Ganze wird langsam wirklich ein wenig anstrengend, verstehen Sie. Es ist ja doch ein wenig persönlich, aber da bin ich vermutlich selber schuld. Ich werde versuchen, mich zusammenzureißen. Warum lachen Sie? Bitte, tun Sie das nicht. Das schockiert mich. Sie machen mir Angst. Was sagen Sie? Ich? Ihnen? Sie machen sich über mich lustig, bitte. Tun Sie das nicht. Ich sagte doch schon, es tut mir leid. Oder sagte ich das noch nicht? Ich kann es mir ja auch nicht erklären. Normalerweise, wie gesagt. Warum ich heute ein wenig überreagiert habe, kann ich mir auch nicht so recht erklären. Sicher, im Moment habe ich viel Ärger mit den Ämtern. Der Jüngste soll in die Schule, verstehen Sie? Da gäbe es schon Institute, aber nicht in unserem Sprengel, und die Kosten, die dabei ... aber ich merke schon, das führt jetzt zu weit, entschuldigen Sie. Das tut auch wirklich nichts zur Sache. Es ist halt eine Menge

Lauferei, die Gutachten, die Telefonate und dann das Warten. Und für eine Mutter hängt halt immer so viel davon ab, das Wohl ihres Kindes eben. Das klingt jetzt vermutlich kitschig. Tut mir leid.

Und dass mein Mann ausgezogen ist, ist vielleicht auch ein Faktor. Die Briefe halt, ich erwähnte es schon, oder? Wissen Sie, dass es gar nicht die Sekretärin war? Die Briefe waren von einer anderen. Mit der zieht er jetzt auch zusammen, tja. Sie ist schlanker als ich, immer toll angezogen und nicht so aufgefressen von ihrem Mutterdasein. Das ist schon bitter, auch wenn ich zugeben muss, dass ich da wohl Fehler gemacht habe. Ich hätte mich nicht so gehen lassen sollen. Sagt meine Mutter auch. Mein Vater sagt nichts dazu, muss er auch nicht, ich weiß schon, dass er wieder mal unzufrieden mit mir ist. Aber er weiß ja, wie ungeübt ich in lebenspraktischen Dingen bin. Wussten Sie, dass er immer noch unseren Garten macht? Mein Mann meinte, ihm liege dieses Gegärtnere nicht, ist nun mal so, und ich bin einfach nicht rumgekommen. Nie kam ich rum. Aber Schluss damit. Das hatten wir ja schon.

Wissen Sie, was mir nicht aus dem Kopf geht? Ob sie wohl diese Bondage-Sachen mit ihm macht, auf die er so stand. Ich konnte mich ja nie so recht an die Schläge gewöhnen. Ob sie da anders ist? So richtig geil in Lack? Schlimm, nicht wahr? Und ganz, also ganz im Grunde frage ich mich, ob er das wohl nur mit mir gemacht hat. Weil ich sonst einfach nicht mehr attraktiv genug war, so mit Mamas altem Lippenstift und ohne Charisma. Ob ich es war, die zugelassen hat, dass aus unserer Ehe diese Pornohölle wurde, dieses kotzige ... entschuldigen Sie, entschuldigen Sie. Ich werde Sie wirklich nicht mit meinen Problemen belasten, tut mir leid. Das muss alles sehr unangenehm für Sie sein. Tut mir leid. Ich ekle mich ja im Grunde vor mir selber. Um ehrlich zu sein, war es genau heute Morgen, dass ich vor dem Spiegel stand und beim Anblick meiner Brüste dachte: ... Keine Sorge, ich spreche es nicht aus. Ich mag ja verkorkst sein, aber so sehr nun auch wieder nicht.

Ob ich wohl einmal gehen könnte, mich frisch machen? Ich verstehe.

Aber Sie müssen sich keine Sorgen machen, wirklich nicht. Hier, das ist die Adresse meiner Therapeutin. Ich werde sie von ihrer Schweigepflicht entbinden, damit Sie die Gutachten einsehen können. Eine deprimierende Lektüre, fürchte ich. Es kotzt mich ja selber an, dieses Kreisen immer um mich selbst. Neulich kam mir sogar der Verdacht, dass es gar nicht um einen Mangel an Selbstwertgefühl geht, sondern im Grunde um eine narzisstische Störung. Kennen Sie sich damit aus? Also im Grunde um jemanden, der seine grenzenlose Ich-Bezogenheit auf jede erdenkliche Weise füttert, auch durch Jammern und vorgeschobene Schwäche und so, also, ich kann das nicht so gut formulieren, ich hab' da nur was gelesen und dachte mit einem Mal, das bin doch ganz typisch ich. Ich muss das mal mit meiner Therapeutin besprechen. Was wollte ich? Ach ja, Ihnen ihre Karte geben, hier bitte. Meine Daten haben Sie ja schon. Und ich war, wie gesagt, auf dem Weg zur Tagesstätte. Ja. Sicher konzentriere ich mich. Nein danke, ich brauche nichts zu trinken. Das ist nur die Müdigkeit, keine Sorge. Wenn man ein Kind hat, das keine Nacht durchschläft. Machen Sie sich keine Sorgen, das ist ganz normal. Nichts Psychisches. So kaputt bin ich nun auch wieder nicht. Der genaue Hergang? Nein, damit habe ich keine Schwierigkeiten. Warum sollte ich? Gedächtnislücken, ich bitte Sie, es ist doch nichts Traumatisierendes vorgefallen. Natürlich kann ich Ihnen den Tathergang schildern, Gott, wie das klingt, wenn Sie es aussprechen, Tathergang. Vielleicht nehme ich doch einen Tee, nein, keinen Kaffee, ich vertrage das Koffein nicht, das liegt an meinem Magengeschwür. Ist nicht das erste, das liegt in der Familie, meine Mutter hatte drei und hat nie viel Aufhebens davon gemacht. Nein, danke, Tee ist perfekt. Und vielleicht darf ich das Fenster schließen? Diese Sirenen sind doch ziemlich laut, nicht wahr? Was da heute nur wieder los ist? Ich hatte ja schon daran gedacht, mit den Kindern aufs Land zu ziehen, da wäre es ruhiger, und billiger auch. Aber dann sind die Wege zu den Schulen wieder so weit, und mit dem Jüngsten ... Der Hergang, ja, tut mir leid. Danke für den Tee.

Ich fuhr in die Tankstelle ein, ziemlich zügig, denn ich war spät dran, wie immer eigentlich, das ist so eine schlechte Angewohnheit. Ist kein gutes Vorbild für die Kinder, die dauernde Hektik, der ganze Stil, ich habe mir oft gedacht, ich müsste das besser hinkriegen, auch wegen der Gesundheit. Aber eine nachgeholte Mittagspause ist eben ziemlich wenig Zeit, und meistens hat schon der Berufsverkehr eingesetzt. Und zu Aldi wollte ich auch noch. Jedenfalls. Wo war ich? Ja, ich fuhr ein, an die freie Zapfsäule, und tankte. Dann ging ich hinein, um zu zahlen. Ich gebe zu, ich ging nicht direkt zur Kasse, sondern zögerte vor dem Zeitschriftenregal kurz. Aber dann ging ich doch zum Tresen. Da kam dieser Mann, der eindeutig nach mir getankt hatte. Und während ich noch Luft hole, um zu sagen, an welcher Zapfsäule ich war, schiebt er mich zur Seite, zückt seine Karte und sagt: »An der Drei.«

Wie? Was er anhatte? Tut mir leid, beim besten Willen ... Wieso ist das wichtig?

Andere Leute? Der Tankwart, wie gesagt. Bei den Zeitschriften war noch so ein junger Mann, der gerade die Regale auffüllte. Und ich glaube, da standen noch zwei Wagen, aber mehr an der Seite, wo die Waschstraße war. Kann sein, dass die Fahrer auch im Laden waren, ja, vielleicht waren da Stimmen. Wenn, dann können Sie die ja fragen, das sind Zeugen, die können bestätigen, was ich sage.

Warum lachen Sie? Nein, natürlich frage ich Sie das ehrlich. Habe ich etwas Dummes gesagt? Da, schon wieder eine Feuerwehr. Wenn Sie nichts dagegen habe, schließe ich jetzt das Fenster. Oh, entschuldigen Sie, nein, nein, ich bleibe sitzen, wenn Ihnen das lieber ist, Sie brauchen nicht so aufzuspringen. Was haben Sie denn? Um ehrlich zu sein, bin ich im Moment ziemlich müde. Riechen Sie das auch? Riecht nach Rauch.

Ja, natürlich fällt mir das auf. Warum fragen Sie? Sollte mir das nicht auffallen? Also, wie gesagt, es dürfte Zeugen geben. Dafür nämlich, dass dieser Mann, jetzt fällt es mir wieder ein, er trug eine Wildlederjacke, so eine mit Naturfellfutter. Und eine Baseballkappe. Der Tankwart an der Kasse war im Blaumann. Und der Junge, nein, da muss ich passen. Ein Karohemd vielleicht. Aber ich bin nicht sicher, tut mir leid, ich war sehr abgelenkt. Vielleicht verstehen Sie das. Der Mann drängte mich nämlich sehr grob ab. Ich stolperte sogar ein wenig. Nicht sehr, na gut, ich will wirklich nicht übertreiben. Aber vielleicht kennen Sie das, wenn Sie so das Gleichgewicht verlieren und sich einfach dumm vorkommen, nein? Ich habe ihm gesagt, höflich, dass ich vor ihm dran war. »Entschuldigen Sie«, sagte ich, »aber ich war eher da. Ich war eben im Begriff zu zahlen. Vielleicht haben Sie es ja nicht bemerkt.« Die Möglichkeit bestand ja immerhin. Wie gesagt, ich hatte noch überlegt, wegen der Nummer der Zapfsäule. Das passiert mir ständig; ich bin so in Eile, dass ich nicht auf die Nummer achte. Meistens wissen Sie es an der Kasse aber eh. Und es waren ja auch nur zwei Autos da, mein Hyundai und der Jeep dieses Mannes. Ja, es war ein Jeep, jetzt erinnere ich mich, so ein Riesending, mit dem man durch die Wildnis hätte fahren können, sehr hoch und mit viel Stoßstange vorne und hinten. Jedenfalls, wissen Sie, was dieser Mann gesagt hat? »Halt's Maul, du Fotze.«

Ich kriege immer noch eine Gänsehaut, wenn ich daran denke, ich meine, es gibt eine Grenze, und Fotze ist einfach ein Wort, das benutzt man nicht, oder? Mein Mann hat ja manchmal, aber niemals das, das nie. So etwas sagt man einfach nicht. Ich war wie erstarrt, als ich es hörte, nein, ich zitterte, ich zitterte am ganzen Leib. Mit einem Mal zitterte ich. So, als hätte ich eben einen Unfall gehabt, kennen Sie das? Man steigt aus, begreift noch gar nicht ganz, was geschehen ist. Und die Knie sind weich und die Hände halten nicht still. In jenem Moment zitterte ich plötzlich genau so. Nicht wegen des Schlafmangels und nicht wegen der Hektik oder irgendwelcher Sorgen. Zumindest denke ich das, denn ich hatte bis dahin nicht gezittert, nicht ein bisschen. Aber da, mit einem Mal, tat ich es. Es war dieses Wort. Das ging einfach nicht.

Ich habe protestiert, laut, das heißt, ich habe es versucht, irgendwie war meine Kehle wie zugeschnürt. Sie tut mir jetzt noch weh, fällt mir eben auf, ganz rau, als wäre ich erkältet. Oder als hätte ich laut geschrien. Ich bin manchmal so aufgewacht, nach Träumen. Sie wissen schon, so Träume, wo einen jemand verfolgt, und man will um Hilfe rufen und kann nicht. Kennen Sie das? Entschuldigung, ja, ich protestierte also. Was ich gesagt habe? Ich weiß es nicht mehr. Der Mann hat sich auch gar nicht nach mir umgedreht. Und der Tankwart, stellen Sie sich vor: Er hat einfach seine Karte akzeptiert und diesen Mann bedient. Den Mann, der mich beiseite schob und Fotze nannte, vor aller Augen. Obwohl ich eindeutig zuerst dran war. Er hat nichts gesagt und nicht protestiert. Er hat den Mann einfach bedient und mich da stehen lassen. Ich habe ihn noch mal direkt angesprochen. Er hat mich nicht mal angesehen, nur mit den Schultern gezuckt und den Betrag eingetippt. Das war alles. Und ich stand da.

Jetzt zittere ich wieder, sehen Sie? Nein, nein, ich schaffe es schon. Ich werde doch noch eine Tasse nehmen ... oh, tut mir leid. Wenn Sie mir zeigen, wo ein Lappen ist, werde ich ... Nein, Entschuldigung, ich wollte nicht ... Natürlich bleibe ich sitzen, wenn Ihnen das lieber ist. Danke schön.

Das Feuerzeug? Nein, ich besitze kein Feuerzeug, ich bin Nichtraucher, immer gewesen, auch mein Mann. Nicht nur aus Vernunft, es hat mir einfach nie geschmeckt. Nein, ganz sicher, ich hatte keines dabei. Was haben die Leute gesehen? Sehen Sie, gibt es also doch Zeugen. Ja, wenn ich ein Feuerzeug in der Hand hatte, habe ich das wohl im Laden mitgenommen, denke ich. Lassen Sie mich überlegen. Ehrlich gesagt erinnere ich mich beim besten Willen nicht, aber ich bin zumindest sicher, dass es da ein Display an der Kasse gab, ja. Seltsam, jetzt, wo Sie fragen, steht es mir sogar ganz deutlich vor Augen. Es waren so Einwegfeuerzeuge, eine Reihe rot, rosa, orange, die nächste Reihe mit so Aufdrucken von dieser Fernsehserie, die die Teenies neuerdings so mögen, mir fällt der Name nicht ein, die nächste Reihe mit nackten Frauen drauf. Ich weiß noch, dass ich dachte, was für große Titten. Da, sehen Sie. So weit ist man schon, dass man so denkt. Aber »Fotze«, das geht doch einfach zu weit, sagen Sie selbst. Geht das nicht zu weit?

Dass ich eines davon genommen habe, ja, das muss dann wohl so gewesen sein. Ich kann mich nicht an den Vorsatz erinnern, eines zu nehmen, wenn Sie das meinen. Ich weiß auch nicht, was ich mit einem Feuerzeug gewollt hätte. Als ich dort hinausging, wollte ich gar nichts, glaube ich.

Rückblickend wundere ich mich ein wenig. Ich meine, ich hatte ja noch gar nicht bezahlt. Und ich bin sicher, dass ich die Zeche nicht prellen wollte. Das ist nicht meine Art, so etwas habe ich noch nie getan. Außerdem haben sie dort ja Kameras. Man kriegt nur eine Anzeige, und glauben Sie mir, Ärger mit der Polizei und den Gerichten war das Letzte, was ich in dem Moment wollte. Das wäre mir einfach peinlich gewesen. Je länger ich darüber nachdenke, umso weniger begreife ich, was ich dort draußen gewollt haben soll. Sind Sie wirklich ganz sicher, dass ich vor dem Bezahlen ging? Ich meine, ich habe auch fast das Gefühl, es war so. Aber es macht doch absolut keinen Sinn.

Wer hat das gesagt? Die Überlebende, welche »Überlebende«? Entschuldigen Sie, ich wollte nicht respektlos sein. Sie drücken sich nur so dramatisch aus. Ja, natürlich höre ich Ihnen zu. Tut mir leid. Was geschieht, wenn man ein brennendes Feuerzeug in einen Tank fallen lässt? Er brennt, nehme ich an. Vor allem, wenn es der volle Tank eines großen Jeeps ist, ja, da haben Sie vermutlich recht. Sie reden, als sollte ich mich damit auskennen. Verzeihen Sie, wenn ich den Kopf schüttle, aber während wir uns über solche Technika unterhalten, warten sie in der Tagesstätte meines Sohnes auf mich. Sie haben den Erziehern Bescheid gesagt? Das ist sehr freundlich. Aber es geht nicht nur um die Erzieher. Mein Sohn ist sehr auf mich fixiert. Wenn ich nicht im erwarteten Moment erscheine, wird er nervös und gerät leicht in Panik. Und dann hat er immer diese Erstickungsanfälle. Ich möchte nicht drängen, aber ich muss wirklich bald ...

Nein, natürlich, ich möchte nicht unkooperativ sein, entschuldigen Sie. Das ist dieser Mann, dieses Wort vielmehr, es hat mich ein wenig aus der Bahn geworfen, fürchte ich. Identifizieren? Wen sollte ich identifizieren? Diesen Mann? Wirklich, ich würde ihm nur ungern noch einmal begegnen. Ich weiß, ich bin da ein wenig dünnhäutig. Aber kann das nicht der Tankwart übernehmen, ausnahmsweise, oder der Junge bei den Zeitschriften? Oder diese anderen Leute? Tot? Sie scherzen. Warum sollten die tot sein? Sie sind wirklich manchmal ... Sie scheinen es darauf anzulegen, mich zu schockieren. Worauf wollen Sie eigentlich hinaus?

Natürlich bin ich bei Verstand, was reden Sie denn da? Sie brauchen nun wirklich nicht ausfallend zu werden. Ich mag ja ein wenig überlastet sein, aber ich bin mir meiner Situation voll bewusst. Ich muss ein Kind in die Therapie fahren, dann in den Supermarkt, dann nach Hause, Abendessen kochen, den Babysitter empfangen und dann zum Anwalt. Morgen ist ein Meeting ... Warum sollte ich Sie auf den Arm nehmen? Sagen Sie, Sie haben nicht zufällig mit der Anwältin meines Mannes gesprochen? Er versucht nämlich, meine Krankengeschichte gegen mich zu verwenden. Aber ich versichere Ihnen ...

Diese Photos? Gerne, wenn es Ihnen hilft. Also lassen Sie mal sehen. Was ist das? Was mir dazu einfällt? Ist das ein Assoziationstest? Es sieht ein wenig aus wie im Irak, finde ich. Keine sehr originelle Idee, ich weiß, tut mir leid. Ich habe nur so was gestern erst im Fernsehen gesehen. Sind das Raketenschäden da, das schwarze Loch? Eine Explosion, ach. An einer Tankstelle? Das muss an dem Benzin dort liegen, nicht wahr?

Man glaubt nicht, was das alles anrichten kann. Mein Gott, das ist ja ein Trümmerfeld. Sogar auf der gegenüberliegenden Straßenseite noch. Die haben dort vermutlich keine funktionierende Feuerwehr wie hier, die im Irak. So was muss doch rasch eingedämmt werden. Traurig.

Wie ich schaue? Ich weiß nicht, wie ich schaue. Wie soll ich denn schauen? Wirklich, Sie müssen entschuldigen, aber ich bin mir im Moment nicht ganz sicher, was Sie von mir wollen. Glauben Sie mir, ich bin wirklich bereit, in jeder Hinsicht zu kooperieren. Warum sagen Sie nichts? Habe ich etwas Falsches gesagt? Nein, bleiben Sie doch, bitte. So können Sie mich jetzt aber nicht zurücklassen. Ich denke, ich habe ein Recht auf eine Erklärung, oder? Was ist denn geschehen?

Der lange Abschied

Als Anne in die ruhige Wohnstraße einbog, in der ihr Heim lag, schaute sie kurz in den Rückspiegel. Aber keine Spur von Dirks Scheinwerfern war zu sehen. Sie seufzte leise. Dann musste sie den Kleinen eben selbst aus dem Wagen heben und in sein Bett tragen. Er wog jetzt beinahe zwanzig Kilo, gefühlt das Doppelte, wenn er schlief, wie jetzt. Sie parkte und räumte erst einmal das Gepäck ins Haus, dann holte sie tief Atem und wünschte sich Glück. Wurde Lukas nämlich nach dem Einschlafen noch einmal wach, pflegte er in ein Riesengeschrei auszubrechen, einen laustarken, völlig hysterischen Protest, der durch nichts, aber auch gar nichts zu besänftigen war. Sie hatte es mittlerweile aufgegeben, darüber nachzugrübeln, was das Kind dazu trieb. Es war eben, wie es war. Ein, zwei Mal die Woche passierte es. Alles, was man tun konnte, war, das Geschrei zu ertragen, ihn im Arm zu halten und zu wiegen, bis er vor Erschöpfung wieder einschlief. Und ihn nicht entnervt an die Wand zu werfen. Meist war das ihre Aufgabe, sie hätte einfach die besseren Nerven, sagte Dirk.

»Die Hoffnung stirbt zuletzt«, murmelte Anne, als sie ihren Sohn hochhob und er leise grunzte. Es ging gut, es ging prima, das Bett kam in Sicht, und sie schaffte es sogar, ihn über die Gitter zu wuchten, ohne dass er sich regte. Sie lächelte bereits und freute sich im Stillen auf eine ruhige halbe Stunde Lektüre vor dem Einschlafen. Langsam gab sie sein Gewicht an die Matratze ab – da wachte er auf. Anne nahm ihn wieder in die Arme und wartete auf den Sturm.

Als sie endlich aus dem dunklen Kinderzimmer ans Licht taumelte, waren ihr Haar zerstrubbelt und die Schulter ihrer Bluse nassgeweint. Ihre Hände zitterten leicht. Es war nicht einfach, die eigene Wut in diesen endlosen Minuten zu bändigen, die man da mit Lukas im Arm im Dunkeln hockte, die Ohren gegen das Gebrüll verschließend, dessen Ursache man nicht verstand, während man verzweifelt um Gelassenheit rang. Wie lange hatte es diesmal gedauert?

Sie schaute im Wohnzimmer auf die Uhr: fünfundsechzig Minuten, viel länger, als sie gedacht hatte. Seufzend holte sie Atem. Mit etwas Glück könnte sie Sarah noch einen Gutenachtkuss aufdrücken. Für Tee und ein Buch dürfte es allerdings zu spät sein. Dirk konnte nicht gut schlafen, wenn sie an seiner Seite noch las. Sie lauschte auf die Geräusche, die ihr die Anwesenheit ihrer Familie verrieten, Plappern, Wasserrauschen, das Klappern von Zahnputzbechern, gemurmeltes Vorlesen.

Aber das Haus war still. Verwundert lauschte sie der Leere in den dunklen Räumen. Man hörte die Heizungsrohre knacken. Zweige kratzten über die Scheiben, und es regnete. Sie machte die Runde, um ein paar Fenster zu schließen. Seltsam, Dirk hätte doch längst mit der Großen hier sein müssen. Er war die andere Route gefahren, um sie bei Freunden aufzulesen, wo sie Halloween gefeiert hatte. Das erste Mal, dachte sie und lächelte bei dem Gedanken, wie aufgeregt Sarah in ihrem Hexenkostüm beim Aufbruch gewesen war. Ob Dirk sich zu einem Glas Wein hatte überreden lassen, fragte sie sich. Es hätte sie gewundert, er mochte die meisten ihrer Freunde nicht und ertrug die von ihr geknüpften Kontakte nur mit Pflichtgefühl. Wohl schien er sich nur zu Hause vor seinem Computer zu fühlen. Wäre ja schön, wenn es mal anders wäre, dachte sie. Und ihn jetzt heimzupfeifen war das völlig falsche Signal. Die Rolle der kontrollierenden Ehefrau behagte ihr nicht. Aber es ging auf elf, das Kind musste doch morgen wieder in die Schule. Und sie rief an.

Als sie erfuhr, dass Sarah noch da und Dirk gar nicht aufgetaucht war, kam ihr die Stille im Haus, die sie eben noch genossen hatte, plötzlich unangenehm vor. Sie fröstelte. Gründe, dachte sie sich, es gibt dafür sicher gute Gründe, Tausende davon. Kein Anlass zur Beunruhigung. Aber ihr fielen keine Gründe ein. Sie ging im Geist die Strecke durch, aber es gab keine Erklärung, warum er dafür so lange hätte brauchen sollen; er hatte die Tangente genommen, so spät war kaum etwas los auf den Straßen, nein, das Einzige, was ihr einfiel, daran wollte sie nicht einmal denken.

Sie schob die Überlegungen beiseite. Es waren Pflichten zu erfüllen. Sarah musste heimgeholt und ins Bett verfrachtet werden, das war jetzt erst einmal das Dringlichste.

Lukas allerdings konnte sie unmöglich allein lassen, ihn aufzuwecken ging andererseits genauso wenig. Als sie im Wohnzimmer des Hauses gegenüber noch Licht entdeckte, beschloss sie, die Nachbarin zu bitten, herüberzukommen und Wache zu schieben. Dass der Kleine um diese Zeit noch mal aufwachte, war ja unwahrscheinlich. Das hoffte sie zumindest, andernfalls würde die Nacht endgültig zur Katastrophe.

Sie wählte und beobachtete, wie drüben jemand vom Sofa aufstand und ans Telefon ging; sie hätten einander zuwinken können. Zwei Minuten später stand die Nachbarin vor der Tür. Anne, die ihr nervös die Tür aufgehalten hatte, war erleichtert, dass ihr die sonst so redselige Dame wider Erwarten keine Fragen stellte, auf die sie die Antworten selbst noch nicht wusste. Sie dankte ihr höflich, absolvierte hastig den Minimalsmalltalk und setzte sich noch einmal ans Steuer. Sie fröstelte vor Müdigkeit; die Nacht fühlte sich älter an, als sie war. Noch war sie nicht die letzte lebende Seele unterwegs auf den Landstraßen.

Trotz Dunkelheit und Regen versuchte sie, das Nummernschild jedes einzelnen entgegenkommenden Fahrzeugs zu erkennen, falls Dirk und sie aneinander vorbeifahren sollten. Sie atmete kurz und flach, mehr als einmal schaute sie ihrer Entzifferungsversuche wegen erst im letzten Moment wieder vor sich auf die Straße und musste das Steuer herumreißen. Das ist Quatsch, was du hier machst, ermahnte sie sich, gefährlicher Unfug. Und unnötig obendrein. Aber sie konnte nicht anders, die Angst floss durch ihren Körper und ließ ihre Hände zittern.

Sein Auto stand nicht auf dem Parkplatz vor dem Haus. Wieder war eine Hoffnung zerstoben. Als sie klingelte, bebten ihr die Knie, und sie hoffte nur das Eine zu hören: dass Dirk hier gewesen, dass sie wieder einmal vorschnell gewesen war und sie einander nur eben knapp verpasst hatten. Aber man hatte nichts von ihm gesehen. Ihre Freundin bedauerte, sagte aber nichts weiter, wegen der Kinder, die zwischen ihnen standen, blass vor Müdigkeit, aber aufgedreht in ihren Kostümen. Sie sandte Anne nur einen langen, stummen, fragenden Blick, den diese mit einem nervösen Lächeln quittierte.

»Das ist aber seltsam«, meinte Sarahs Freundin, während diese ihr Hexenkleid in den Anorak quetschte. »Wo kann er denn nur sein?« Anne schenkte dem Mädchen ein angestrengtes Lächeln und wechselte das Thema. Wenn sie noch einen Ton sagt, erwürge ich sie, dachte Anne. Mit aufgesetzter Munterkeit verabschiedete sie sich von allen. Zu ihrer großen Erleichterung stellte Sarah im Auto keine Fragen, sie war wohl schon zu müde; ihr selbst ging es ja nicht anders. Der lange Abend, das Ringen mit Lukas – das Zittern in ihren Händen war zu einem guten Teil der Erschöpfung zuzuschreiben. Tapfer gegen die lähmende Beklommenheit ankämpfend, brachte sie ihre Tochter ins Bett, liebevoll wie stets, sich anklammernd an das vertraute Ritual, sich selbst ebenso wie Sarah vorgaukelnd, dass alles noch wie immer wäre, während doch alles in ihr schrie, dass etwas geschehen war: etwas Schlimmes, etwas Unwiderrufliches, etwas, das ihren Alltag mit einem Happs verschlang. Sie hatte nur noch keine Gelegenheit gehabt, ihm ins Gesicht zu sehen.

»… bis dir der Morgen die Augen aufmacht.« Sie sang die letzten Takte des vertrauten Schlafliedes, küsste Sarah, flüsterte: »Ich hab dich lieb«, sog den Duft ihrer Tochter ein und ging hinunter in das leere Wohnzimmer. Nacht starrte durch die Scheiben.

Es war still. Und nichts stand mehr zwischen ihr und ihren Ängsten. Er hatte einen Unfall gehabt, das musste es sein. Wo sollte er sonst stecken? Etwas anderes war gar nicht denkbar. Da war es, bedrohlich, erschreckend. Sie konnte es weiter verleugnen – oder sich den Tatsachen stellen und aktiv werden. Dort wartete das Telefon – sie blickte es lange an.

Als sie schon die Hand danach ausstreckte, klingelte es. Anne zuckte zusammen. »Oh, hallo, Sabine«, sagte sie mit mühsamer Beherrschung und lauschte dem Redestrom. »Ja, nein, nein. Ach, weißt du, du kennst doch Dirk. Nein, ich übernehme das, ja, lass nur, ist schon gut. Ja, ja. Ja, ich und die Kinder, wir kommen dann. Ja, ich freu mich auch, ciao.« Als sie wieder auflegte, behielt sie die Hand auf dem Hörer. Wie laut ihre Stimme eben gewesen war, laut und schrill. Jetzt war wieder nur der Regen zu hören. Sie räusperte sich. Dann wählte sie. Traulich tuteten die Tasten.

»Polizeidirektion Zirndorf«, ertönte eine neutrale Stimme. Anne brachte ihr Anliegen vor, um Beherrschung bemüht. Sie erklärte, entschuldigte, betonte die Länge der Zeit, die ihr Mann überfällig war: schon über zwei Stunden, und das so spät nachts. Ob es irgendwo einen Unfall gegeben habe? Der Beamte rief etwas in den Raum hinter sich, sie vernahm die Antwort aus dem Hintergrund, noch ehe sie ihr in die Sprechmuschel wiederholt wurde. Das Ergebnis hätte sie erleichtern sollen: Es hatte keine Vorfälle in und um Zirndorf gegeben.

Die behäbige Stimme des Polizisten meldete sich zurück, leicht amüsiert, sie konnte es hören. Alles in ihr sträubte sich dagegen.

»Hm«, sagte er, »vielleicht ist er wo hängengeblieben? Was liegt denn zwischen Zirndorf und Ihnen? Der McDonald's?«

Anne schnappte vor Empörung nach Luft: McDonald's? Glaubte dieser Mensch etwa, Dirk sei jemand, der ein zehnjähriges Kind bis Mitternacht im Stich ließ, um in einem Fastfood-Schuppen abzuhängen? Sie hatte doch erklärt, dass Dirk auf dem Weg gewesen war, seine Tochter zu holen. Er nahm seine Vaterpflichten schließlich ernst. Und überhaupt, McDonald's, da gingen sie einmal im Jahr mit den Kids hin, gegen ihre Überzeugung. Im Leben nicht würde er sich freiwillig dort aufhalten, wozu auch? Allein die Vorstellung war völlig absurd. Sie begriff nicht, wie dieser Mensch so denken konnte. Er hielt es offenbar für normal, dass ein Mann sich einfach so verdrückte, ohne etwas zu sagen, und seine Familie im Stich ließ. Aber das hatte nichts mit ihrem Leben zu tun, bei ihnen war das nicht so; sie führten eine harmonische, liebevolle Ehe, ganz und gar aufgehend in ihrer Rolle als Eltern und Partner, jawohl. Ja, was glaubte er denn?

Sie halten uns wohl für Proleten, wollte sie sagen, stattdessen quetschte sie mühsam hervor: »Wir kamen gerade vom Essen.« Den Beamten schien auch dies zu amüsieren. Starr vor Ablehnung legte sie auf. Solche Szenen hatte sie schon in Fernsehkrimis gesehen: ungläubige Beamte, die nicht begriffen, dass ein Verschwinden ernst genommen werden musste. Anne hatte nicht gedacht, dass es je ihr selbst zustoßen könnte. Wie lange würde es dauern, bis sie jemandem verständlich machen konnten, dass sich ihr Leben gerade in Luft aufgelöst hatte? Wie lange, bis sie erfuhr, was geschehen war? Und wenn er einfach verschwunden wäre, würde je irgendjemand begreifen, dass etwas Schlimmes geschehen sein musste?

Mit fliegenden Fingern durchblätterte sie das Telefonbuch nach der Nummer der örtlichen Polizei, fand auch diese, wählte. Wenigstens gab es dieses Mal keine Zumutungen. Aber auch keinen Unfall. Sie wusste nicht, sollte sie glücklich oder verzweifelt sein, dass zu den Bildern, die ihren Geist bestürmten, von eingedrücktem Blech, von zersplitterten Scheiben, Blut und Metallteilen auf der Fahrbahn, sich keine konkrete Entsprechung finden ließ. Der Beamte schlug ihr vor, es auch bei der Autobahnpolizei zu versuchen. Bei dem Versuch, sie dahin durchzustellen, flog sie jedoch aus der Leitung.

Sie ging in die Küche, um etwas zu trinken. Dort stand noch immer der Mülleimer, den Dirk wieder nicht rausgebracht hatte. Bei dem Anblick kamen ihr die Tränen. Der Weinrest schmeckte bitter, und ihre Kehle war wie zugeschnürt. Die Bilder tobten nun frei in ihrem Kopf, sie hatte ihnen nichts mehr entgegenzusetzen. Nacheinander rief sie in allen Krankenhäusern an, die ihr einfielen. Nichts, nichts, und was schlimmer war, die Zeiger der Uhr rückten immer weiter vor. Es war kalt geworden im Wohnzimmer. Sie zog sich mit dem Hörer und dem Weinglas auf das Sofa zurück, fest eingewickelt in eine Decke. Wieder ein Krankenhaus, eine weitere Viertelstunde. Es gab keine Ausflüchte mehr: Etwas war geschehen. Und ihr Gefühl sagte Anne genau, was das war.

Sie schluchzte eine Weile leise vor sich hin, dann probeweise lauter, aber nicht so laut, dass die Kinder gestört würden. Die Tränen liefen ihr über das Gesicht. Von Zeit zu Zeit wischte sie sie ab. Den Hörer hielt sie noch immer in der Hand. Aber es gab nichts mehr zu tun als zu warten. Früher oder später würde der Anruf kommen, da war sie sich sicher. Was würde sie den Kindern sagen? Sollte sie sie wecken?

Anne sah es ganz genau vor sich, wie sie den langen Krankenhausflur entlanglief, unter den Neonröhren hindurch, Sarah an der Hand und Lukas im Arm. Sie würde den Kleinen wecken müssen, anders ging es nicht. Um diese Zeit konnte sie keinen Nachbarn mehr bitten, ihn zu hüten, es ging auf Mitternacht, und ohnehin wachte er in der Regel gegen zwei auf, um ins Ehebett zu schlüpfen. Bei dem Gedanken schluchzte sie erneut. Dirk würde nicht darin liegen. Nie wieder würde sie auf ihrer Bettseite eingequetscht sein, das unruhig zappelnde Kind im Arm, und sich, während sie dem Schnarchen ihres Mannes lauschte, fragen, warum nur sie keinen Schlaf fand.

Nein, er war nicht mehr da. Und ja, sie würde Lukas gleich mitnehmen, so war es am besten. Sie hielt nichts davon, Kindern den Tod zu verheimlichen. Das hatte sie immer schon so gehalten. Wenn sie beim Wandern an einem überfahrenen Igel vorbeigekommen waren, hatte sie den beiden erlaubt, genau hinzusehen, hatte ihnen erklärt, was Sterben war und wie Verwesung funktionierte. Die kindlich-poetischen Gedanken, die Lukas sich daraufhin über die Seele gemacht hatte, die er sich wie eine Seifenblase vorstellte, hatte sie wie ein Geschenk empfunden.

Das Krankenhauspersonal würde vielleicht protestieren; im Geiste sah Anne bereits die verständnislose Schwester vor sich, die sich über die Kinder neigte und säuselte, ihr Papa sei für eine lange, lange Zeit weggegangen. Oh, der würde sie aber was erzählen! Unvermutet kam eine Wut über sie, von der sie gar nicht wusste, dass sie da gewesen war. Sie würde Lukas nicht anlügen, ihm nicht erzählen, dass sein Vater »fort« sei oder »schliefe«, und es zulassen, dass seine kindliche Phantasie sich an solchen unbegreiflichen Halbheiten abarbeitete. Sie würde dem Krankenhauspersonal schon klarmachen, dass man sie alle miteinander zu Dirk lassen musste, jawohl. Es war am besten so. Sie würde die Kinder an der Hand halten, so stünden sie an der Bahre, ein heroisches Grüppchen, traurig, aber spürend, dass sie zusammengehörten.

Oh Gott, die Kinder. Sie wischte sich über das nasse Gesicht, aber die Tränen quollen weiter. Sie musste auf jeden Fall verhindern, dass die Kleinen sich die Schuld daran gaben – sie hatte irgendwo gelesen, dass das geschehen konnte. Und sie sollten nicht glauben, dass ihr Vater sie nicht mehr lieben würde, nur weil er nicht da wäre. Was für ein Loch in ihre jungen Leben geschlagen worden war; der Gedanke daran ließ sie sich krümmen, als hätte man ihr etwas aus dem Leib gerissen. Sie schrie leise auf.

Ich werde ihnen sagen, dass ihr Papa sich nichts mehr gewünscht hätte, als dass aus ihnen glückliche, zuversichtliche Menschen werden, nahm sie sich vor. Dass er im Geiste stets bei ihnen ist und an ihrem Leben Anteil nimmt.

Sie suchte nach den geeigneten Worten, die Finger um das Weinglas gekrampft, und langsam, ganz allmählich flossen sie ihr zu, so stark und berührend, dass es sogar sie selbst ein wenig tröstete. Sie sah, wie sie ihre Kinder in den Arm nahm, und ihnen zuflüsterte, was ihre kleinen Seelen beruhigen würde. Sie sah sie alle drei am Grab stehen, das Sarah und Lukas natürlich würden mitgestalten dürfen. Etwas mit einem naturbelassenen Sandstein vielleicht, und wild wuchernd bewachsen, mit viel Efeu dabei.

Sie würden Dirks Geburtstag feiern. Und an den Geburtstagen der Kinder, an den großen, wichtigen, würde sie ihnen Briefe geben, die von Dirk geschrieben hätten sein können, in denen er von seinem Stolz auf sie spräche, von seiner Zärtlichkeit, von seinen Wünschen für ihre Zukunft. Es war doch im Grunde auch keine größere Lüge als die Weihnachtsgeschenke, die immer sie besorgte und verpackte und dann mit den Worten überreichte, sie wären von ihnen beiden, oder? Sie würde den Kindern einen liebenden Vater geben.

Ja, sie war stark genug dafür. Mit klaren Worten wies sie die Krankenschwester noch einmal in ihre Schranken. Und sie musste es seinen Eltern mitteilen. Ihre Schwiegermutter würde zur Beerdigung kommen, nun, das war nicht zu vermeiden. Sie konnte schon die falschen Bekundungen hören; sollte bloß keiner aus dieser Familie sich erdreisten, ihr beistehen zu wollen! Sie fühlte Kampfesmut in sich aufsteigen. Keiner von denen hatte sie je mit Freundlichkeit behandelt oder einem Funken echter Anteilnahme, es würde eine Erleichterung sein, die Verbindung zu kappen. Nie wieder Weihnachten in Oldesloe! Sie würde jedes Angebot ausschlagen. Sorgsam legte Anne sich die gerade ausreichend höflichen, verletzenden Sätze zurecht, die sie schon so lange hatte anbringen wollen. Und im Übrigen danke, sie kam bestens alleine klar, da war sie sich sicher.

Gewiss, der Papierkram war zu erledigen; sie musste mit dem Steuerberater sprechen. Was war da noch? Bank, Versicherung, Standesamt. Es musste doch sicher irgendeinen Leitfaden für Hinterbliebene geben. Die Steuererklärung und die Riesterrente hatte sie ja auch hingekriegt. Am besten, sie bat ihre Eltern, sich um die Kinder zu kümmern, während sie das erledigte. Sarah würde sie mit zum Bestatter nehmen, sie liebte Blumen und würde sicher gerne die Gestecke aussuchen. Die Freunde würden kommen, ihr zuliebe. Das würde keine kleine Beerdigung werden. Sie würden sie bemitleiden, aber auch unterstützen. Sabine würde Sarah weiterhin mit zu den Pfadfindern nehmen, sie war ein so wunderbar positiver Mensch. Und die Mangs würden Lukas sicher weiterhin manchmal über Mittag behalten; sie sahen sich eh gerne als seine Ersatzgroßeltern. Wenn sie dafür einen regelmäßigen Termin ausmachten, würde sie künftig eventuell sogar an drei Tagen arbeiten gehen können. Das wäre ganz gut, so könnte sie Sarahs Voltigierkurse finanzieren, gegen die Dirk sich so gesperrt hatte, und Spaß machte die Arbeit eh.

Lukas wurde ja größer. Und wenn der Kleine in einem Jahr in die Schule kam, kannte er Erika, die dort Mittagsbetreuung übernahm, schon aus ihren gemeinsamen Urlauben. Ach, den Pensionsbesitzern würde sie es erzählen müssen, sie kannten Dirk ja auch, er kam meist gegen Ende, um sie alle abzuholen, und blieb manchmal sogar noch ein Wochenende. Sie hatte allen dort so viel von ihm erzählt. Nun hatte sie etwas Neues zu berichten. Den Urlaub dieses Jahr würden sie auf keinen Fall ausfallen lassen; sie würde ihre Eltern bitten, finanziell einzuspringen, falls das nötig wäre. Sarah und Lukas sollten spüren, dass das Leben weiterging.

Die Kinder würden Halt brauchen, viel Halt, da machte sie sich nichts vor. Sie fuhr sich mit der Hand über die Wangen, die schon wieder tropfnass waren, und schniefte. Aber im Haltgeben hatte sie Übung. Sie lächelte unter Tränen. Ja, sie würde es schaffen. Das Chaos, in dem ihr Leben für – sie blickte auf die Uhr – drei Stunden zu versinken gedroht hatte, kam langsam zur Ruhe. Bei aller Erschöpfung ein gutes Gefühl.

Noch rumorte es in Ecken ihres Gehirnes hektisch, sortierte sie die Wenns und Danns, erinnerte sich an vergessene Aufgaben, die sie gewissenhaft auch noch auf die Liste setzte. Aber im Großen und Ganzen war der Schlachtplan fertig. Irgendwo am Rande ihres Bewusstseins tauchte schüchtern der Gedanke auf, Dirk könnte lediglich verletzt sein und sie an sein Krankenbett gerufen werden, aber sie verscheuchte ihn rasch, ohne sich darüber genauer Rechenschaft zu geben.

Ihre Beine waren eingeschlafen und die Hände kalt, als sie sich zum ersten Mal seit langem streckte. Sie war todmüde, aber auch erleichtert. Sie fühlte sogar neue Kräfte in sich wachsen. Gab es noch irgendetwas zu tun? Die Autobahnpolizei, erinnerte sie sich. Die letzte Pflicht, die noch zu erfüllen war, ehe sie ihr neues Schicksal auf sich nahm. Diesmal umging sie die Warteschleife, erkundigte sich bei der Auskunft nach der Nummer und rief dann direkt dort an. Die Antwort, die sie auf ihre inzwischen schon routinierte Frage erhielt, überraschte sie so sehr, dass sie zuerst gar nicht begriff, wovon der Mann redete.

»Ein Stau auf der Tangente?«, fragte sie tonlos.

»Da bewegt sich schon seit Stunden nichts mehr«, bestätigte ihr der Beamte freundlich. »Vermutlich hängt ihr Mann da irgendwo fest.«

Sie nickte wortlos. Dirk stand im Stau: Die Lösung war von beleidigender Banalität, aber nicht von der Hand zu weisen. Vermutlich stimmte sie. Sein Handy hatte er so gut wie nie dabei; er schaffte es einfach nicht, es regelmäßig aufzuladen, deshalb konnte er sie nicht benachrichtigen. Es war nicht nur plausibel, es war praktisch schon wahr. Unbehaglich zupfte sie an ihrer Decke.

»Und sie sind sicher, dass in den Unfall kein roter 3er BMW verwickelt ist?«, fragte sie noch. Sie hörte, wie knackend ein Funkgerät ansprang, und verstand die unter Rauschen gegebene Antwort, noch ehe sie an sie weitervermittelt wurde. »Danke«, sagte sie, und legte auf. Eine ganze Weile blieb sie so stehen. Schließlich räumte sie die Decke und das Weinglas fort.

Wie der Rest der Zeit verging, hätte sie danach nicht mehr zu sagen vermocht. Irgendwann klackte der Schlüssel im Schloss, Dirk kam herein und umarmte sie. Nach einem kurzen Zögern erwiderte sie die Geste. Wie unhandlich groß und fest er war. Für jemanden, den sie erwartet hatte, fühlte er sich seltsam unvertraut an. Umsonst sagte sie sich, dass es angebracht wäre, erleichtert und glücklich zu sein.

Sie verschwieg ihm ihre durchgestandenen Ängste; sie waren gegenstandslos geworden. Seine Entschuldigung fiel entsprechend kurz aus. Er war müde, gähnte ungeniert, räkelte sich knochenknackend und ging rasch schlafen. Wie betäubt tappte Anne hinterher. Lukas kam herüber, kaum dass ihr Kopf das Laken berührt hatte. Sie streichelte über sein weiches Haar, bis er eingeschlafen war, und dachte an all die wunderbaren Worte, die sie sich für ihn zurechtgelegt hatte, und die sie ihm nun nicht mehr sagen konnte.

Am nächsten Morgen riefen ihre Freunde an, um sich zu erkundigen, wie sich die Angelegenheit letzte Nacht entwickelt hätte. Sie berichtete von dem Stau.

Ihre Freundin lachte. »Na, dann ist ja alles in Ordnung.«

»Ja«, gab Anne zur Antwort, »alles ist in Ordnung.« Unsicher lauschte sie dem Klang ihrer Worte nach.

Von oben kam Dirks Stimme: »Wo sind meine Autohandschuhe?«

Sie verabschiedete sich, legte auf und antwortete mechanisch: »In der linken Schublade, wo sie immer sind.«

Nach kurzem Rumoren kam die Antwort: »Nein, sind sie nicht.« Sie stieg hinauf, trat an die offene Schublade, hob die zuoberst liegende Mütze hoch und wies wortlos auf das Handschuhpaar, das gleich darunter lag.

»Was täte ich ohne dich.« Er küsste sie herzhaft auf die Wange, rief: »Wartet nicht mit dem Mittagessen«, und lief die Treppe hinab.

Wie oft hatte diese Szene sich schon so abgespielt, fragte Anne sich, verwundert über die Woge von Bitterkeit, die plötzlich in ihr hochstieg. Sonst hatte ihr das doch nichts ausgemacht, oder? Es wäre eine der liebenswerten Szenen ihres Alltags gewesen. Sie hätte ironisch geseufzt und ihm das Haar gestrubbelt, wie eine großzügige Ehefrau das machte. Heute war ihr jede Stufe zu viel gewesen. Sie zählte beim Hinuntergehen: Siebenundzwanzig Stufen waren es genau, siebenundzwanzig Mal hatten ihre Muskeln ihre Beine bewegt und sie gegen die Schwerkraft nach oben gehoben.

Und wie laut seine Schritte auf den Stufen immer klangen, das ganze Treppenhaus hallte davon wider, erderschütternd geradezu. Mit bewusst festen Schritten ging sie noch einmal hinauf und lauschte: Nein, sie selbst machte nicht annähernd so viel Lärm wie Dirk. Beim erneuten Hinabgehen sprang sie fest auf. Dennoch klang es jedes Mal leiser als seine Schritte. Ihr war, als wäre das bedeutsam, als gäbe es da etwas, was sie begreifen sollte, aber sie kam nicht darauf, was es war. Anne sank auf die unterste Stufe, den Blick auf die Tür gerichtet, durch die er für seine sonntägliche Radtour verschwunden war. »Was mache ich da eigentlich?«, fragte sie sich schließlich kopfschüttelnd.

Mit energischem Schwung stand sie auf, um die Küche zu putzen.

Lukas kam bald, hängte sich an ihre Hüften und krähte, er habe Hunger. Sie rief nach Sarah und schlug den beiden Hühnerbeinchen zum Mittagessen vor. »Kommt Papa auch?«, wollte das Mädchen wissen.

Anne verneinte in bedauerndem Ton, im Grunde jedoch, wie sie plötzlich feststellte, gut gelaunt bei der Aussicht, Dirk am Essenstisch nicht gegenüberzusitzen. Ihr kam eine gute Idee. »Wisst ihr was? Wir machen ein Picknick«, schlug sie vor. Dirk hasste Picknicks, so wie er auch Frühstück im Bett verabscheute. Er hatte sein Essen am liebsten da, wo es, wie er sagte, hingehörte: auf dem Tisch. Die Kinder allerdings fanden die Idee ebenso gut wie sie selbst, und bald hatten sie einen opulenten Korb samt Tischtuch, Omis Silberbesteck und einem Strohhut mit Blumen für Sarah gepackt, den sie in den Hintergarten schleppten, wo sie auf einer warmen Wolldecke den letzten schönen Herbsttag genossen.

»Ach ja«, sagte ihre Freundin Sabine einige Wochen später. »Ich weiß, was du meinst, wirklich. Thomas hat auch diese Angewohnheit, seine Waschlappen zusammengeknüllt im Waschbecken liegenzulassen, nass und kalt, einfach eklig, brrrr. Ich frage mich manchmal, wie oft in meinem Leben ich sie noch auswringen, entfalten und zum Trocknen an den Rand hängen muss. Zehntausendmal?« Sie lachte gemütlich dabei und schenkte sich einen weiteren Kaffee ein.

»Ja«, bestätigte Anne nachdenklich. Im Geiste begann sie, die Zahl zu errechnen. 365 Tage mal 30, wenn man davon ausging, dass die beiden 70 würden, das machte ... »Zehntausendneunhundertfünfzig«, sagte sie. Aber Sabine war bereits bei anderen Themen. Nun, es war ohnehin nur eine grobe Schätzung.

»Und diese riesigen, steifen Jeans in der Wäsche«, fiel es ihr ein wenig später ein. »Man braucht fast eine Kneifzange, um sie über die Leine zu biegen.« Sie machte es mit den Händen vor. »Jedes Mal kämpfe ich mit diesen Dingern. Lukas' Sachen sind so niedlich klein dagegen.«

Sabine betrachtete die Freundin, die tief in ihre Wäschevisionen vertieft schien, mit einem amüsierten Blick. »Du weißt aber schon, wo die Vorzüge der größeren Hosen liegen, oder?«, fragte sie und lachte schallend, als sie Annes ratloses Gesicht sah. Sie schob eine anzügliche Bemerkung hinterher.

Anne errötete, als eine Woge von Lärm auf sie zuschwappte und sie einer Antwort enthob. »Peter, Basti, stopp!«, rief sie, dankbar für die Ablenkung. »Wenn ihr stockfechten wollt, geht nach draußen! Du auch, Lukas!« Sie warteten ab, bis das allgemeine Genöle verklungen und die Kinder in die Matschhosen geschlüpft waren.

»Ja, und wie viel er isst«, fuhr sie dann fort und knabberte nachdenklich an ihrem Spekulatius-Keks. »Die Kinder und ich, wir kommen mit einem Liter Milch die halbe Woche aus. Und er setzt die Tüte an und ...«

Sie unterbrach sich, als Sabine schallend lachte. Verstimmt runzelte sie die Stirn. Sie hatte wahrhaftig nichts Komisches sagen wollen.

Ihre Freundin neigte sich vor und tätschelte ihr begütigend die Hand. »Männer eben«, sagte Sabine. »Wahrhaftig, wenn wir sie nicht so lieben würden …« Sie ließ den Satz unvollendet.

Anne nickte; das musste es sein.

»Ich weiß, was du meinst«, bestätigte auch ihre Freundin Ulla beim freitäglichen Frühstücksbrunch. »Ich werde nie begreifen, warum Männer es sich so einfach machen. Das ganze Wochenende sitzt er an seinem PC. Wenn die Kinder auch mal spielen sollen, heißt es: ›Ja, gleich.‹ Und dann gehen wieder zwei Stunden ins Land. Mmh, Anne, du, der Kuchen ist wirklich lecker.«

»Genau wie meiner«, fiel Eva eifrig ein. »Was sie den Kindern damit für ein Vorbild liefern, bedenkt er natürlich überhaupt nicht. Wenn ich Timo sage, er soll aufhören, ehe er viereckige Augen kriegt, ignoriert er mich, wie er das bei seinem Vater auch sieht. Dem habe ich gesagt, er soll für seinen Sohn am PC endlich diese Elternzeitsperre einrichten, vier Wochen ist das jetzt her. Na, schauen wir mal.«

»Ihr könnt doch von Glück reden«, fiel Elke ihnen ins Wort. Sie hielt ihren Teller hoch. »Ist noch was von den Datteln im Speckmantel da? Du hast echt immer so tolle Rezepte, Anne.« Sie dankte für den Nachschub und fuhr fort: »Eure Männer sind wenigstens zu Hause. Meiner kommt unter der Woche nie vor neun, zehn aus dem Büro. Und am Wochenende trainiert er für den nächsten Marathon, da kann ich ihn allenfalls mit dem Fernglas auf einem Hügel beobachten.«

Ingrid lachte, Eva meinte in dozierendem Ton: »Ihr müsst etwas vereinbaren, einen festen Termin, an dem ihr etwas gemeinsam unternehmt. So machen Helmut und ich das auch, wir haben unser Theater-Abo. Das weiß er, und da hält er sich dran.«

»Theater, ach Gott …« Elke winkte mit einem bitteren Lachen ab.

»Theater, ich weiß nicht«, zweifelte auch Ulla und wiegte kritisch den Kopf. »Ins Restaurant wäre besser. Sonst kommt man doch wieder nicht dazu, sich zu unterhalten.«

»Ist vielleicht kein Schaden«, meinte Sabine gut gelaunt. »Man redet doch eh nur über die Kinder.« Die lebhafte Zustimmung mündete in einen langen Austausch von Anekdoten über die neuesten Streiche ihrer Sprösslinge. Ermüdet sanken sie danach zurück in die Sessel. Bis irgendwann – war es nach Elkes Schwärmerei über das Wellness-Wochenende, das sie sich zum Geburtstag gewünscht hatte, oder nach Ingrids Erzählungen aus ihrem Reiki-Kurs? – das nächste Stichwort in die Runde flog, das lebhaften Zuspruch erhielt: »Du musst auch mal was für dich tun«, meinte Ingrid zu Elke.

»Hab' ich doch alles schon probiert«, wehrte die ab. »Diesen Frühling habe ich bei der Volkshochschule einen Italienisch-Kurs belegt und meinem Mann eingeschärft, dass er an diesem einen Abend wirklich um viertel vor acht zu Hause sein muss, um die Kinder zu übernehmen.« Sie zuckte mit den Achseln. »Am ersten Abend kam er um zehn nach, am zweiten rief er um acht an, dass es später werden würde. Am dritten wartete ich bis viertel neun. Dann hab' ich es aufgegeben.«

Anne neigte sich vor. »Und was machst du da?«, fragte sie ehrlich interessiert.

Elke schaute sie an, als hätte sie etwas ganz und gar Unerwartetes, ja beinahe Unanständiges gesagt. Sie blinzelte. »Ich habe es aufgegeben«, wiederholte sie endlich, fast ein wenig verstimmt, wie es Anne schien. Das Gespräch dümpelte eine Weile, dann fand es zu neuen Themen im endlosen Krisengebiet ehelicher Beziehungen. Lebhaft und in bester Laune tauschten sie noch eine Weile Klagen aus, ehe alle loszogen, die Kinder aus der Schule holen, einkaufen oder Massagetermine wahrnehmen.

In gewisser Weise war das Gespräch beruhigend gewesen, überlegte Anne, während sie das Geschirr abräumte. Es zeigte ihr, dass sie nicht alleine war mit ihren Ärgernissen, und das freute sie so, wie das geteilte Leid alle zu erfreuen schien. Zudem zeichnete sich ab, dass ihre Probleme wahrhaft zu den weniger gravierenden gehörten.

Andererseits allerdings beunruhigte sie genau das zutiefst. Denn sie schien trotz der Marginalität ihrer Sorgen die Einzige zu sein, die dabei ihren Humor zu verlieren drohte. Alle jammerten sie, dachte Anne, während sie die Spülmaschine bestückte, aber keine kam auch nur andeutungsweise in die Nähe einer Überlegung in die vage Richtung möglicherweise zu ziehender Konsequenzen. Hieß das, auch sie sollte besser nicht darüber nachdenken? Vermutlich.

Immerhin kam Dirk zuverlässig seinen Pflichten nach, den meisten jedenfalls, knauserte nicht mit dem Haushaltsgeld, begleitete sie willig ins Theater, wenn es nicht zu oft war, und über nachlassende Libido konnte sie sich auch nicht beklagen. Sie dachte an die letzte Nacht und seine Umarmung. Die drahtigen schwarzen Haare auf seinen Fingergliedern fielen ihr ein und verfolgten sie. Rasch verscheuchte sie den Gedanken wieder. Er war schließlich schon behaart gewesen, als sie ihn geheiratet hatte.

Vermutlich war sie einfach nicht fair. Hatte sie sich nicht schon früh vorgenommen, nicht eine von diesen nörgelnden Ehefrauen zu werden, die sich dauernd über unaufgeräumtes Frühstücksgeschirr beklagten? Die nie zufrieden waren und wegen Kleinigkeiten die Substanz ihrer Beziehung zerstörten? Unzufriedenheit machte eine Frau so hässlich. Und das ziellose Klagen ihrer Freundinnen kam ihr allzu töricht vor.

Ihre Beziehung hatte anders sein sollen, ein liebevoller, großzügiger Ton sollte darin herrschen, Fröhlichkeit und Harmonie den Alltag bestimmen. Und sie hatte all die Jahre wahrhaftig hart dafür gearbeitet! Dirk war wirklich kooperativ gewesen, er hatte sie machen lassen. Und sie war nah dran gewesen am Ideal, verdammt nah. Hatte jede Enttäuschung mit Nachsicht gekontert, jeden Verzicht mit Verständnis umhegt bis zur Unkenntlichkeit, die Latte nie tiefer gelegt, ohne sie liebevoll neu zu lackieren. Da konnte sie doch ebenso gut damit weitermachen, oder? Was war denn schon groß geschehen, ermahnte sie sich. Sie hatte sich doch nur für ein paar Stunden das Leben ohne ihn vorgestellt!

Anne räumte auf, bis die Wohnung glänzte. Dabei bemühte sie sich, mit Vorfreude und Rührung an Dirk zu denken. Als er abends heimkam, standen Kerzen und Champagner auf dem Tisch.

»Hab' ich was vergessen?«, fragte er angespannt, als er die Tafel sah.

»Nein, nein«, zwitscherte sie fröhlich aus der Küche, »das ist nur einfach so.«

»Dann ist es ja gut«, erwiderte er, sichtlich erleichtert, und schlug die Zeitung auf. Als sie kam, schaute er nicht auf. »Ist doch noch Zeit, bis es Essen gibt, oder?« Sie blieb hinter ihm stehen. Einen Moment sagte sie nichts. Dann neigte sie sich vor und küsste ihn auf den Hals. »Ja, hat Zeit«, bestätigte sie. Er brummelte, verlor die Zeile, fand sie und las weiter.

Die Weihnachtsferien wollten sie wie jedes Jahr auf dem Bauernhof verbringen. Die Kinder freuten sich schon aufs Schlittenfahren, sie sich auf die langen Spaziergänge mit Erika und die Bratäpfel auf dem abendlichen Kaminfeuer. Lustvoll brütete sie über der Entscheidung, welche Romane sie mitnehmen wollte. Sie hatte dem Wirtsehepaar geschrieben und sich über den netten Ton der Antwort gefreut; man kannte einander eben schon lange. Dorthin zu fahren war eher so, wie in ein anderes Zuhause zu kommen. Es gab so viel zu lachen an den langen Abenden dort.

»Hast du ihnen geschrieben, dass ich diesmal mitkomme?«, erkundigte sich Dirk und langte nach der Milch.

Irritiert schaute sie von Lukas' Teller auf, wo sie gerade den Toast kleinschnitt. »Aber …«, setzte sie an.

Er unterbrach sie. »Diesmal klappt es sicher. Die Firma macht erstmals zwischen den Jahren zu. Ich kann also gar nicht anders.« Er wischte sich den Milchbart von der Lippe und lachte.

Anne starrte die weißen Tropfen an, die er übersehen hatte. »Sicher, du hattest es erwähnt«, sagte sie langsam. »Aber ehrlich gesagt dachte ich …«

Er zerknüllte seine Serviette und breitete die Arme aus, um den johlenden Lukas zu drücken, der auf seinen Schoß gesprungen war. »Wo sollte ich denn lieber sein als bei meiner Familie?«, fragte Dirk neckend.

»Sicher«, wiederholte Anne. Sie hob den Finger, ließ ihn aber in der Luft hängen. »Du hast da noch was«, sagte sie. In seinem flüchtigen Abschiedskuss auf ihre Wange hing das Aroma von Milch.

Dirks Anwesenheit auf dem Hof erforderte einige neue Arrangements. Lukas musste aus dem großen, breiten Bett, das sie sonst mit ihm geteilt und in dem sie bequem Platz gefunden hatten, in ein Reisebett umziehen. Er tat es klaglos, was Anne beinahe ein wenig bedauerte. Bei Tisch erhielt Dirk den gemütlichen Platz auf der Ofenbank, als Neuling, der alle Vorzüge vorgeführt bekommen musste. Anne nahm sich einen Stuhl und blickte zu der Katze hinüber, die sie sonst auf dem Schoß hatte und die Dirk nun freundlich aber energisch unter den Tisch schob. »Und, was machen wir heute?«, fragte er und schlug, noch ehe sie etwas antworten konnten, eine Wanderung auf dem verschneiten Grad vor.

»Die Kinder verbringen die ersten Tage immer im Stall«, konnte sie sich schließlich abringen zu sagen. »Sie sind anfangs einfach nicht von den Tieren zu trennen.«

»Und die Katz hat Junge«, warf die Bäuerin ein.

»Kinder brauchen frische Luft und Bewegung«, dekretierte Dirk gut gelaunt.

Erika erbot sich, mit den Kindern hierzubleiben, damit sie beide gehen könnten, wenn Dirk sich so auf den Grat freue.

Aber er bestand auf der Familienwanderung, wie er auf dem gemeinsamen Frühstück bestanden hatte. »Das war für mich früher als Kind das Schönste«, erklärte er, »die gemeinsamen Morgen am Tisch bei einem ausgiebigen Frühstück. Ja, da ging es lebhaft zu.«

Lukas war müde und pulte Löcher in sein Brot, Sarah war in Gedanken bei den Kätzchen. Anne, die morgens nie mehr zu sich nahm als eine Tasse Tee, dachte sehnsüchtig an die Laken des Bettes zurück, zwischen denen ihr Roman auf sie wartete. Man schwieg.

»Also!« Dirk klatschte in die Hände. »Auf geht's!«

Eine Stunde später stapften sie beide hintereinander durch den Schnee. Lukas hatte nach anhaltendem Geschrei durchgesetzt, dass er bei der Fütterung der Kühe dabei sein durfte, Sarah hatte sich kurzerhand mit der Katze im Zimmer eingesperrt. Den ersten Teil des Aufstiegs hielt Dirk Anne noch vor, dass sie ihm mit ihrer nachgiebigen Haltung in den Rücken gefallen war. Sie dagegen nahm ihm übel, dass er Erikas Vermittlungsversuche so harsch zurückgewiesen hatte. Wir machen das hier immerhin schon vier Jahre, dachte sie und wusste selbst, dass das unwirsch und lahm zugleich klang. Gesagt hatte sie nichts, eine lähmende Müdigkeit war mit einem Mal über sie gekommen und hatte sie aller Energie beraubt. Jetzt setzte sie mechanisch einen Fuß vor den anderen.

»Wie ihr dieses Aufeinandergeglucke bloß aushaltet«, meinte Dirk und sog tief die Luft ein. »Ah, hier ist es schon besser.«

»Ja«, musste sie zugeben und schluckte, es war schön hier oben, wunderschön sogar. Der Schnee glitzerte im Sonnenlicht und glomm wunderbar blau in den Schatten. Die Tannen mit ihrer weißen Last sahen aus wie aus einem Märchen, und der Himmel wölbte sich in frischgewaschenem Azur über ihnen, so rein, dass es beinahe wehtat.

Es war Anne, als könnte sie diesen Schmerz körperlich spüren; er trieb ihr geradezu die Tränen in die Augen. Die Schönheit der Welt war in diesem Moment einfach mehr, als sie ertrug.

Kein anderer Wanderer war auf dieser Seite des Berges unterwegs. Sie hörten nichts als ihren eigenen schweren Atem und das Knirschen des Schnees unter ihren Füßen. Die Zeit stand still.

»Wunderschön«, konstatierte Dirk, als sie auf einem Absatz angekommen waren, der dazu einlud, innezuhalten und das Panorama zu genießen. Er umarmte sie und zog sie an sich. »Nicht wahr, Schatz?«

Anne war selbst überrascht von der Heftigkeit, mit der sie sich ihm zuwandte. Ein Gefühl wallte in ihr auf, so überwältigend, so befreiend. Endlich! Ein mitreißendes Gelächter stieg in ihr auf.

»He, he, immer langsam.« Er lachte mit, halb verblüfft, halb geschmeichelt. Einen Moment lang standen sie so da, einander fest umschlingend. Anne konnte das Bild vor sich sehen, als betrachte sie es durch eine Linse: Dirk und sie, noch immer so verliebt und eins, trotz Ehealltag und Kindertrubel, eingerahmt von einer makellosen Natur, die ihre innere Harmonie zum Ausdruck brachte. Es war ein rührend romantisches, ein perfektes Tableau, wie für das Album gemacht. 13x18 Zentimeter, Premiumqualität, seidenmatt, mit handgeschriebenem Vermerk, absichtsvoll bescheiden, aber in Wahrheit ein Triumph: Dirk und ich in den Stubaier Alpen, Weihnachten 2009.

Annes Lachen verstummte. Sie trat zurück und gab Dirk einen kräftigen Schubs. Ohne eine Regung sah sie zu, wie er zurücktaumelte, wie er mit der Schwerkraft kämpfte, wie er vergeblich in die Luft griff, stürzte wie ein gefällter Stamm, seine Finger noch in den Schnee krallte und endlich, ganz langsam, abrutschte in das kalte, blaue Nichts des Abgrunds.

Anne legte sich auf den Bauch und robbte nach vorne. Für einen Moment noch sah sie ihn fallen, lautlos, langsam um die eigene Achse rotierend. Es sah eigentümlich harmonisch aus. Wie das Ende eines langen, wirren Traumes, den sie seit Halloween geträumt hatte. Sie legte den Kopf in den Nacken und starrte in die Bläue des Himmels, der jetzt nicht mehr fremd war. »Wunderschön«, flüsterte sie.

Göttinnen

Behaglich grub er die Zehen in den weißen Sand und räkelte sich. Wahrhaftig, er war angekommen auf dieser Insel. Vergessen der Stress der Anreise, Vergangenheit die ersten Tage der Orientierung. Sie hatten ihr Hotel gefunden, ihr Stammlokal, ihre Lieblingsbucht und auch ihr ganz persönliches einsames Fleckchen: hier, wo der Fluss in einer sanften Schleife ins Meer floss und sie mit seinem übermannshohen, leise rauschenden Schilf von dem kargen Hinterland abschirmte. Er kniff die Augen zusammen und betrachtete die verkarsteten Hügel, die das Landesinnere prägten, rot, wo die nackte Erde hervorsah, dazwischen grau und grün gefleckt von Felsen und Macchia. Die Kakteen, groß, afrikanisch anmutend, geformt wie aufeinander gestapelte Elefantenohren, trugen schwere gelbe Früchte. Sie fuhren zwischen ganzen Hecken davon hindurch auf dem gewundenen Pfad hierher an den Strand, über Schotter und Schlaglöcher, an einsamen Schafherden und halb verfallenen Schuppen vorbei, die unter der Last der blühenden Bougainvillea beinahe zusammenbrachen.

Am ersten Tag hatte er Angst um den Mietwagen gehabt, den Sabine so entschlossen über die Piste zwang, kurbelnd und fluchend, während die Mädchen auf dem Rücksitz erwartungsvoll auf und ab hüpften, höher noch, als die Schlaglöcher es rechtfertigten.

»Bist du sicher, dass es hier zum Meer geht?«, hatte er gefragt. »Bist du sicher, dass es hier irgendwo hingeht?« Ein Hirte stand am Wegrand, das Gesicht braun und faltig wie Leder und so verschlossen, dass man sich viel weiter von zu Hause fort wähnte als nur in Sardinien. Er hatte gegrüßt und war sich zugleich albern vorgekommen, albern und überflüssig, während Sabine routiniert einen Bruchstein umkurvte.

Zweimal wären sie beinahe stecken geblieben, dann aber tat sich mit einem Mal die weit geschwungene Kurve der

Bucht vor ihnen auf, der Sand weiß, das Meer hypnotisch blau und glatt, ein makelloses Postkartenparadies. Die Mädchen waren vorausgelaufen und über die improvisierte Brücke aus Schwemmholz und Obstkisten balanciert, die den Fluss überquerte, dessen träges Fließen sie von ihrem Ziel trennte. Einen Moment lang hatte er überlegt, ob Sabines Exmann die wohl in einem ihrer früheren Urlaube gebaut hatte, mit seinen eigenen Händen, bewundert von seinen Frauen. Dann verdrängte er den Gedanken.

Er küsste seine Gefährtin, die ausgestiegen war und sich mit einem Seufzer der Sonne entgegenräkelte. Mitfühlend massierte er ihren Rücken. »Gut gemacht«, lobte er. Sie schob sich die Sonnenbrille auf die Stirn und sah zu, wie er sich das Gepäck auflud, das für ein Strandvergnügen nun einmal unerlässlich war: Matten, Handtücher, Schirm, Bikinis, Schaufeln, Eimer, Förmchen, Kescher, Taucherbrillen, Schnorchel und Flossen, Wasserflaschen und die Kühlbox mit dem Picknick.

»Wozu brauchen die Mädchen nur all den Kram?«, fragte er und hob eine vollgepackte Tasche hoch, in der Glasperlenketten rasselten wie Klapperschlangen im Korb ihres Beschwörers. Sabine lachte und schloss schwungvoll den Kofferraumdeckel. »Du wirst schon sehen«, sagte sie.

Jetzt lag er hier, versöhnt mit all den Mühen. Der Weg war Routine geworden, er fand ihn inzwischen sogar selber und steuerte den Fiat sicher über die Piste. Sie hatten ihren Stammplatz, drehten den Schirm mit einer gekonnten Bewegung in den Sand und warteten auf den Wind, der sich Punkt zehn Uhr einstellte und den modrigen Geruch des Flusses verwehte. Die Sonne brannte warm auf seine Lider, es roch lau nach Salz, nach Staub und Sonnencreme. Die Wellen rauschten. Wahrhaftig, die Zeit begann langsamer zu fließen. Und er sah.

Die Mädchen spielten, falls das das richtige Wort war, vom ersten Moment an, da ihre Zehen den Sand berührten, so sicher, so versunken und intensiv, als läge nicht ein ganzes Jahr zwischen dem Ende ihres letzten Spieles und diesem

Neubeginn, sondern höchstens ein Tag. Carla und Jessica, die Tochter von Freunden, trafen sich gar nicht so häufig, hatte Sabine ihm erklärt. Jessica lebte mit ihrer Mutter in der Nähe von München, und sie machten selten den weiten Weg. Aber ihr gemeinsamer Urlaub hatte seit vielen Jahren Tradition, zuerst als Familien, dann, nach Sabines Trennung, in kleinerer Runde, nun erstmals mit ihm als neuem Partner. Jessicas Eltern, die die Arbeit noch nicht losgelassen hatte, wollten in einer Woche nachkommen.

»Was tun sie da?«, fragte er und kniff die Augen gegen das weiße Licht zusammen, das sich selbst durch die geschlossenen Lider brannte und nicht mehr als eine rote Dunkelheit zuließ. Wie im Mutterleib, dachte er manchmal. Sabine neben ihm hob kaum den Kopf. Sie hielt ihm die Sonnenmilchflasche hin und stöhnte wohlig, als er sie einrieb. Sie war nackt, genau wie die Mädchen und auch er selbst – seit heute.

Die ersten Tage hatte er noch an seiner Badehose festgehalten. Er hatte an den Schafhirten denken müssen und war die fixe Idee nicht losgeworden, dass irgendwo hinter dem Schilf archaisch-katholische Bergbewohner lauern könnten, um die sündhaften Touristen mit ihren Forken zu massakrieren. Sabine hatte gelacht und gemeint, das sei wohl eher seine eigene Messdienervergangenheit, die ihm da einen Streich spiele. Endlich war ihm das grellfarbene Stück Kunstfaser um seine Hüften albern vorgekommen neben der sandgepuderten Haut der Frauen und der friedlichen Natur ringsum. Heute lagen Sabine und er nebeneinander im Sand wie glückliche Seelöwen.

»Sie schreiten«, beantwortete Sabine seine Frage. Sie hatte den Kopf auf die verschränkten Arme gelegt und genoss es, wie seine Hände ihren Rücken entlangstrichen. »Sie sind Priesterinnen oder Nymphen oder Göttinnen, je nachdem, das wechselt, schätze ich. Aber meistens sind sie mit irgendwelchen Zeremonien beschäftigt. Noch etwas tiefer, ja, da.« Sie seufzte, als seine Finger die Stelle fanden.

Verdutzt betrachtete er die beiden Mädchen, die mit ernsten Gesichtern und gemessenen Bewegungen hintereinander auf das Schilf zugingen. Sie schritten, in der Tat. Ihre Kinderkörper waren in den wenigen Tagen bereits appetitlich braun geworden. Sie waren nackt bis auf üppige Stirnkränze, die sie sich aus den Zweigen eines Weidenbaumes geflochten hatten, der nahe der Brücke wuchs – für ihn ein willkommener Schattenpunkt, um den Wagen darunter zu parken, für die Mädchen ein wichtiger Rohstofflieferant. Einige der Zweige hingen lang über ihre Rücken herab und zogen sich wie Schleppen hinter ihnen her. In den Kranz hatten sie die großen Blüten einer lilienartigen Blume gesteckt, die hier überall auf dem Sand wuchs. Ihre wachsweißen Kelche sprossen aus niedrigen Stielen und verströmten einen betäubenden Duft. Am bemerkenswertesten aber waren ihre Größe und exotische Schönheit. Am ersten Tag hatte er Sabine nach dem Namen dieser Blumen gefragt, aber sie hatte nur die Schultern gezuckt.

»Wir nennen sie Strandlilien«, hatte sie gesagt.

Sie standen über den Stirnen der Mädchen wie Orchideen und gaben den beiden das Aussehen tahitianischer Schönheiten. »Göttinnen«, murmelte er und sah zu, wie die beiden auf ein geheimes Zeichen hin die Arme hoben und in einer Weise bewegten, die sie wohl als Tempeltanz ansahen, wenn er das alles richtig verstand.

Er lächelte ungläubig. »Spielen alle kleinen Mädchen so etwas?«, fragte er Sabine zweifelnd.

Die zuckte mit den Schultern. »Mir ist es lieber als Frisbee oder Boccia«, erklärte sie.

»Warum?«, wollte er wissen.

Sie lächelte mit geschlossenen Augen. »Weil ich mich dabei nicht bewegen muss.«

Er zog sie an sich. Wie heiß ihre Haut war. Und wie wunderbar sie duftete. »Ein wenig Bewegung ab und zu ist doch nicht übel, oder?«, wisperte er in ihr Haar und ließ seine Hände wandern.

Sie protestierte nur träge. »Zu heiß«, murmelte sie, aber erst nach einem langen Kuss, der ihm mehr versprach. Dann aber schob sie ihn weg und griff nach ihrem Buch. »Außerdem bist du sandig, da.«

Er lachte. »Zeig nicht mit einem Schundroman auf meine edelsten Teile.«

»Und du hast Sonnenbrand auf dem Hintern.«

Er fluchte, als er sah, dass sie recht hatte.

»Du bist das eben nicht gewöhnt«, tröstete sie ihn, behandelte die wunde Stelle aber besonders zart. »Immerhin«, plauderte sie, während sie ihn einrieb, »ist die entscheidende Frage damit für heute geklärt.«

Die Mädchen waren fast am Ende der Bucht angekommen. Er sah, dass sie sich kurz umblickten, ehe sie die Arme ausstreckten, um wer weiß wen um seinen Segen anzuflehen. Tatsächlich erinnerten sie ihn an Bilder, die er in Santorini und Kreta auf Palastwänden gesehen hatte. Dann verschwanden sie im Schilf, das sich teilte und sie verschluckte. »Welche?«, fragte er geistesabwesend und musste den Impuls unterdrücken, aufzustehen und hinterherzugehen. Man durfte die Kleinen doch nicht so völlig sich selbst überlassen. Was, wenn sie sich im Schilf verliefen? Möglicherweise gab es dort Spanner. Oder Schlangen. Was trieben sie da bloß?

»Na, die, wer heute oben liegt«, erwiderte sie und küsste seinen Nacken. Er stieß ein leises Knurren aus und dehnte sich, ehe er nach ihr griff. Aber sein Blick löste sich nicht vom Rand des Schilfes.

Zurück im Hotelzimmer machten sie ausführlich Toilette, wie jeden Abend. Es war ein fester Bestandteil ihres täglichen Zeremoniells, bestehend aus Duschdampf, Seifengeruch und der angenehmen Kühle der leinenen Bettdecken, die die Zimmermädchen glatt und fest über die Matratzen gespannt hatten. Hier im Zimmer war alles weiß, die kahlen Wände, die Bettdecken, selbst die Bettwäsche. Ihre bunten Strandtücher hingen draußen auf dem Balkon und hatten Pause.

Sie duschten sich den Sand von der Haut, wuschen die salzigen Haare und salbten sich mit Aftersun-Lotionen. Sabine war noch dabei, sich zu föhnen, also übernahm er die Aufgabe, die beiden sonnenverbrannten Kinder, die nackt auf dem Doppelbetten herumtollten, dazu zu überreden, sich kämmen und eincremen zu lassen. Ihr Haar, stellte er fest, war nach den wenigen Tagen bereits ausgebleicht und flaumblond an den Ansätzen. Und ihre Haut karamellisierte, dachte er nicht ohne Neid, wenn er die eigene rötliche Touristenbräune betrachtete. Die beiden sahen mit ihren fast haarlosen, noch vom Babyspeck umgebenen Körpern aus wie zwei zufriedene goldene chinesische Buddhas.

»Eincremen ist wichtig«, belehrte er sie, »weil Salz und Sonne die Haut sonst zu sehr strapazieren.« Er kam sich vor wie der Onkel aus der Werbung. Wenn Susanne das sagte, klang es immer viel überzeugender. »Also hinlegen«, kommandierte er, »ich schmiere euch den Rücken ein.«

Kichernd gehorchten die beiden und legten sich nebeneinander vor ihn hin. Sie wackelten mit den Pos und wedelten ihm mit den Fersen im Gesicht herum. Er protestierte, um zu verbergen, wie genussvoll er es fand. Er nahm sich viel Zeit, die kleinen Schulterblätter entlangzufahren, dann an den Wirbelsäulen hinab und wieder hinauf in den Nacken, wo die in der Sonne weiß gewordenen Härchen kleine Wirbel bildeten. Wie zart, wie makellos ihre Haut doch war, wie weich gepolstert jede Rundung. Er liebkoste, unter energischen Bewegungen verborgen, die glänzenden kleinen Schultern. Und noch einmal ganz hinunter, über den fest gerundeten Po.

»Da kann ich selber«, protestierte Jessica.

»Hier wird nicht gemotzt«, erwiderte er mit gespielter Strenge, klopfte ihnen auf die Pobacken und war erleichtert, als die beiden quiekend auflachten. »So«, fuhr er endlich fort. »Und jetzt umdrehen.«

Er war selbst überrascht, wie umstandslos sie gehorchten. So, als wäre nicht eben eine Grenze überschritten worden.

Nicht einmal einen fragenden Blick warfen sie ihm zu. Im Gegenteil.

Ein wenig bebte er innerlich. Seine Hände verkrampften sich um die Flasche mit der Lotion. Und was ist schon dabei, sagte er sich selbst, ich achte nur darauf, dass es ihnen gut geht, das Cremen ist wichtig. In diesem Moment kam Sabine aus dem Bad.

»Was zum Teufel tust du da?«, rief sie und kam mit großen Schritten auf ihn zu. Er war so erschrocken, dass er nichts zu antworten vermochte. In der Tat, er fragte sich ja selbst, wieder nüchtern mit einem Mal: Was tat er da bloß? Das Schuldgefühl trieb ihm die Röte in die Wangen. Er bemühte sich, nicht zu rasch zu atmen. Zu seiner Entschuldigung hob er die Flasche hoch, damit sie gut sichtbar wäre. Sabine riss sie ihm aus der Hand. Er senkte den Kopf, seine Strafe erwartend.

»Spinnst du jetzt total?«, fragte sie schrill. »Mit der teuren Gesichts-Lotion von Givenchy? Hast Du eine Ahnung, was die kostet?« Sie schraubte ihre Beute zu und warf den Kids eine große Tube aufs Bett. »Da, das ist für eure Haut gut genug. Ist irgendwas?«, fragte sie, an ihn gewandt.

Er lehnte an der Wand und versuchte noch immer, zu sich zu kommen. Rasch schüttelte er den Kopf. »Nein, nein, ich hab nur gerade überlegt, wo wir heute Abend hingehen wollen. Noch mal zu Giovanni?«

Sie trat an den Schrank und wühlte nach dem T-Shirt mit dem Glitzeraufdruck. Er fühlte sich verpflichtet, von hinten an sie heranzutreten und sie zu umschlingen. »Da waren wir doch gestern erst«, kam ihre Stimme dumpf aus dem Schrank. Aber sie schmiegte sich an ihn, als sie sich wieder aufrichtete. »Gehen wir doch in die Pizzeria.« Er atmete auf.

In der Pizzeria dann waren sie eine Familie wie viele andere: mit zu stark geröteter Haut, Gesichtern mit glänzenden Nasen, die nachglühten in der lauen Abendluft, leuchtenden Augen vom Wein, dem man im Urlaub gern reichlich zusprach, einem Duft nach Sauberkeit und ein wenig zu neuen, ein wenig zu farbigen Kleidern. Auch die Mädchen waren wieder ganz normale Gören, die feuchten Haare zu Rattenschwänzen gebändigt und mit Dutzenden bunter Klammern gespickt. Keine Spur mehr von Göttinnen, nichts als albernes Gekicher und T-Shirts mit kitschigen Pferdebildern. Bibi Blocksberg und Tina statt Kentauren und Nymphen. Er fühlte sich eher gelangweilt als gefährdet.

Der Aushilfskellner zeigte ihnen Jongliertricks und sie forderten deren Wiederholung, wieder und wieder, bis ihre Mutter eingreifen musste, damit der Mann seiner Arbeit nachgehen konnte. Er liebte sie für ihren scharfen, nörgelnden Sabine-Ton. Die Mädchen verzogen sich nach draußen, um – ihre zweitliebste Urlaubsbeschäftigung – mit den herrenlosen Hunden herumzutollen, die jedes Lokal auf der Suche nach Nahrung belagerten.

Aus den Lautsprechern dröhnte Eros Ramazotti und hinter der Theke stand Luigi, der zwölf Jahre in Gelsenkirchen malocht und seine Söhne auf eine Schweizer Hotelfachschule geschickt hatte, damit sie den Betrieb später einmal professionell ausbauten. Zwischen den Gängen fachsimpelten sie über die Anlage von Ferienwohnsiedlungen. Als Immobilienmakler kannte er sich da aus.

Sabine prostete ihm zu. Der Abend war warm, die Stimmung angeregt. Man schloss nicht aus, hier später einmal etwas zu erwerben. Der Bann war von ihm abgefallen. Er sprach seinem Vino lebhaft zu und fühlte sich wieder sicher. Es war nichts gewesen, sagte er sich, rein gar nichts. Er wuchs in seine Rolle als Familienvater hinein, das war alles.

Am anderen Morgen schlug er am Strand einen Tauchausflug vor. Bewehrt mit Taucherbrille, Schnorchel und Flossen führte er die beiden Mädchen ins Wasser. Er genoss Sabines Bewunderung, die vom Strand aus zusah, wie er ihnen beibrachte, in die Brillen zu spucken, damit sie nicht beschlugen, und das Schnorchelrohr mit einem kräftigen Atemstoß freizublasen. Die nächsten Lektionen fanden unter Wasser statt:

Antrieb mit den Flossen, im Wasser hängen, um etwas in Ruhe zu betrachten, Verständigung mit Handzeichen. Brav reihten sie sich hinter ihm ein, als er sie zu einer felsigen Stelle weiter draußen führte, wo, wie er ihnen versprochen hatte, Seesterne zu finden sein würden.

Er hatte sich nicht getäuscht. Sie entdeckten drei schöne Exemplare, eines davon sogar rosafarben, und steckten sie in das mitgebrachte Netz. Das Wasser war wunderbar klar, umgab aber alles, was sich darin bewegte, mit einem weichen Schimmer. Lichtreflexe huschten über den von den Wellen sanft geriffelten Boden. Sand stob auf, wenn eine braune Hand hineingriff, um einen neuen Schatz zu bergen: eine Muschel, größer als die, die sich am Flutsaum draußen fanden, ein Schneckenhaus, moosbewachsen und gefleckt, ein noch intaktes Seeigelgehäuse. Die Haare der Mädchen trieben um ihre Köpfe wie Medusenschlangen. Die beiden waren wendig wie Delphine, und eine Weile vergnügte er sich damit, sie nach Steinen tauchen zu lassen, um zu sehen, wie tief sie kämen. Er machte eine große Sache aus der Tiefenmessung und dem Wettbewerb, um sie anschließend mit den Augen zu verschlingen, wenn sie unbekümmert in die Tiefe schossen und danach, sich drehend und wendend, den eigenen Körper genießend, sich wieder hinaufschraubten, über den Wasserspiegel hinausschossen, den Stein triumphierend in der Hand, um gleich darauf Purzelbäume zu schlagen und herumzuzappeln.

»Jessica, Carla, nicht so wild«, mahnte er, als sie ihn beinahe getreten hätten.

Kichernd ließen sie nicht ab, sondern warfen sich noch heftiger auf das Wasser, wie springende Wale. »Die Luftblasen kitzeln so schön auf der Haut!«, verkündeten sie.

Und in der Tat, er konnte es spüren, in dem kleinen Inferno, das die beiden sich tummelnd verursachten, streichelten und liebkosten auch ihn die aufsteigenden Bläschen. Lachend warf er sich herum wie sie, wieder und wieder dem Aufprall auf dem Wasser nachspürend, dem schweren Eintauchen und dem Abfließen auf der Haut. Keuchend schnappten sie nach Luft vor jedem erneuten Eintauchen, prustend stießen sie die Luft aus. Ihm wurde schwindlig.

»Essen ist fertig«, rief Sabine vom Strand.

»Was habt ihr mit eurem Fang vor?«, fragte sie später, noch kauend, und wies auf die Seesterne, die sie vorsorglich in einen Eimer gelegt hatten.

Die Mädchen sahen ihn mit bittenden Augen an. »Also, wir wollten sie trocknen ...«, begann er.

Aber Sabine unterbrach ihn kategorisch. »Ihr wollt diese Tiere töten, um mit den Kadavern euer Zimmer zu dekorieren?« Es war keine Frage.

»Vielleicht solltest du es den Kindern gegenüber nicht so drastisch ausdrücken«, wagte er einzuwerfen und versuchte den Mädchen, die ihn erschrocken ansahen, beruhigend zuzublinzeln.

Aber Sabine schüttelte den Kopf. »Hast du ihnen das eingeredet?«, fragte sie. »Hast du ihnen auch erklärt, was dazu nötig ist? Dass man dem noch lebenden Stern die Fangarme auf ein Brett nageln muss, damit er sie im Todeskampf nicht aufrichtet?« Sabine untermalte ihren Vortrag mit drastischen Gesten. Die Mädchen krausten die Nasen und nahmen Abstand von ihrem Wunsch. Er verzog sich beleidigt hinter sein Buch. Als Sabine niemand Bestimmten aufforderte, die Tiere wieder an ihren angestammten Ort zu bringen, rührte er sich nicht und überließ es den Mädchen, das allein zu tun. Geschah den Wankelmütigen ganz recht, dachte er, als er sie unter den anhaltenden Ermahnungen Sabines ins Wasser schleichen sah. Doch zu seiner Enttäuschung hatten sie ihre Beklommenheit bald vergessen und tobten ganz wie am Vormittag durchs Wasser. Sie kamen erst wieder heraus, als Sabine sie rief. »Ihr habt ja schon blaue Lippen«, sagte sie mit mildem Vorwurf.

Die Haut der Mädchen war tatsächlich von einer heftigen Gänsehaut überzogen und gekörnt wie Sandpapier, er konnte es von da, wo er saß, gut erkennen.

»Wir haben einen Purzelbaumwettbewerb gemacht«, verkündete Carla. »Ich hab' dreiundzwanzig hintereinander geschafft, ohne anzuhalten.« Sie strahlte.

Dann waren die beiden wieder im Schilf verschwunden.

Er wartete, bis Sabine eingedöst war, ehe er ihnen folgte. Der Boden war schlammig, Sand, untermischt mit Algen, die die Flut heraufgespült hatte. Wo sie in großen Mengen im Untergrund lagerten, war er luftig geworden und ließ die Füße einsinken. Modergeruch stieg aus dem Wasser, das in diesen Fußspuren zusammenlief. Er entdeckte einen verrosteten Kühlschrank, den jemand hier entsorgt hatte, und wollte lieber nicht darüber nachdenken, was das bedeutete, für die Umwelt oder seine bloßen Füße. Auch das Gerippe eines Fahrrades gab es, einen zerbrochenen Eimer und diverse halbentfärbte Plastikfetzen. Was fanden die Mädels nur an diesem Dickicht? Als es sich lichtete, stand er am Fuß eines Felsens, um den der Fluss sich schlangengleich herumwand. Der Stein war abgeschliffen und türmte sich in verschiedenfarbigen Stufen empor: beinahe rosenrot, gelblich und schwarz. Das Schilf blieb am diesseitigen Ufer zurück, drüben gab es nur einen kleinen Strand. Und dort fand er die beiden. Vor dieser Kulisse sahen sie mehr denn je wie kleine Eingeborene aus, wie sie nackt im Sand hockten, Füße und Waden schlammbeschmiert, große Lilienkelche über der Stirn. Sie knieten mit dem Profil zu ihm vor einem akkurat rechteckig aufgeschichteten Stoß aus Ästen und Zweigen.

Er wollte sie schon anrufen und begrüßen, als er bemerkte, was ihre Aufmerksamkeit so fesselte, dass sie ihn trotz seines unbeholfenen Stapfens durch das Schilf noch nicht bemerkt hatten. Jessica saß da, in anbetender Haltung, die Augen fest auf das gerichtet, was Carla in der rechten Hand hielt. Er konnte einen langen, dünnen Spieß erkennen, wohl einen Bambusstab, den sie angespitzt hatten. Er war am Ende mit Blüten geschmückt. Carla hielt ihn hoch erhoben; der Schaft zitterte leicht.

Jetzt brach Jessica in einen monotonen Singsang aus und warf etwas, was prasselnd zwischen den trockenen Ästen landete. Die Kugeln von Sabines Glasperlenkette, dachte er, na wartet, ihr Racker, einfach den Schmuck zu zerreißen. Wenn seine Lebensgefährtin das sähe, wäre aber Feuer auf dem Dach. Er verschränkte die Hände vor der Brust, unsicher, ob er pädagogisch verärgert oder schadenfroh sein sollte.

Dann hob Carla die linke Hand.

Zuerst war er einfach nur erstaunt, wie sie es geschafft hatten, ohne weitere Hilfsmittel einen Fisch zu fangen. Sicher, das Exemplar war nur gut fingerlang. Aber er hatte bereits mehr als einen Vormittag gebückt über eine Pfütze am Felsen verbracht, die Nylonschnur mit dem Haken in der Hand und die brennende Sonne auf den Schultern, ohne seinen Damen auch nur eine Grundel bieten zu können. Mehr als die durchsichtigen Garnelen mit den schwarzen und orangefarbenen Streifen hatte er nie im Eimer gehabt. Und mit dem Kescher im Meer selbst war es noch schwerer, auch wenn Sabine, an deren bemalten Fußnägeln die Fische in Schwärmen knabberten, ihn ob seiner vergeblichen Versuche auszulachen pflegte. Carla aber hielt ein lebendiges Exemplar in der Hand. Bemerkenswert.

Schließlich entdeckte er den aufgewühlten Sand ein Stück weiter flussabwärts. Schlau, stellte er fest. Sie hatten Becken gegraben. Im selben Moment verstummte Jessicas Gesang. Er wandte den Kopf und konnte nicht anders: Er schnappte nach Luft, als er sah, wie Carla die Stockspitze langsam in das Maul des Fisches trieb, dessen silbriger Leib sich noch ein-, zweimal aufbäumte, ehe sie ihn ganz und gar aufgespießt hatte.

Das kleine Ächzen der Mädchen durchzuckte ihn wie ein elektrischer Schlag. Er holte tief Luft: »Was zum Teufel treibt ihr da?«

Recht so, dachte etwas in ihm, während er durch den Fluss stapfte, dass es aufspritzte, gar nicht erst zum Nachdenken kommen lassen. Nicht lange überlegen. Er riss Carla den Stock aus der Hand und betrachtete das tote Tier, dessen lidlose Augen vor sich hin glotzten, in wohlberechnetem Schweigen. Nur sein Herz schlug dabei so laut, dass es in seinen Ohren dröhnte. Ihm war, als rase es mit dem Sirren der Zikaden im Gebüsch um die Wette.

Er hoffte, sein Blick wäre strafend, ja, er sah an den Gesichtern der Mädchen, dass es so war. Ohne Zweifel dachten sie dasselbe wie er, und er zögerte nicht, es auszusprechen: »Was würde Mama wohl dazu sagen?« Er hob den gepfählten Fisch ein wenig höher. »Das, Kinder, ist völlig sinnlose Grausamkeit. Ihr könnt ihn doch nicht einmal essen. Ihr könnt ihn nicht konservieren und mitnehmen. Nichts. Wozu habt ihr das getan?«

»Wir wollten ihn opfern.« Die Zikaden waren lange die Einzigen gewesen, die redeten, ehe es Jessica gelang, diesen Satz herauszubringen. Sie wagte es wohl ob ihrer minderen Schuld. Carla, die es getan, den Stock in lebendes Fleisch getrieben und diesem Gefühl nachgespürt hatte, biss sich auf die Lippen und sagte nichts. Jessicas Stimme war klein und leise.

Er schüttelte den Kopf. Schüttelte ihn noch einmal. »Armes kleines Ding«, murmelte er, ehe er den Stab senkte. Streng blickte er erst die eine, dann die andere an. Sie hatten, das bemerkte er erst jetzt, mit dem Matsch Striche und Punkte in ihre Kindergesichter gemalt, die ihnen ein fremdes, archaisches Aussehen verliehen und ihre Augen größer und glänzender erscheinen ließ. Er berührte die trockene Paste mit der Hand, sie blätterte ab. Er wischte sie Carla von der Schulter, aus den Näpfen der Schlüsselbeine, wo sie sich fing, von diesen feinen, so zerbrechlich gewölbten Knochen, vom Ansatz der Brust, die sich kaum merklich unter der Kinderhaut zu heben begann. Er sah, wie ihre Haut sich unter seiner Berührung wieder körnte. Am liebsten hätte er darüber geleckt. Es würde salzig schmecken, salzig und ungekannt duftend. Als er ihren Blick auffing, zog er seine Hand zurück. »Am besten, wir sagen Sabine nichts hiervon«, sagte er. In Jessicas Augen trat ein Hoffnungsschimmer.

»Nicht wahr?«, fragte er und lächelte langsam, breit und breiter. »Das hier bleibt unser kleines Geheimnis.« Er hob den Fischstock. »Nicht wahr?«, wiederholte er, ein klein wenig härter. Die Mädchen nickten und senkten die Köpfe. Er blickte auf ihre Scheitel. Am liebsten hätte er sie sofort gepackt und geschüttelt und dann ... ihm wurde erneut schwindlig und er verbot sich den Gedanken. Es war besser, abzuwarten und ihr Vertrauen zu gewinnen.

»Also begraben wir euren Fehltritt am besten«, schlug er vor.

Sie folgten ihm zögernd, als er den Fluss hinaufging, tauten dann jedoch aus ihrer Erstarrung auf, als er Fragen stellte und sich erklären ließ, wie sie mit einem System von Dämmen und Becken einen Fischschwarm gefangen und in immer kleinere selbstgegrabene Teiche gescheucht hatten, die sie durch immer neue Wälle aus Sand halbierten, viertelten und achtelten, bis den Fischen so wenig Raum übrig blieb, dass sie mit der Hand zu fangen waren. Gemeinsam befreiten sie den Rest des im seichten, sonnenwarmen Uferwasser schon halb erstickten Schwarms. Für den Toten zelebrierten die Mädchen schließlich eine Seebestattung. Und so trieb er, als die Sonne langsam tiefer sank, auf einem mit Blütenblättern und Beeren geschmückten Floß langsam dem Meer entgegen.

An diesem Abend war er nervös und versuchte angespannt, für gute Stimmung zu sorgen, ohne dabei die Mädchen aus den Augen zu lassen. Seine Sorge, sie könnten sich Sabine anvertrauen, beherrschte ihn in jedem Moment und ließ nur langsam nach, als er sah, dass alle sich zu benehmen schienen wie sonst. Die Mädchen spielten für sich in ihrer Kinderwelt und machten keine Anstalten, sich ihm und seiner Gefährtin zu nähern, die er fest umarmt und im Banne seines Charmes hielt. Und was, begann er sich zu versichern, sollten sie ihr auch erzählen. War vielleicht etwas vorgefallen? War etwas

Unziemliches geschehen? Nein, gab er sich selbst die Antwort. Alles war, wie es sein sollte.

Am zweiten Abend wagte er es bereits, erneut zur Tube mit der Sonnencreme zu greifen. Ein Blick von ihm genügte, damit die Mädchen sich aufs Bett legten. Er glaubte, einen gewissen Widerstand in ihren Bewegungen zu spüren, stellte aber fest, dass ihm das nicht geringe Befriedigung verschaffte. Er achtete darauf, fertig zu sein, ehe Sabine aus der Dusche kam. Der Moment, als die Badtür sich öffnete, ließ ihn noch einmal erstarren, aber seine Lebensgefährtin ging, das Handtuch umgewickelt, direkt weiter auf den Balkon, wo sie ausgiebig ihre Haare frottierte.

»Siehst du das?« Sie wies auf den Nachbarbalkon, wo auf der Brüstung eine ganze Reihe von Fundstücken aufgereiht war, Ausbeute eines mehrwöchigen Urlaubs. Da lagen Muscheln, Schneckenhäuser, wie man sie in größeren Tiefen fand und den Fischern im Hafen abhandeln musste, damit sie sie nicht einfach mit Keulen zertrümmerten, wenn sie ihre Netze davon reinigten, Seeigel, die vor sich hin verwesten, damit unter den abfallenden Stacheln die schöne Schale sichtbar wurden, und auch Seesterne. Wie Sabine es vorhergesagt hatte, wölbten ihre ausgedörrten Arme sich nach oben, da sie nicht angenagelt waren; sie würden wohl fortgeworfen werden.

»Es stinkt«, stellte Sabine fest und starrte düster hinüber. »Wie in einem Schlachthaus.« Er warf den Mädchen einen vielsagenden Blick zu, die sich aus der Balkontür zurückzogen und in ihrem eigenen Zimmer verschwanden. Triumphierend schlang er die Arme um Sabine. Ihrer Proteste nicht achtend, zog er sie zum Bett.

An diesem Abend hielt sie in der Pizzeria seine Hand und schaute ihn mit Augen an, die nicht nur vom Wein verschleiert waren. Luigi schnalzte vielsagend mit der Zunge. Der Anbetung überdrüssig, aber stolz auf die Aufmerksamkeit, die er erregte, begann er ein Gespräch mit dem Kneipier. Es dauerte eine Weile, bis auch Sabine sich der Unterhaltung anschloss.

»Bergsteigen?«, fragte sie pikiert. »Wie kann man nur angesichts solch wunderbarer Strände bergsteigen wollen?«

Er runzelte die Stirn. »Der Punkt ist nicht, dass er Alpinist ist, Liebste«, sagte er tadelnd. Wie konnte man nur so am Thema vorbeireden. »Der Punkt ist, dass er vermisst wird.«

Sabine ließ sich nicht von ihrem Gedankengang abbringen. »Allein sich in die ganze Montur zu zwängen, bei dieser Hitze.« Sie schüttelte den Kopf und trank ein weiteres Glas Wein. Er genoss es, sie verachten zu können.

Luigi lachte nur. »Vermutlich findet ihn irgendein Hirte. Ziemlich durstig. Oder es kommt eine Geldforderung.«

»Entführung?«, fragte er. Sabine hatte ihm davon erzählt. Entführungen waren früher auf Sardinien für die bitterarmen Hirten eine letzte Einnahmequelle gewesen. Sie verliefen meist glimpflich; Polizei, Opfer, Täter, alle kannten einander im Grunde. Am Ende wurde gezahlt, und einer aus dem Clan ging für die anderen ins Gefängnis, damit dem Recht genüge getan war. »Keine Sorge, bei Entführungen in Sardinien fließt selten Blut«, sagte Luigi denn auch.

Er fühlte sich herausgefordert. »Aber das sind doch andere Zeiten heute«, meinte er forsch. »Diese letzten Entführungsfälle hier, das war doch keine Hirtenfolklore mehr. Da hatte doch wohl die Mafia ihre Hand im Spiel.«

Luigi widersprach lebhaft, einige Einheimische an den Nebentischen mischten sich ein und es wurde ein langer, anregender Abend. Erst als die Mädchen müde Augen bekamen und nicht einmal mehr Lust hatten, die Hunde draußen mit ihren Pizzaresten zu füttern, brach er ihn ab und führte seine Damen heim. Er ließ es sich nicht nehmen, die Kleinen selbst ins Bett zu bringen. Sabine dankte es ihm mit noch mehr Zärtlichkeit.

Der Weg durch das Schilf wurde zur Routine. Sabine fragte nicht einmal mehr, wo er hinginge. Vielleicht nahm sie an, er bringe den Mädchen das Keschern bei oder zimmere eine Brücke für sie. Oder er mache einsame Strandspaziergänge.

Es schien sie nicht weiter zu interessieren. Dankbar für die Zeit, die sie für sich selbst hatte, hob sie die Nase nicht von ihrem Roman.

Und er machte sich mit wachsender Vorfreude auf. Der Pfad wurde zu einer Phantasiereise für ihn, an deren Ende er Gott Pan selbst war, bocksfüßig hüpfend, pfeifend, lüstern bis in die Fingerspitzen und bereit für seine Spiele. Nicht, dass er maßlos gewesen wäre. Nein, er ging behutsam zu Werke, achtete stets darauf, es niemals zu weit zu treiben. Manchmal blieb er sogar im Schilf stehen und schaute ihnen nur zu, an anderen Tagen beschränkte er sich darauf, ganz der patente Stiefvater zu sein, und genoss es einfach nur, ihre Anspannung zu fühlen, und das Wissen, das er mit ihnen teilte, dass da mehr sein könnte. Denn sie wussten es, das spürte er genau, er sah es an jeder ihrer Bewegungen: Sie dachten an nichts anderes; er füllte ihre kleinen Köpfe aus. Er war ihr Gott. Und an manchen Tagen erfüllte er sich Phantasien, von denen er noch nicht einmal gewusst hatte, dass er sie besaß.

An diesem Tag allerdings blieb er verblüfft stehen. Der kleine Strand war leer, der Fischaltar verlassen, die Becken unbeaufsichtigt. Die Mädchen waren nicht da. Ungehorsam, schoss es ihm durch den Kopf. Sie waren ungehorsam und entzogen sich ihm. Er ärgerte sich. Und auch Furcht war dabei, was seinen Ärger nur vergrößerte. Sie hatten zu gehorchen; er durfte die Kontrolle über sie nicht verlieren, das war wichtig, er spürte es.

»Carla«, rief er, »Jessica«, nicht zu laut, damit Sabine es drunten am Strand nicht hörte, auch wenn er fast sicher war, dass Wellen und Wind seine Stimme dort überlagerten. Hier fing sie sich unter dem Felsen, hallte leise und kam zu ihm zurück, und er hatte das deutliche Gefühl, mit diesem Echo alleine zu sein. Wo zum Teufel steckten die kleinen Miststücke? Er schaute sich nach Spuren um. War er ein Pfadfinder, dass er sich hier durch das Unterholz schlagen sollte? Sie hatten gefälligst hier auf ihn zu warten, Punktum!

Er sparte es sich, erneut zu rufen. Flussabwärts lagen der Kühlschrank und der andere Plunder. Also würde er es flussaufwärts versuchen mit den mythenseligen Gören. Absichtlich ihre Becken und Dämme zertrampelnd, watete er durch den Fluss. Das Wasser war bräunlich, durchsichtig zwar, aber warm, und es roch brackig. Gott sei Dank ging es ihm nur bis zu den Waden. Nur wo Tang den Untergrund bildete, sank er manchmal unvermutet bis übers Knie ein und fluchte dann leise. Er verstummte allerdings, als er um die Biegung war und sich plötzlich der Öffnung einer Art Canyon gegenüber fand. Nun kam er sich doch beinahe wie ein Pfadfinder vor. Hier könnte man Indianerfilme drehen, dachte er.

Wie abrupt die Felswand aufstieg. Er hatte gar nicht bedacht, dass sie so nahe war. Und wie mit einem Mal Macchia und Zwergeichen hier herausquollen in die karge Strandlandschaft. Es war wie ein kleines Wunder.

Er blieb mit offenem Mund stehen. Es dauerte eine Weile, bis er die beiden Mädchen entdeckte, die wieder einmal am Boden hockten, beschattet von einem Erdbeerbaum und so in ihr Spiel vertieft, dass sie ihn gar nicht bemerkten.

»Was zum ...« Er brachte den Satz nicht zu Ende. Sein erster Gedanke war, dass Luigi unrecht gehabt hatte. Heutzutage gingen Entführungen in Sardinien keineswegs immer glimpflich aus. Der vermisste Bergsteiger jedenfalls würde nicht glücklich nach Hause zurückkehren. Dass er es war, konnte man ohnehin nur noch an der zerfetzten Kleidung erkennen und an den Haaren, die nach der nächtlichen Flut als Erstes wieder trocken geworden waren und ausgebleicht und blond im Wind wehten. Sie waren das Einzige, das noch seine natürliche Farbe besaß.

Sein zweiter Gedanke war, dass der Mann einfach abgestürzt sein musste. Nachdenklich legte er den Kopf in den Nacken. Die Wand war steil genug. Er hörte fernes Gebimmel und ein Blöken, das sich seltsam mit den Möwenschreien mischte. Irgendwo in den Felsen kletterte eine der halbwilden

Herden herum. Der Mensch aber war nun einmal keine Ziege. Und wenn er fehltrat, dann fiel er.

Er schnalzte mit der Zunge und wedelte die Fliegen fort, die ihn zu umsurren begannen. Erstaunlich, dachte er, wie ungerührt man sein konnte. Das Ding da vor ihm war aber auch kein Mensch mehr, mit dem aufgedunsenen Bauch und der braunviolett marmorierten Haut. Allerdings stank es, und auf den zweiten Blick sah man auch die gelbbraune Flüssigkeit, die ihm seitlich aus dem Mund lief. Es faulte von innen heraus. Er schüttelte sich. Ein Wunder, dass die Mädchen sich so nahe herangetraut hatten.

»Also wirklich, Carla«, begann er und musste sich nicht bemühen, seine Stimme streng und angeekelt klingen zu lassen. Er fasste die Mädchen ins Auge für eine Standpauke. Und erstarrte.

Da waren nicht nur die Masken. Warum bemerkte er das erst jetzt? Diesmal hatten sich die beiden nicht mit einzelnen Strichen oder Mustern begnügt: Ihre Gesichter waren hinter einer dicken Schicht Flussschlamm verschwunden, in der nur die roten Münder und die Augen merkwürdig lebendig wirkten. Carla hatte wie immer ihren geschmückten Spieß in der Hand, und Jessica bemühte sich wie eine ertappte Dreijährige, den Faustkeil hinter ihrem Rücken zu verbergen, den ihre Finger umklammert hielten. Zwischen Ekel und Faszination schwankend, trat er näher. Erneut besah er sich den Leichnam. Und nun bemerkte er es auch, die Anzeichen waren unverkennbar. Er öffnete den Mund und schloss ihn wieder, während er in wachsendem Begreifen die Spuren verfolgte, die die kindliche Neugier an dem malträtierten Körper hinterlassen hatten.

»Das ...«, entfuhr es ihm, ehe er wieder verstummte. Seine Gedanken rasten. Das war nicht zu verbergen. Er wusste nicht, wie weit die Gerichtsmedizin auf dieser Insel war, aber Herrgottnochmal, sie befanden sich nicht in einem Entwicklungsland, sondern mitten in Europa, umgeben von Alessi-Geschirr und Benetton-Shirts. Man durfte annehmen, dass die

Pathologen hier auch nicht schlechter waren als die in Wuppertal. Und wenn er als Laie es schon bemerkte ... Noch einmal suchte er nach einer Lösung, dann kam er zu seinem Schluss.

»Wir müssen ihn vergraben.« Es war nicht zu vermeiden. Alles andere würde unangenehme Fragen nach sich ziehen, sehr unangenehme. Er versuchte, nicht allzu direkt auf die heraushängenden Gedärme des Toten zu blicken. Und wenn die Kinder erst einmal in den Händen von Vernehmungsbeamten waren, wer wusste schon, worüber sie noch reden würden. Und außerdem ... Langsam kam das Lächeln in sein Gesicht zurück.

Er drehte sich zu den beiden Mädchen um, die mit gesenkten Köpfen dastanden. Das mit dem Fisch war eine Sache gewesen, damit ließ sich Angst vor Sabine schüren, das hier aber war ein anderes Kaliber. Jetzt gehörten sie ihm, mit Haut und Haaren.

»Euch ist doch klar«, setzte er an, »dass ihr ins Gefängnis kommt, wenn das hier jemand erfährt, oder?« Er packte erst die eine, dann die andere bei den Schultern, spürte ihre heiße, mit Lehmkrümeln übersäte Haut. »Das ist kein Kinderstreich mehr, versteht ihr das? Wenn ich das jemandem erzähle, dann wandert ihr für den Rest eures Lebens hinter Gitter und seht eure Mütter niemals wieder.« Er richtete sich auf. »Ganz abgesehen davon, dass sie das vermutlich auch gar nicht mehr wollten. Niemand wird euch mehr sehen wollen. Alle werden sich vor euch ekeln, eure Verwandten, eure Freundinnen, die Lehrer.« Er konnte nicht anders, er musste einfach lächeln, wenn er daran dachte. Es war schon beinahe zu perfekt.

Wieder wandte er sich um. »Wer von euch hat das mit den Augen gemacht? Na?« Sein Blick wanderte von der schwärzlich verfärbten Spitze des Bambus zu dem Stein in Jessicas Hand. Leichengift, fiel es ihm ein, er musste daran denken, sie alle gründlich zu waschen, wenn er damit fertig war. Aber jetzt galt es zunächst einmal zu graben.

»Carla, hol die Schaufel«, kommandierte er.

Wie gut, dass er ihnen Sandspielzeug mit echten Metallblättern und Holzgriffen besorgt hatte, auch wenn Sabine über das Gewicht moserte; billiges Plastikzeug wäre ihm jetzt keine Hilfe gewesen. So schon war es mit dem kleinen Werkzeug nicht einfach. Aber der Untergrund war zum Glück weich, fast zu weich schon. Und er hielt die Mädchen an, ihm zu helfen. Bald knieten sie alle und werkelten, Carla und Jessica mit den bloßen Händen. Ihre Arme verschwanden bis zu den Ellenbogen, dann bis zu den Schultern in der wachsenden Grube. Schließlich kletterten sie hinein. Es war eine Knochenarbeit, aber es ging besser, als er befürchtet hatte. Als das Loch so tief war, dass die beiden fast bis zum Hals darin verschwanden, erlaubte er ihnen aufzuhören, hob sie heraus, führte sie zum Fluss und wusch sie. Er tat es gründlich.

Endlich schaute er sich nach einem kräftigen Stock um. Er hatte nicht vor, den Kadaver mit bloßen Händen anzufassen. Als er fündig geworden war, richtete er sich auf und schritt nach kurzem Zögern auf das zu, was einmal ein deutscher Bergsteiger gewesen war, immerhin ein Landsmann, ein Mann in seinem Alter. Er verbot sich jeden weiteren Gedanken, rieb sich demonstrativ die Hände, setzte den Stock zwischen Körper und Boden an und lehnte sich auf den Hebel. Zu seiner Erleichterung gab der Leib rasch nach, rollte herum und fiel schwer in die Grube, ohne auseinanderzubrechen. Er stieß einen Triumphschrei aus und reckte unwillkürlich die Faust. Geschafft!

Jessica stand ihm gegenüber und sah ihn an auf eine Weise an, die ihn innehalten ließ. Hat sie es noch nicht begriffen, überlegte er. Wie sie ihn anstarrte! Vielleicht sollte er es ihr klarmachen, ein für alle Mal, gleich hier. Er hob den Arm. »Du ...«, begann er und verstummte. Sie sah gar nicht ihn an, das wurde ihm jetzt klar. Sie blickte auf die Spitze des Bambusstocks, die sich langsam aus seiner Brust herausbohrte. Wo kam die her, fragte er sich ein wenig verwundert. Der Schmerz hatte noch immer nicht eingesetzt. Er sah das Glitzern in Jessicas Augen.

Sie hat es einfach noch nicht kapiert, dachte er. Dann fiel er vornüber.

Die Mädchen traten an die Grube. Einen Moment lang sah es so aus, als wolle Carla nach ihrem Speer greifen, aber Jessica schüttelte unmerklich den Kopf, also ließen sie ihn, wo er war. Gemeinsam schoben sie mit beiden Armen den aufgehäuften Sand in das Loch und ließen ihn auf die beiden obszön ineinander verschlungenen Männerkörper fallen, so lange, bis nichts mehr von der Grube zu sehen war. Nicht einmal mehr das geschmückte Ende des Spießes ragte heraus. Die nächtliche Flut würde ein Übriges tun.

Wie auf Verabredung gingen die beiden los und pflückten Strandlilien. Sie waren gerade dabei, einen neuen Altar zu errichten, als sie ihre Mutter hörten.

»Essen ist fertig! Wo steckt ihr denn?« Es war Sabines Stimme anzuhören, dass sie schon eine Weile gerufen hatte.

»Wir kommen!« Die Mädchen hüpften aus dem Schilf und liefen über den heißen Sand.

»Igitt, ihr Dreckspatzen, geht erst einmal ins Wasser«, rief Sabine. »Und nicht rennen.« Die letzte Bemerkung war vergeblich. Sie seufzte. »Sand auf meinen Tomaten«, murmelte sie kopfschüttelnd, nahm einen Schnitz in die Hand und kaute versonnen. Es dauerte lange, bis die beiden endlich kamen, tropfend, bibbernd, glücklich.

»Wir haben Purzelbäume gemacht!«, rief Carla schon von weitem. »Dreißig, Mama!« Damit ließen sie sich im Schatten des Sonnenschirmes nieder.

»Wo ist der Mann an unserer Seite?«, fragte Sabine, nachdem sie die Brote ausgeteilt hatte. »Habt ihr ihn gesehen?«

Die beiden Mädchen warfen einander einen raschen Blick zu und schüttelten die Köpfe.

»Seltsam«, meinte Sabine, klang aber noch nicht beunruhigt. Sie nahm eine weitere Tomate, während sie, mit der Linken die Augen beschattend, die Linie des Strandes absuchte. »Er ist wohl in die nächste Bucht gewandert.«

Eine Woche später hatte die Polizei noch immer keine bessere Erklärung. Man hatte die nähere Umgebung abgesucht und das Meer. Ein paar Tage lang hatte das Knattern der Hubschrauber zum Alltag des kleinen Küstenortes gehört. Und Sabine hatte aufgehört, es seltsam zu finden, nach gebrauchter Wäsche zu kramen, die man den Suchhunden vor die Schnauze halten konnte. Aber die Patrouillen waren ergebnislos zurückgekehrt und schließlich abgezogen. Carla und Jessica hatte es fast das Herz gebrochen, als sie sich von den Schäferhunden verabschieden mussten.

Bilder des Vermissten hingen in allen Hotels und Touristenlokalen; Sabine hatte sie selbst ausgetragen; niemand, der ihr die Plakate nicht mitfühlend abnahm und ihr einen Grappa anbot. Das Gesicht auf den billigen Fotokopien des Suchaufrufs kannte mittlerweile jeder. Sabine und den Mädchen hingegen wurde es fremd, als wäre es nie Teil ihres Lebens gewesen.

Das Hotel bot ihnen kostenlos einen verlängerten Aufenthalt an. Aber als Jessicas Eltern schließlich ankamen, bereits telefonisch vorgewarnt, dass kein idyllischer Urlaubsaufenthalt auf sie wartete, sank Sabine schluchzend in ihre Arme und bat nur, sie nach Hause zu bringen. Die beiden, die ihren neuen Lebensgefährten noch nicht kennengelernt hatten, nickten mitleidig und tauschten einen bedauernden Blick über Sabines gesenkten Kopf hinweg.

Auch Luigi redete ihr zu. »Bringt nichts, hier herumzusitzen«, meinte er gutmütig und lud alle zu einer Pizza ein. »Er kommt ohnehin wieder, Sie werden sehen. Entführungsfälle verlaufen in Sardinien immer glimpflich.«

Nicht getröstet, aber gefasst nickte Sabine in ihr Glas.

Nur die Mädchen waren nicht einverstanden. Sie protestierten lautstark ob der Zumutung, auf eine ganze Woche ihres Sommerurlaubes verzichten zu sollen. »Wir haben so tolle Fischbecken gebaut«, wandten sie ein. »Und wir wollten doch noch tauchen gehen.« – »Du hast es versprochen!« – »Die letzten Tage waren wir sowieso kaum am Strand!« – »Und die armen Hunde draußen verhungern doch, wenn wir sie nicht mehr jeden Abend füttern.«

Jessicas Eltern waren entsetzt über das mangelnde Einfühlungsvermögen der Kleinen. Da halfen kein »Pst!« und kein vielsagender Blick auf die Freundin, keine Vorhaltungen und keine Strafpredigt. Das Quengeln ging weiter.

»Ihr würdet doch auch viel lieber noch bleiben«, sagten sie den erschrocken einander anblickenden Erwachsenen auf den Kopf zu. Das saß. Jessicas Vater rutschte die Hand aus. Es gab Geschrei. Die jungen Damen schmollten.

Sabine saß schweigend da und kaute an ihren Tränen. Die Freunde hockten ihr mit zusammengepressten Lippen gegenüber und dachten nach.

»Jessica«, sagte ihre Mutter schließlich langsam, sich vorsichtig vorantastend. »Wenn ihr einverstanden seid, morgen abzureisen, dann verspreche ich euch, dass wir einen Hund mitnehmen.« Einem Kommentar ihres Mannes kam sie mit einem Fusstritt zuvor.

Er runzelte die Stirn, dann resignierte er. »Mama hat recht«, gab er zu. »So machen wir es.«

»Und wir?«, hakte Carla sofort nach.

Ihre Mutter schüttelte den Kopf, doch es lag kein Nachdruck darin. Carla ging und kam mit einem dürren braunen Tier im Arm wieder, das sie ihrer Mutter auf den Schoß legte. »Es ist ein Männchen«, sagte sie. »Und es heißt Hades.«

»Und meines Medea«, krähte Jessica sofort und lief, ihren Liebling zu holen.

Ihr Vater schüttelte den Kopf. »Was sind das denn für Namen?«, fragte er und sah die beiden Frauen an, die einander schweigend umarmt hielten. »Zu meiner Zeit hießen Hunde Bello.«

»Du weißt doch, wie die Mädchen sind«, erwiderte seine Frau und drückte seine Hand.

Er hob den Kopf und betrachtete die beiden, die selbstvergessen mit ihren neuen Gefährten spielten. Nein, dachte er, im Grunde hatte er keine Ahnung.

Feines Fresschen

»Mein Gott, Alma, redest du wieder einen Mist.«

Sie griff beleidigt nach ihrem Glas und nahm einen langen Schluck, während ihr Mann den anderen Gästen darlegte, wie sich das mit der Klimapolitik wirklich verhielt. Der Rotwein war gut, er schimmerte dunkel im Kristall; auf dem Grund sammelte sich purpurfarbener Gries. Sie hätte gerne gefragt, was das war, wollte Michael aber nicht noch mehr Anlass geben, sich auf ihre Kosten zu profilieren. Als er in seinem Vortrag bei der Solarzellenproduktion ankam, warf sie noch einmal ein: »Bei uns im Vorort ist die Zahl der Dächer mit Kollektoren angestiegen, das kannst du richtig sehen, wie das da wächst.«

Michael betrachtete sie mit einem schmalen Lächeln, ehe er sich wieder an die Runde wandte. »Man muss eben auch mal über den Tellerrand der eigenen Gemeinde hinausschauen.«

Sie neigte sich ihrer Nachbarin zu, um wenigstens ein scheues »Mein Eindruck ist das jedenfalls« zu murmeln. Die nickte verlegen und rettete sich in das Auftragen des Nachtisches. Alma fühlte sich alleingelassen. Rund um den Tisch lief die Debatte ohne sie lebhaft weiter. Na gut, sollten sie doch. Im Grunde interessierte sie das Thema sowieso nicht. Sie war gewiss niemand, der darauf bestand, ein Experte für Umweltschutz zu sein. Den Rest des Abends verbrachte sie schweigend. Nur als die Gastgeberin sie nach ihren Erfahrungen mit dem Wok befragte, den sie neulich gekauft hatte, gab sie Auskunft und wurde wieder ein wenig lebhafter.

Michael unterbrach sie, als sie gerade die Anekdote von den explodierenden Okraschoten erzählte. Er legte ihr kurz die Hand auf die Schulter. Alma wusste, er wollte jetzt gehen. Michael wollte immer um elf Uhr gehen, er pflegte zu sagen, danach verliere jede Konversation zwangsläufig an Substanz und Originalität. Michael langweilte sich nicht gern. Und er war anspruchsvoll. Das wusste sie ja. Früher hatte ihr das gefallen, glaubte sie. Jedenfalls hatte es sie beeindruckt. Er hatte immer so starke Meinungen; man konnte sich sicher und geborgen fühlen, wenn man sich hinter ihnen verschanzte.

Sofort, als sie spürte, dass er hinter ihr stand, wandte sie sich um. »Gleich«, sagte sie und griff nach seiner Hand. Sie wollte die Pointe noch zu Ende bringen. Michael neigte sich herunter. »Bist du sicher, dass Gertrud das interessiert?«, fragte er und begann, an ihrem Ohr zu knabbern. Als Gertrud sie fragend ansah, kicherte sie verlegen und drückte ihm einen Kuss auf die Wange. Michael hatte sie bereits bei den Schultern genommen. Um weitersprechen zu können, hätte sie ihn schon von sich stoßen müssen. Sie verzichtete darauf, einen solchen Missklang in den Abend zu bringen. Lieber tat sie so, als teile sie das Amüsement über seinen kleinen Scherz. Der allgemeine Abschied war ein einziges Lächeln und Küsschengeben und Händeschütteln.

Erst im Auto wurde ihr bewusst, wie unwohl sie sich fühlte. Ihr Strahlen verging; sie faltete die Hände ineinander und wandte den Kopf zur Scheibe, wo der nächtliche Plärrer vorbeiglitt. Zum Glück machte Michael ohnehin keine Anstalten mehr, ein Gespräch anzuknüpfen.

»Das war wirklich überflüssig«, sagte sie nach einer Weile.

Von ihm kam nur ein Seufzer. »Geht das jetzt wieder los?«, fragte er dann und betätigte den Blinker.

Sie lehnte sich in die Kurve. »Wieso kannst du es nicht einfach lassen, auf mir herumzuhacken?«, beklagte sie sich.

»Meine Liebe, wenn man eine Meinung in den Ring wirft, muss man sich darauf gefasst machen, dass sie in Frage gestellt wird. So etwas nennt man Diskussion. Es ist das Grundprinzip des Meinungsaustausches ...«

Als sie nichts erwiderte, fuhr er fort: »Wenn alle deine Einstellung hätten, würden wir nur dasitzen und uns gegenseitig über den Kopf streicheln.«

Sie stieß ein trotziges »Pah!« aus, was er zum Anlass nahm, ihr einen Vortrag darüber zu halten, dass so entscheidende Institutionen wie Wissenschaft und Demokratie nicht ohne Streitkultur auskämen.

»Ich weiß, ich weiß«, sagte sie, »ich bin der Untergang des Abendlandes.«

»Was soll das denn jetzt?«, fragte er. »Kannst du nicht einmal sachlich sein?« Er schüttelte den Kopf. »Man kann mit dir wirklich über nichts reden.

Die Straßen zogen vorbei. Sie lehnte den Kopf gegen die Scheiben. Eine dunkle Fensterfront zog vorbei. »Das chinesische Lokal hat zugemacht«, sagte sie irgendwann, mehr zu sich selbst. Er antwortete nicht. So fuhren sie schweigend, bis sie ihr Zuhause erreichten. Der Hund begrüßte sie mit freudigem Gebell.

»Machst du mir noch ein paar Spiegeleier?«, rief er aus dem Wohnzimmer, wo er sich auf dem Sofa niederließ, wie ihr das Quietschen der Polster verriet, gefolgt von der Stimme des Nachrichtensprechers.

Sie betrachtete den Hund. Vor dem Schlafengehen würde sie noch mit ihm gehen müssen. Einstein war ein Jagdhund mit großem Bewegungsdrang. Sie hätte ja lieber ein etwas kleineres Tier gehabt, aber Michael hatte damals kategorisch erklärt, er weigere sich, seinen Alltag mit einem Schoßhündchen zu teilen, das zu nichts gut sei als dazu, die infantilen Bedürfnisse seiner Besitzer zu illustrieren. Dann könne man ja gleich Wintermäntelchen, Haarspänglein und Schleifchen mit anschaffen und das Tier mit im Bett schlafen lassen.

Alma hatte das entrüstet von sich gewiesen. Aber er hatte sie so lange mit Parodien von Hundebesitzern aufgezogen, die in ihren Tieren einen Kindersatz sahen, hatte sie mit »Duzidu« begrüßt und über » Tierquälerei« gelästert, bis sie nachgegeben hatte. Nun besaßen sie ein echtes »Nutztier« mit Verstand und gesunden Instinkten, und sie musste drei lange Märsche pro Tag mit ihm absolvieren. Michaels

Engagement hatte sich von Anfang an in Grenzen gehalten und war gänzlich eingeschlafen, als sich gezeigt hatte, dass Einstein ein angeborenes Hüftleiden besaß, das ihn von Züchterpreisen ausschloss. Mittlerweile war sie sogar dankbar für Einsteins Größe, die ihr bei den unvermeidlichen gemeinsamen Gängen durch die nächtlichen Straßen immerhin die Angst nahm.

»Hältst du es noch einen Moment aus?«, fragte sie den Hund, der sie schwanzwedelnd anschaute und dann mit der Schnauze an seinen Napf stupste. »Noch einer, der Hunger hat«, seufzte Alma und ging zum Küchenschrank. Sie wog eine der großen Dosen in der Hand und überlegte. »Enthält alles, was Ihr Liebling für eine ausgewogene Ernährung braucht«, stand auf dem Etikett.

»Alma, guck mal, sie interviewen gerade diesen Schauspieler, für den du so schwärmst«, erscholl es aus dem Wohnzimmer. »Mein Gott, was verzapft der für einen Blödsinn.«

Alma griff nach dem Wok. Ehe sie sich ganz darüber im Klaren war, was sie da tat, schüttete sie die Hälfte des Hundefutters hinein. Es roch streng, sogar ein wenig faulig. Aber dem konnte ja abgeholfen werden. Sie benutzte das etwas stärker schmeckende Sesamöl, benutzte es reichlich und sparte auch mit dem Pfeffer nicht. Das Curry, das sie letzte Woche gekauft hatte, war ebenfalls pikant und noch ganz frisch. Sie puderte die Fleisch- und Pansenstücke großzügig damit. Dann überlegte sie kurz. Schließlich verquirlte sie ein paar Eier in einer Schüssel und goss das Ganze über das brutzelnde Fleisch. Zischend verband es sich zu einer unerkennbaren Masse. Sie schüttete alles in einen Teller und garnierte es mit einem Sträußchen Petersilie. Einstein japste und versuchte, seine Schnauze auf die Arbeitsplatte zu strecken. Sie schob ihn beiseite und nahm den Teller.

»Kusch«, sagte sie liebevoll, »du bekommst gleich etwas Anständiges.« Mit gut gelauntem Hüftschwung rauschte sie hinaus.

Michael empfing sie mit über die Schulter ausgestreckter Hand, ohne den Blick vom Bildschirm zu lassen. »Ich weiß ja nicht, was du an dem findest«, verkündete er. »So ein Geisteszwerg. Schauspieler sind eben doch nur das Material, aus dem Regisseure ihre Visionen formen. Man sollte ihnen außerhalb der Bühne Sprechverbot erteilen.«

Kommentarlos drückte Alma ihm den Teller in die Hand.

»Was hast du da reingetan?«, fragte er nach einem flüchtigen Blick, ehe er sich wieder dem Bildschirm zuwandte. Routiniert häufte er sich eine Gabel voll.

»Haschee«, gab sie vorsichtig zur Antwort und fügte nach einer kurzen Pause hinzu: »Ein Rezept von Gertrud.«

Er steckte den Löffel in den Mund, schluckte und kaute. Alma hielt den Atem an.

»Mmmh«, stellte er endlich fest und nahm die zweite Gabel. »Die Frau kann wirklich kochen.« Als er ihre sich entfernenden Schritte hörte, wandte er sich halb nach ihr um. »So was könntest du ruhig öfter machen.«

»Kein Problem«, sagte Alma in der Küche zu Einstein. Sie öffnete den Kühlschrank, nahm zwei Koteletts heraus und ließ sie in den Hundenapf fallen, wo Einstein sich begeistert über sie hermachte. Als sie später mit ihm spazieren ging, pfiff sie vor sich hin. Der Hund, der ihre Aufgeräumtheit spürte, kam angesprungen und drückte ihr die Schnauze in die Hand. Sie kraulte ihn großzügig. Michael schlief vor dem Fernseher ein. Alle waren glücklich.

Als sie am nächsten Morgen Michael in der Tür ins Büro verabschiedete, kam ihr Nachbar vorbeigejoggt. Alma, noch immer guter Dinge, schmetterte ihm ein fröhliches »Einszwei, Günter!« entgegen, »einszwei, einszwei, jaaaaa, du schaffst es.« Der Nachbar lächelte und wurde langsamer, um auf ein Schwätzchen am Zaun stehenzubleiben.

Michael verzog das Gesicht. »Äh, so ein dämlicher Scherz, immer dieses Gezähle, das hat doch so einen Bart.« Er spuckte beinahe aus.

Ihr blieb fast die Luft weg. »Aber ich wollte doch nur ...«

»Also, mich regt das auf. Da will man in Ruhe Sport machen, und immer kommt so ein Depp mit seinem Kommentar.«

Der Nachbar schaute unsicher, winkte dann erneut und trabte wieder an. Michael erwiderte seinen Gruß.

»Musst du gleich immer so ...«, setzte sie an.

Er wehrte ab, schon etwas ruhiger allerdings. »Mir geht das einfach auf die Nerven.«

»Aber dein Ton ...«, wandte sie ein. Sie suchte nach den richtigen Worten, wusste aber schon, dass es die falschen sein würden. »Da schwang so eine Abneigung mit irgendwie.«

Er machte eine wegwerfende Geste. »Mein Ton, mein Ton«, äffte er sie nach. »Wann begreifst du endlich, dass es auf die Argumente ankommt und nicht auf den Ton. Frauen, Herrgott ...« Er ließ offen, was er damit sagen wollte. Als sie verstockt schwieg, drückte er ihr einen energischen Kuss auf die Wange. »Und versteif dich jetzt nicht auf die Abneigung. Du weißt doch, dass ich dich liebe. Merk dir das doch endlich mal.«

Sie bemühte sich um ein Lächeln. Dann ging sie einkaufen. Zum ersten Mal blieb sie in der Zooabteilung des Supermarktes länger stehen. Bisher hatte sie einfach immer das billigste Futter mitgenommen, das mit dem unübersehbaren roten Angebotspfeil. Heute nahm sie sich zum ersten Mal Zeit, die ganze Breite des Angebotes zu studieren. Und es war überwältigend, befand sie. Nicht nur die Vielzahl der Geschmacksrichtungen war bemerkenswert, auch die Aufzählung der Inhaltsstoffe, die ihrer Seele tiefe Befriedigung verschaffte. Und dann waren da noch all diese Zusatznutzen. »Für ältere Hunde« oder »Senior« stand zum Beispiel auf Dosen, die in ihr fröhliche Visionen eines gichtigen, zahnlos geifernden Michaels weckten. »Für ein glänzendes Fell«, versprachen andere, die sie anzogen, gerade weil sie es in dem Moment schaffte, sich einzugestehen, dass Michaels Geheimratsecken sich in den letzten beiden Jahren schon gewaltig vertieft hatten. Geheimratsstadien träfe es schon eher, oder Geheimratszonen. Sie griff nach der Dose. Mal sehen, dachte sie, ob man nicht wenigstens die spärlichen Reste ein wenig auf Hochglanz bringen konnte.

Dann gönnte sie sich noch eine ganze Palette mit importiertem »Dogfood«, einfach weil es so geschmacklos rosafarben verpackt war. »Fish«, las sie erfreut und ließ sich das Wort noch einmal auf der Zunge zergehen, Fischköpfe, Gräten und allerlei Abfall aus überquellenden Tonnen vor Augen. Sie hatte einmal eine Doku über die Zustände in einer Fischfabrik gesehen. Vielversprechend. »Fish, rubbish«, reimte sie und lachte bei der Erinnerung daran, dass Michael sich immer über ihren Akzent lustig machte. Ein junger Verkäufer, der nicht weit von ihr einen Stapel Paletten zog, schaute auf und erwiderte unwillkürlich ihr Lächeln.

Zuhause wurde sie von Einstein begrüßt, der erwartungsvoll seine Schnauze in die Einkaufstasche wühlte. »Nein, Schätzchen«, lachte sie. »Das ist nicht für dich.« Sie öffnete den Küchenschrank und stapelte die Dosen liebevoll zu einer Skulptur, ehe sie sich wieder dem Hund zuwandte. »Für dich habe ich Schweineleber, frisch vom Biometzger. Guter Hund.« Sie kraulte ihn, während er sich schnaufend über seine Portion hermachte.

Am Abend gab es für Michael Fischfrikadellen. »Mit Kapern und Sardellen«, erläuterte Alma, die das Ganze schwungvoll auf den guten Tellern servierte. »Das ist aus einem Kochbuch, das sie in der Kulturzeit besprochen haben.«

Die Kulturzeit war eine der wenigen Sendungen, an denen Michael ein gutes Haar ließ. Ob es daran lag oder an der guten Importware, er tat sich zweimal auf, während Alma sich mit dem Salat begnügte. »Meine alljährliche Frühlingsdiät«, sagte sie nur und lauschte in schweigender Zerstreutheit dem, was Michael zum weiblichen Diätwahn zu sagen hatte. In der Küche schlang Einstein an den Resten der Leber vom Mittagessen.

»Andererseits hast du um die Hüften tatsächlich ein wenig zugelegt«, meinte Michael, als sie aufstand, um die Teller abzuräumen. Mit kritischem Blick verfolgte er ihre Bewegungen, während er sich mit der Serviette den Mund wischte. »Vielleicht solltest du öfter mal mit dem Hund gehen.« Sie sah zu, wie er die Serviette faltete und zum Sofa hinüberging, um sein Lieblingsprogramm einzuschalten. Morgen, beschloss sie, würde es »Sultan Senior Rind&Leber« geben. Mit Lecithin.

»Rind&Leber« war ein voller Erfolg. Ebenso »Happy Dog Wildkaninchen«, »Kleiner Liebling Welpenkost« und »Brutus Spezial« für Arbeitshunde. Als Michael sie während des Brunches bei Lilo und Lothar unterbrach, um mitten in ihre begeisterte Nacherzählung eines Artikels aus der *Zeit* hinein zu verkünden, das sei ein Blatt für Möchtegern-Intellektuelle, erlitt sie zwar einen Rückfall. Noch beim gemeinsamen Abendessen ließ er sich darüber aus, dass er nie, nicht ein Mal, seine Meinung sagen könne, ohne dass sie gleich in Tränen ausbräche. Alma war so erschöpft, dass sie einfach Spaghetti gekocht hatte. Aber anderntags entdeckte sie, dass der örtliche Metzger selbstgemachtes Hundefutter aus Schlachtabfällen anbot, die einen so vielversprechenden Geruch verströmten, dass ihre Tränen versiegten.

Sie ging immer lieber einkaufen, entdeckte den *Fressnapf* für sich, durchstreifte die Zooabteilungen der großen Baumärkte, nahm ganze Paletten bei *Aldi* und *Norma* mit und tat zu ihrem Entzücken einen kleinen, ranzig riechenden Drogeriemarkt auf, der regelmäßig kleine Alu-Dosen mit abgelaufenem Haltbarkeitsdatum im Regal hatte, die die Verkäuferin mit einem raschen Seitenblick über die Kasse zog, während sie selbst unerschüttert pfeifend die Tragetüten füllte. Die Verkäuferin zuckte mit den Achseln und berechnete ihr gleich noch ein paar Posten mehr, als sie gekauft hatte. Almas gute Laune jedoch war unerschütterlich. Sie wusste, was sie tat.

Nach Hause zurückgekehrt, wälzte sie stundenlang Kochbücher, die all die Jahre bisher verstaubt im Regal gestanden hatten. Sie lieh sich welche von Freundinnen und wurde Kundin der Stadtbücherei. Alles, was stark gewürzt war, scharf und aromatisch, interessierte sie, dazu alles Gehackte und Geschnetzelte, Passierte und Verrührte. Sie füllte Blätterteig und rollte Fladen, kreierte Eintöpfe und panierte noch die widerspenstigste Masse. Die Arbeit machte ihr Spaß, sie war kreativ, spannend und vielfältig. Fast jeden Tag stand sie vor einer Aufgabe, die sie herausforderte. Und wenn sie dann vor einer appetitlich aussehenden, verführerisch garnierten Platte stand, dann war Alma mit der eigenen Leistung hochzufrieden. Im Geiste begann sie, ein eigenes Kochbuch zu entwerfen. Die teils kalauernden, teils anzüglichen Kommentare, die ihr dazu durch den Kopf gingen, amüsierten sie oft den ganzen restlichen Tag.

Selbst Michael schien zu bemerken, wie sehr sie neuerdings in ihren häuslichen Aktivitäten aufging, die ihr früher wenig Befriedigung verschafft hatten. Er schlug ihr vor, sich einen Job zu suchen. Das beuge bei Frauen ihres Alters einer einsetzenden geistigen Trägheit vor. An diesem Abend gab es »Hasso Deluxe«, eine teure Marke, die von Tierärzten empfohlen wurde für Hunde mit empfindlichem Verdauungssystem und Altersflatulenz. Das, fand Alma, war das Mindeste, was er sich verdient hatte.

In der Woche darauf bewarb sie sich bei dem Hotel, in dem sie zuletzt gearbeitet hatte. Man freute sich, von ihr zu hören und bot ihr eine Stelle in der Personalabteilung an, Teilzeit mit der Option auf Vollzeit in einem halben Jahr, wenn die Stelle des Abteilungsleiters frei würde. »Ich weiß doch, was Sie können«, meinte ihr alter Chef und zwinkerte ihr zu. Die Sekretärin umarmte sie und holte für die Kollegen ein paar Piccolos aus dem Kühlschrank, um ihre Heimkehr zu feiern.

»Die beuten dich doch bloß aus«, kommentierte Michael. Alma, die sich bereits ausgerechnet hatte, dass sie in einem Jahr fast das Doppelte von dem verdienen würde, was er auf seiner Universitätsdozentenstelle bekam, schwieg dazu und griff zum Dosenöffner. »Royal Gala«, speziell für Tiere, die viel drinnen lebten. Was gab es Besseres?

Seit klar war, dass sie tatsächlich wieder arbeiten würde, war die Situation schwieriger geworden. Michael war dazu übergegangen, ihre Grammatik zu kritisieren. »Wie machst du das eigentlich, wenn du Geschäftsbriefe schreiben willst?«, fragte er sie eines Abends in der Freundesrunde, nachdem er sich zuvor lautstark über einen falschen Konjunktiv von ihr lustig gemacht hatte.

Alma hatte angelegentlich auf ihren Teller gestarrt. Später dann, in ihrer Küche, war sie seit langem einmal wieder unschlüssig. »Spartakus für den fitten Hund« oder »Napoleon plus C« mit Haltbarkeitsdatum vom letzten April, fragte sie sich und starrte hinaus in den ersten Schneefall des Jahres. Oder doch lieber »Happihappi, die Marke für den Hund von heute«? Irgendwie wurde sie nicht so recht froh.

Michael hockte wieder einmal vor dem Fernseher, um sich die Spätnachrichten anzusehen. Einstein neben ihr jaulte leise. »Was ist?«, fragte sie, aus ihren trüben Gedanken gerissen. »Ist das Hackfleisch nicht mehr frisch?« Sie roch an seinem Napf. »Du bist ganz schön verwöhnt geworden, mein Lieber.« Aber der Hund hatte recht, das Fleisch hatte einen metallischen Grünstich bekommen und roch alles andere als einladend. Kurz entschlossen schüttete sie es in die Pfanne und goss eine halbe Dose »Wuffi Delice plus Leber« darüber. Sie rührte den braunen Brei so lange um, bis er stockte, überschüttete ihn dann mit Knoblauchsalz, warf ein paar Oliven hinein, goss nach kurzem Überlegen auch die Olivenbrühe mit dazu und bedeckte alles mit ein paar Händen altem Gouda, ehe sie es zum Überbacken in den Ofen schob. Einstein blaffte. Sie öffnete den Kühlschrank. »Tut mir leid, alter Junge, nichts Gutes mehr da«, sagte sie. »Morgen gehe ich zum Metzger, versprochen.« Es blieb ihr tatsächlich nichts anderes übrig, als auch dem Hund Fertigfutter zu geben. Das hatte sie schon seit Wochen nicht mehr getan.

»Wo ist denn dein Napf? In der Maschine? Na, dann kriegst du eben ausnahmsweise auch vom guten Geschirr, was, mein Alter?« Sie holte einen Suppenteller aus dem Schrank, um die angebrochene Dose hineinzukippen, und kraulte den selig sabbernden Hund. »Als nächstes gebe ich Michael deinen Napf, was meinst du? Nein, willst du nicht? Sei bloß nicht so egoistisch.« Langsam ging es ihr besser. Ihrer übermütigen Laune folgend, schnitt sie auch für Einstein ein Petersiliensträußchen ab.

Sie war noch nicht fertig, als Michael aus dem Wohnzimmer nach ihr rief. »Wo bleibt denn das Essen?«

»Komme ja schon«, sagte sie und schaltete den Backofen mit einer energischen Geste aus. Der Käse war erst halb zerschmolzen, aber sie beschloss, es zu ignorieren. Sie ging hinüber und reichte ihm den Teller. »Lammlasagne«, sagte sie, während sie sich zu ihm auf das Sofa setzte. Die Sprecherin berichtete von einer Explosion in Karatschi. »Pakistanisch.« Aber ihr Mann hörte gar nicht hin.

»Da«, verkündete er, auf den Bildschirm deutend, wo der nächste Beitrag begann. »Das sind doch endlich einmal realistische Verbrecher. Die vergiften keine Babynahrung oder machen irgend so einen sentimentalen Scheiß. Die treffen unsere pervertierte Wohlstandsgesellschaft dort, wo es ihr wirklich weh tut: bei der Affenliebe zu ihren Haustieren.«

»Also, ich glaube nicht ...«, begann Alma.

»Pscht, ich will das hören. Wann lernst du endlich mal, dass Fernsehen Information sein kann, nicht nur dekadentes Hintergrundrauschen.« Damit griff er nach dem Teller.

Alma stand auf und wollte gehen. Sie mochte nicht zusehen, wie er alles in sich hineinschaufelte. Aus irgendeinem Grund bereitete es ihr heute kein Vergnügen. Aber im Fernsehen wechselte die Szene. Eine Reporterin stand auf der Straße vor einem Supermarkt, den Alma als denselben erkannte, in dem sie selbst heute noch eingekauft hatte. Sie sprach hastig und aufgeregt in ein Mikrophon und legte so viel Drama wie möglich in ihre Stimme. Neben ihr stand eine ältere Dame mit ihrem Chihuahua auf dem Arm, der im kalten Dezemberwind zitterte.

Alma wies mit dem Finger auf die Mattscheibe. »Da war ich heute«, entfuhr es ihr.

Michael seufzte. »Du hast ein so seltenes Talent, die relevanten Aspekte einer Sache zu betonen«, sagte er sarkastisch. »Zu den einstürzenden Türmen des World Trade Centers hättest du vermutlich gesagt: Guck mal, da war ich schon mal.« Er schnaubte verächtlich. »Lässt du mich das jetzt bitte verfolgen, das ist interessant.«

»Wie du meinst«, murmelte Alma. Sie ging ein paar Schritte in Richtung Tür, blieb aber stehen, als das Bild auf die Nahaufnahme einer Dose umschaltete. Die folgenden Erläuterungen des Sprechers hatten ihre ungeteilte Aufmerksamkeit. Auch Michael wandte keinen Blick vom Geschehen, während er das Essen in sich hineinschlang. »Die Erpressung betrifft ausschließlich Futter der Marke ›Wuffi Delice‹, und zwar die Geschmacksrichtungen Truthahn und Leber. Wer in den letzten Tagen eine Dose dieser Sorte gekauft hat, ist aufgefordert, sich bei der Polizei zu melden. Wir sprachen mit einem Vertreter der Firma Wuffi Industries, der unseren Reportern versicherte, dass die Kunden für jede zurückgegebene Dose einen gleichwertigen Ersatz erhalten werden.« Es folgte ein Interview mit dem Pressesprecher der Firma, der über die ausgefeilt hygienischen Produktionsmethoden seines Arbeitgebers sprach und darüber, dass man vor solch perfiden Anschlägen auch bei maximal verantwortlicher Arbeitsweise nicht gesichert sei. Ein Professor der Soziologie folgte, der über das Leben in der Risikogesellschaft sprach, in der derartige Schläge jeden beliebigen Bürger treffen könnten.

Michael verschlang jedes seiner Worte und das Essen dazu. Er hielt erst inne, als der Teller leer war und eine Reihe von emotional gefärbten Interviews mit Tierbesitzern einsetzte, in denen erstaunlich oft das Wort »al-Qaida« fiel. »Idioten«, schnaubte Michael und pulte sich die Reste aus den Zähnen. »Hast du noch was?«, rief er dann etwas lauter, als er registrierte, dass seine Frau nicht mehr im Zimmer war.

Aber Alma hörte ihn nicht. Sie wühlte im Mülleimer und holte die Dose heraus, die sie vor kurzem hineingeworfen hatte. Mit zitternden Händen hielt sie sie unter das Arbeitslicht. Es gab keinen Zweifel: Es war dieselbe Marke, dieselbe Geschmacksrichtung. Auch die Codenummer stimmte mit denen überein, die der Sprecher angegeben hatte; sie endete mit einer zwei null vier. Alma musste sich gegen den Tisch lehnen. Die Ziffern tanzten vor ihren Augen und wollten nicht auf ihren Plätzen bleiben. Dennoch hatte sie gesehen, was sie gesehen hatte. Und sie wusste auch, was es bedeutete. Auf einer theoretischen Ebene. Nur begreifen wollte sie es noch nicht.

Erst nach einer Weile wurde ihr bewusst, wie still es ringsum war. Und was das einzige Geräusch bedeutete, dass sie in diesem Moment hörte. »Einstein, nicht!«, rief sie erschrocken aus und riss dem Hund den Teller unter der Schnauze weg. Erleichtert stellte sie fest, dass noch nichts fehlte. Einstein hatte erst einmal gründlich geschnuppert. Sogar das Petersiliensträußchen war noch da. »Himmelherrgott, wie oft soll ich dir noch sagen, du sollst nicht vom Tisch fressen«, machte sie ihrer Erregung Luft. »Du dummer Kerl.« Und sie umarmte den Hund stürmisch.

»Deine Erziehung«, kommentierte Michael, der im selben Moment hereinkam und sich umschaute. »Ich hab' dir gesagt, du sollst mit ihm in die Hundeschule gehen.«

»Die haben ihn dort misshandelt.« Alma richtete sich stocksteif auf.

Ein wenig erstaunt über ihren knappen Widerspruch hob er den Kopf. »Das war keine Misshandlung«, belehrte er sie, »das war Konsequenz. Aber für Frauen scheint das ja generell ein Fremdwort zu sein. Ist noch was von dem Essen da?«

Alma starrte ihn an, unfähig, irgendetwas zu antworten. Aus den Augenwinkeln sah sie die Hundefutterdose mitten auf dem Tisch stehen. Im Grunde war sie nicht zu übersehen. Ihre Hände wurden feucht, und sie umklammerte unauffällig die Tischkante. Halb erwartete sie, dass er sie zur Rede stellen würde. Und vielleicht war das sogar das Beste so. Sie schloss die Augen.

Irritiert runzelte er die Stirn, dann entdeckte er den vollen Teller Hundefutter mit der Petersilie darauf, ein zitternder Berg glänzender Fleischstückchen in Aspik. Anklagend hielt er ihn ihr entgegen. »Das gönnst du mir wohl nicht?«, fragte er. »Was ist das – eine Pastete? Kannst du so was überhaupt?« Er griff sich einen Löffel und nahm geziert einen Bissen, kaute mit offenem Mund, den Kopf geschmäcklerisch wiegend. »Hmm, hmmm«, murmelte er zweifelnd. »Ist das auch eines von Gertruds Rezepten?« Doch er nahm einen zweiten Löffel.

Sie schaute ihm fassungslos zu. War er denn blind? Besaß er überhaupt keinen Geschmackssinn? Wozu hatte sie sich all die Mühe bisher gemacht? Schenkte er allem, was sie tat und zubereitete, wirklich so wenig Aufmerksamkeit? Oder vertraute er ihr dermaßen? Wer um alles in der Welt gab ihm das Recht dazu? Wut stieg in ihr auf. Endlich hielt er inne.

»Also, irgendwie schmeckt es ein bisschen ...«, begann Michael. Er wurde von einem Würgereiz unterbrochen.

Fasziniert starrte Alma ihn an. Tremor, hatte es in dem Beitrag geheißen, dann Krämpfe, gefolgt von einem raschen Versagen des Kreislaufs. Anfallsartiges Erbrechen, das aber zu spät kommt. Das Gift, hatte der Experte gesagt, fraß sich da bereits durch sämtliche Zellen. »Ihrem Hund platzen die Adern in den Augenhintergründen und Schleimhäuten, er blutet aus Augen, Nase, Ohren und Mund.« Sie konnte die sachliche, monotone Stimme noch gut hören. Nun bemerkte sie auch das Zittern seiner Hände. Der Löffel, den er auf den Teller gelegt hatte, klirrte.

»Das«, sagte sie, »ist Wuffi Delice.« Michael hob die Brauen. Das Blau seiner Iris, umgeben von Purpurrot, war ihr niemals so leuchtend erschienen wie jetzt. »Leber«, fügte sie hinzu.

Der Teller fiel aus seiner Hand; er krümmte sich nach vorne. Seine Kiefer mahlten noch immer. Sie konnte sehen, wie er sich bemühte zu verstehen, was sie gesagt hatte. Aber sie hätte nicht sagen können, was den Wettlauf gewann: das Begreifen oder die Krämpfe, die ihn vor ihr zu Boden warfen.

Zusammen mit gelblichem Speichel stieß er etwas hervor. Es konnte »du verdammte ...«, geheißen haben, sicher war sie nicht. Jedenfalls war es nichts Neues.

»Wohl bekomm's«, murmelte sie, dann spülte sie die Pfanne mit großer Sorgfalt und scheuerte anschließend noch das Spülbecken. Schließlich holte sie einige Pasteten aus der Tiefkühltruhe, dekorierte jede mit einem Petersiliensträußchen und stellte sie in den Kühlschrank. Er muss sie verwechselt haben, Herr Kommissar; ich mache mir solche Vorwürfe. Alles nur wegen der albernen Geste mit der Petersilie. Aber in der Werbung machen sie es auch immer so. Michaels Füße schlugen im Tremor gegen die Küchentür, es war ein regelmäßiges, fast rhythmisches Geräusch. Die Dose warf sie in den Müll zurück. Es wäre nur verdächtig gewesen, wenn sie nicht dort gelegen hätte.

Als alles fertig war, pfiff sie nach Einstein und zog sich warm an. Sie würden einen langen, ausgiebigen Spaziergang machen. Der Hund wedelte so heftig, dass er am ganzen Körper bebte. Auch Alma freute sich auf die Bewegung und die klare, kalte Luft. Dort würde sie besser denken können. In der Küche hinter ihr war kaum noch etwas zu hören.

Fast die einzigen lebenden Wesen, gingen sie langsam durch die stillen Vorortstraßen, sie und Einstein, der vor lief und zurück, hier schnuffelnd und dort, und kaum zu bändigen war vor Lebensfreude. Sie kickte ein Steinchen für ihn, dann machte sie einen Hüpfer. Sie summte ihr Lieblingslied, das nun keiner mehr »Mainstreampopscheiße« nannte. Wer weiß, vielleicht traf sie sogar Günter bei einer abendlichen Joggingrunde. Alma sang lauter.

Schönes Wetter heute

»Beeilung, ihr Süßen, los jetzt. Wo sind deine Schuhe, Johanna? Lotta, nicht träumen, die Jacke, Kind.« Hastig wühlte Rebekka an der vollen Garderobe nach ihrem eigenen Blazer.

»Mama, du hast mir kein Ketchupmajo auf mein Pausenbrot gemacht.«

Rebekka fand das Halstuch im Ärmel, stellte fest, dass es nicht zu ihrer heutigen Bluse passte, und öffnete den Schrank, um nach einem roten zu suchen. »Morgen wieder, Schatz, das verspreche ich dir. Und jetzt mach den Schulranzen zu und komm.«

»Aus der Tube«, quengelte die Kleine. »Und dazu eine Radieschen-Maus.«

Rebekka wickelte das Tuch um ihren Hals, schloss die Haustür auf, verhinderte mit einer Fußbewegung, dass die Katze entwischte, und trieb ihre beiden Töchter erneut zur Eile an. »Tempo jetzt, sonst macht Samson sich wieder selbständig, und ihr wisst ja, dass er heute zum Tierarzt soll.« Über die Schulter rief sie in Richtung der Haushälterin in der Küche: »Die Liste für die Einkäufe liegt auf dem Tisch. Und denken Sie daran, die Medikamente für den Kater in der Apotheke zu besorgen, nicht beim Arzt, der schwatzt einem immer etwas Teureres auf.« Mit halbem Ohr nahm sie die beschwichtigende Antwort zur Kenntnis, während sie versuchte, Lottas verklemmten Reißverschluss zu lösen. »Und unbedingt Bio-Zitronen mit unbehandelter Schale nehmen, sonst kann ich sie nicht für den Kuchen brauchen. Und falls meine Mutter anruft …« Sie hielt kurz inne, um den Anruf in Gedanken durchzugehen. Die Haushälterin kam an die Tür.

»Mit Ihrer Mutter bin ich noch immer gut ausgekommen.«

»Weiß ich doch, Hilde, weiß ich doch«, beeilte sie sich die ältere Frau zu beschwichtigen. »Es ist nur so, dass ich klären muss, was mein Vater sich zum Geburtstag … aber das mache ich dann besser selber. Habe ich erwähnt, dass um zehn der Stromableser kommt?«

»Es steht am Kühlschrank«, erwiderte Hilde, hob den Kater auf und schob sie hinaus.

In aller Eile küsste Rebekka ihre Liebsten, winkte ihnen nach, bis sie um die Ecke zur Bushaltestelle abgebogen waren, und machte sich dann selbst auf den Weg. Der führte sie, wie jeden Morgen, durch den nahegelegenen Park. Sie empfand das als eines der Privilegien ihres Alltags. Der Straßenlärm blieb zurück und auch die Menge der Fußgänger. Es schien, als würden sie Wert darauf legen, sich auf den Bürgersteigen aneinander vorbeizureiben, zwischen Mülltonnen und Hundehaufen, fast gestreift von den Bussen, die sich durch die engen Altstadtstraßen quälten, und beschimpft von den Ladeninhabern, die versuchten, in dem allgemeinen Gewühl ihre Tische, Aufsteller und Waren auf den Gehwegen auszubreiten. Manchmal fragte sie sich, ob sie denn die Einzige war, die auf die gute Idee kam, im Austausch gegen ein wenig Ruhe und frischen Sauerstoff den kleinen Umweg durch das Grün zu nehmen. Hier war fast niemand, der nach Berufstätigkeit aussah. Kinder liefen an der Hand ihrer Betreuer, Hunde schnupperten umher, weitab ihrer pfeifenden und rufenden Besitzer; Jogger waren die einzige Spezies, die sich hier und da zu größeren Grüppchen formierte. Und auf den Bänken saßen in großen Abständen einzelne Gestalten. Manche hatten wohl die Nacht hier verbracht und blinzelten zerknittert in die langsam sie erwärmende Sonne, andere kamen nach Rasierwasser duftend aus ihren Heimen, um hier die frische Luft zu genießen. Einige ließen sich mit der Morgenzeitung nieder und raschelten sich durch die Tagesereignisse, andere hatten lediglich die Hände zwischen den auseinanderklaffenden Knien gefaltet und schauten in die Welt, zufrieden damit, einfach da zu sein. Das waren die rätselhaftesten.

Rebekka beneidete sie manchmal, allerdings nie besonders lange, denn im Grunde war eine solche Existenz ihr unverständlich. Sie selbst konnte sich keine Pause erlauben. Auf ihren hochhackigen Pumps stakste sie den Hauptweg entlang, der auch bei Regen nie schlammig war, und am Ohr hatte sie bereits das Handy. Während sie noch darüber nachdachte, dass die Blüten der japanischen Zierkirschen dieses Jahr so früh abgefallen waren, und ob es sich wirklich lohne, mit dem Gärtner darüber zu reden, eine in den eigenen Vorgarten zu setzen, verhandelte sie bereits mit ihrer Assistentin. »Nein, nein, nein, das Angebot für Kerner ist bereits fertig. Ich habe es auf der Festplatte abgelegt, im Ordner ›Süd‹, schau doch einfach mal rein. ›Süd‹, gleich unter den Projektplanungen für die Stadtverwaltung, ja, nein. Himmelherrgott Sabine, dann mache ich es eben selber, nein, nein. Nein, ist ja gut. Die E-Mail-Adresse hast du? Und vergiss nicht, das Dokument anzuhängen, ja? Und die Antwort muss bis zum zwölften da sein, das müssen die wissen, okay? Bin gleich bei dir.« Sie drückte mit einem Seufzer auf ›Aus‹. Die Kirschbäume sah sie nicht mehr, ebensowenig wie das Leuchten der Buchen im Hintergrund. Es gab so vieles zu bedenken. Ein Schäferhund rannte über die Wiese und schnappte sich ein Frisbee. Rebekka sah ihn und überlegte, ob die Antwort vom Stadtbauamt wohl bereits da wäre; meist wurden die Fristen versäumt, und sie war dann diejenige, die den Belegen hinterherlaufen durfte. Im Geiste formulierte sie eine Mahnung.

Der Kiosk war bereits geöffnet; erste Kunden standen mit dampfenden Kaffeebechern davor. Sie erwog, ihren Cappuccino heute auszulassen, überlegte es sich dann aber anders. Der Besitzer schien ja immer so stolz darauf, ihn mit Extra-Milchschaum und Zimtschnecke für sie bereit zu halten. Sie brachte es nicht übers Herz, ihn zu versetzen, und stellte sich an. Er enttäuschte sie seinerseits, indem er sie lange warten ließ wegen eines ausgiebigen Palavers mit dem Kunden vor ihr über die Leistung des Clubs gegen Juventus. Als sie dann feststellte, dass es heute keine Zimtschnecken gab, ging sie in noch schnellerem Schritt weiter. Dann würde sie ihr zweites

Frühstück eben in der Pause beim Bäcker kaufen. Falls sie dazu käme, es stand ja noch das Meeting mit Krauß & Partner an, fiel ihr ein. Gute, langjährige Kunden. Die beiden hatten eine Klage vorbereitet und benötigten ein Gutachten. Natürlich am besten bis vorgestern. Vermutlich konnte sie es sich abschminken, in der Pause den Termin mit dem Steuerberater einzuhalten. Rebekka überlegte kurz, dann rief sie an und vereinbarte einen neuen Termin. Sie seufzte. »Guten Morgen«, sagte sie mechanisch.

Erst danach schaute sie auf. Natürlich, da saß er. So wie jeden Morgen. Sie wusste nicht, wann sie begonnen hatte, ihn zu grüßen, und warum. Der Mann war alt, rührend alt. Sein Blick hinter den Brillengläsern blinzelte in eine Welt, die ihn nur noch zu erstaunen schien. Er war sorgfältig gekleidet, Anzughosen schlackerten faltig um seine dünn gewordenen Beine. Seine Krawatte ließ in Rebekka das Bild einer mädchenhaften Greisin mit silberfarbenem Dutt entstehen, die sie ihm jeden Morgen in unverwelkter Zuneigung band. Seine klauenartigen Hände lagen übereinander gefaltet auf dem Griff eines Stocks, den er zwischen seine Füße gepflanzt hatte.

Der alte Herr, wie sie ihn für sich titulierte, gehörte zu denjenigen, die damit zufrieden schienen, einfach nur dazusitzen und die Sonne auf sich scheinen zu lassen. Eine Tupperdose neben ihm verriet, dass er zu späterer Stunde einen Imbiss nehmen würde. Aber wer weiß, dachte Rebekka, vielleicht fütterte er auch nur die Spatzen. Sie hörte das Tschilpen einer dieser lebhaften, stets verzankten Banden in einem nahen Holunder. Der Alte fing ihren Blick auf, wie immer. Er hatte eine kindliche Art zu schauen, unverwandt und frei, die in Rebekka das Bedürfnis weckte, noch etwas zu sagen. Sie wollte ihn nicht enttäuschen. Zumal sie durch ihre täglichen Begegnungen im Park quasi Bekannte geworden waren.

»Schön, wenn man so früh schon die Sonne genießen kann, nicht wahr?«, setzte sie deshalb hinzu. Eilig, wie sie es hatte, wartete sie die Antwort nicht ab. Auch meldete sich schon wieder ihr Handy. »Ein Mittagessen?«, fragte sie beinahe entsetzt, dann besann sie sich. »Wenn es wichtig ist, natürlich, ja, ich weiß, dass es dich freuen würde, entschuldige. Du, weißt du was, ich mache es einfach möglich.« Im Geiste all ihre Termine neu herumschiebend, verabredete sie das Treffen mit ihrem Mann. Ihre Pumps klackerten den Takt dazu.

Am nächsten Morgen waren sie zu spät dran, und sie musste die Kinder mit dem Auto in ihre Schulen fahren. Tags darauf machte der Imbissbudenbesitzer ihr freundliche Vorwürfe. Sie bezahlte die zurückgelegte trockene Zimtschnecke vom Vortag. Als sie den alten Mann passierte, grüßte sie wie immer und überlegte kurz, ob sie ihm die Schnecke anbieten sollte, für die Spatzen. Gerade noch rechtzeitig fiel ihr ein, dass sie ja gar nicht wusste, ob er die Vögel tatsächlich fütterte. »Eine schöne Krawatte haben Sie«, sagte sie, um ihr kurzes Innehalten zu rechtfertigen. Ein paar Meter lang überlegte sie, ob diese Bemerkung nicht zu privat gewesen war, bis ihr Handy wieder einmal klingelte. »Was, wie? Nein, dann gehen Sie, wenn das so wichtig ist. Ich schaffe den Schriftsatz auch alleine. Ja, keine Sorge, ich habe den Termin nicht vergessen, nein, nein, ich schaffe das schon.« Sie legte auf und drückte die Tasten erneut, um den Friseurtermin zu verschieben und um Hilde Bescheid zu geben, dass sie heute die Kleine zum Kinderturnen fahren müsse. Als sie ihr Büro betrat, formulierte sie bereits am zweiten Absatz des Schriftsatzes herum.

In der Mittagspause dann, auf der Suche nach einem passenden Geschenk für ihren Vater, blieb sie vor einem Herrenausstatter stehen und betrachtete die Krawatten. Eine strahlte einen wunderbar dezenten, altmodischen Charme aus. Warum nicht, dachte sie und musste lächeln, als sie den Laden betrat.

»Wunderbares Wetter heute, nicht wahr?«, zwitscherte Rebekka am nächsten Morgen und verfluchte sich. Das war kaum einen Deut besser als »Schönes Wetter heute«, das ärgste Klischee von allen, nur dass »wunderbar« obendrein einen Tick übertrieben klang, unangemessen überschwänglich, und die Sache eher noch schlimmer machte. Außerdem, hatte sie nicht gestern wörtlich dasselbe gesagt? Oder was hatte sie gestern gesagt? Gott, wie schlecht ihr Gedächtnis doch war. Sie lächelte dem Kioskbesitzer zu und bemühte sich, seine Komplimente angemessen zu benicken, was nicht so einfach war, da ihr Chef ihr gerade am Telefon erklärte, warum Krauß & Partner ein Recht darauf hatten, dass sie bei ihrem Betriebsjubiläum einen Vortrag hielt. »Aber nicht wieder die Nummer mit dem germanischen Recht und den Äpfeln über Nachbars Zaun«, tönte es in ihr Ohr. »Lassen Sie sich mal was Neues einfallen. Und den Schriftsatz Süd brauche ich um neun.«

Fast hätte sie den alten Mann an diesem Morgen übersehen, weil ihr Gatte ihr gerade übers Handy erklärte, dass sie dieses Jahr doch bitte etwas mehr Einfühlungsvermögen walten lassen möge bei der Auswahl des Geburtstagsgeschenks für seine Mutter. »Sie ist immerhin über siebzig, Schatz, und sie hatte ein schweres Leben.«

»Wer hat das nicht«, seufzte Rebekka, nachdem sie aufgelegt hatte. Dann dachte sie nach und rief in Lottas Schule an. Telefonisch verlegte sie das Elterngespräch von neunzehn auf zwanzig Uhr. Das gab ihr an diesem Abend die Zeit, noch bei Karstadt vorbeizuschauen. »In der Abteilung für Damen mit schwerem Leben«, sagte sie sich. Vielleicht, dachte sie, sollte sie sich da in zwanzig Jahren selber abgeben, sich mit Anti-Aging-Cremes balsamieren, mit Wellness-Wässerchen mumifizieren, in Angorareizwäsche einwickeln und dann frisch manikürt und pedikürt in einem mit Swarowski-Diamanten besetzten Sarg zur Ruhe begeben. So wie ihre Schwiegermutter das getan hatte. Mehr oder weniger. Sie beschloss, kein Risiko einzugehen und die alte Dame anzurufen, um sie zu fragen, was sie sich denn wünsche. Sicher war sicher. Wegen Phantasielosigkeit schelten lassen konnte sie sich dann immer noch. Als sie vor dem alten Mann stand, verschlug es ihr für einen Moment die Sprache. Etwas Neues, Einfühlungsvermögen, Phantasie – die Worte geisterten durch ihr Gehirn. Aber ein zufriedenstellender Satz wollte sich nicht daraus formen. Schließlich stotterte sie irgendetwas heraus und ging hastig weiter. Ihre Hände waren feucht, und sie schämte sich in Grund und Boden. Was war das denn gewesen? Hatte sie sich tatsächlich vor diesem armen Menschen aufgebaut und ihm entgegengestammelt, dass die Kastanien ›ja auch so schön‹ blühen würden? Oh Gott, was musste er nur von ihr denken. Demnächst stellte sie sich hin und sagte »Frühling lässt sein blaues Band« für ihn auf, oder was? So wie damals als Kind, auf den unerträglichen Familiengeburtstagsfeiern, bei denen sie auch immer am liebsten im Erdboden versunken wäre. Ein Wunder eigentlich, dass sie heute mehrere Dutzend Vorträge im Jahr hielt.

Sie ging schneller, knickte um und fluchte. Es tat so weh, dass sie stehen blieb, um sich den Knöchel zu reiben. Wenn ihr Mann das gesehen hätte, er würde den Kopf über sie schütteln. Das war ja schlimm gewesen. Peinlich. Noch dazu gab es hier weit und breit keine Kastanien. Vermutlich hatte sie an Linden gedacht. Vermutlich, korrigierte sie sich, habe ich an gar nichts gedacht. Als der Schmerz nachließ, hinkte sie. Später im Büro, in der Mittagspause, ertappte sie sich dabei, wie sie bei Google die Blütezeiten der Kastanie recherchierte. Es war noch ein gutes Stück hin. Und das, was vor ihrem inneren Auge geschwebt hatte, war eine Robinie gewesen. Strich drunter, beschloss Rebekka, gab ihrem Drehstuhl einen Stoß und brach auf, um mit der Rechnungsabteilung die anstehenden Reklamationen durchzugehen.

Den folgenden Tag beschloss Rebekka ganz spontan, den direkten Weg über die Durchgangsstraße zu nehmen, wie der Rest der Welt. Sie hatte dafür die großartige Ausrede, dass sie bei Karstadt, was das Geschenk für ihre Schwiegermutter betraf, nicht fündig geworden war. Da wäre es kein Schaden, im Vorbeigehen zumindest einen vorsortierenden Blick auf die Auslagen der Geschäfte zu werfen. Der Rest der Welt war ebenfalls anwesend. Er trat ihr auf die Füße, stieß gegen ihre Laptop-Tasche und schob sie an der Schulter vor sich her. Er starrte missmutig durch sie hindurch, schrie, brüllte, röhrte in ihre Ohren und roch nach Abgasen, Mülltonnen, aufdringlichem Parfüm und billigem Aftershave. Vergebens versuchte sie übers Handy Hilde zu instruieren, was zu tun sei, da Johanna wegen Zahnschmerzen zu Hause zurückgeblieben war. Es war einfach zu laut. Enerviert gab Rebekka auf. Sie vermisste ihre abgeblühten Kirschbäume, die Robinien, die alte Fichte und den Kiosk. Sie vermisste selbst die Zimtschnecke, die sie die letzten Wochen oft an ihre Assistentin weitergegeben hatte, die Obdachlosen und beinahe auch den Alten. Ich könnte ihn fragen, ob er oft hierher kommt, überlegte sie, während sie eine SMS tippte und gleichzeitig die Auslagen eines Juweliers überflog. Die Brosche hinten links wäre eine Option; am besten machte sie gleich selbst einen Termin beim Kieferorthopäden für Johanna aus. Und die Bemerkung war natürlich Mist; er kam jeden Tag dorthin, genau wie sie selbst. Sie hasste Menschen, die das offensichtlich feststellten. Sie hasste Smalltalk überhaupt, Menschen wie ihre Schwiegermutter, die in ihren Gesprächen eine Floskel an die nächste reihte und ihre Weihnachtskarte jedes Jahr unweigerlich mit dem Satz begann: »Ihr Lieben, und wieder ist ein Jahr vergangen.«

Sie selbst bemühte sich bei ihren Glückwünschen und derlei Schreiben immer um einen persönlichen, originellen Ton. Einmal hatte sich der Chef über ein längeres Schreiben geneigt, dass sie gerade mit Füller in ihrer schönsten Schrift zu Ende brachte. Er hatte den Kopf geschüttelt. »Das ist für den Hausmeister zum Fünfzigsten«, hatte er erklärt, »da genügt: ›Mit besten Wünschen‹ und Schluss. Sie machen mir den Mann ja kopfscheu.«

Kopfscheu, sie erinnerte sich noch an das Wort. Kopfscheu hatte sie wohl auch den alten Herrn im Park gemacht. Was er sich wohl bei ihrem Auftritt gedacht hatte? Und was mochte er daraus schließen, dass sie heute nicht da war? War das am Ende nicht noch viel peinlicher als eine weitere Begegnung? »He!«, empörte sie sich, als ein türkischer Gemüsehändler ihr seine Obstkisten beinahe in die Kniekehlen rammte. Er würdigte sie keiner Antwort. Rebekka ging weiter. Sie vermisste ihren Park, sie vermisste die Momente des Morgens, die ihr gehörten. Sie vermisste den ungestörten Handyempfang. Sie spürte es vibrieren und las vom Display ab, dass das Abteilungstreffen sich um eine Stunde verschob. Gut, sagte Rebekka sich und nahm sich vor, die Zeit zu nutzen, um sich ein paar originelle, aber nicht zu originelle, gesellschaftlich absolut korrekte Sätze zurechtzulegen, die ihr den Weg durch den Park wieder freigeben würden. Auf Vorrat.

Eine ganze Woche lang rettete sie sich so mit »Einen schönen guten Morgen wünsche ich«, »Auch wieder einmal hier unterwegs?«, was sie nicht ganz so ideal fand, da er ja streng genommen nicht unterwegs war, sondern eher statisch herumsaß, aber irgendwie musste er ja hergekommen sein, sagte sie sich; mit »Schön, Sie auch mal wieder zu sehen« (Doppelung von ›auch‹ und ›mal‹, verbesserungsfähig), »Jaja, die Morgenluft ist ein Geschenk« und »Ab morgen soll es ja regnen.« (Ging das eigentlich auch ohne ›morgen‹?)

Sie hatte es sich angewöhnt, beim Frühstück den Wetterbericht zu lesen, der eine unerschöpfliche Quelle der Inspiration war, wie sie feststellen musste. Manchmal konnte man auf diese Weise noch ein »Der angekündigte Schauer ist ja zum Glück ausgeblieben« einfließen lassen, oder ein professionelles »Heute soll angeblich der heißeste Tag des Monats werden«. Manchmal musste sie sich förmlich zurückhalten, um ihr meteorologisches Wissen nicht breiter auszuführen. Selbst am Kiosk ließ sich noch das eine oder andere verwerten. Gold wert.

Abends vor dem Fernseher dachte sie ernsthaft darüber nach, ob es eigentlich eine Möglichkeit gäbe, das Wort ›Morgen‹ gänzlich zu vermeiden, was zu Versuchen führte wie »Einen schönen Tag noch«, »Habe die Ehre« (da war im Abendprogramm ein österreichischer Krimi gelaufen), »Heute haben wir aber wieder Glück mit dem Wetter« und »Genießen Sie das Frühlicht«. Letzteres fand sie dann zwar doch ein wenig maniert. Frühlicht klang so unangemessen poetisch. Aber am Ende immer noch besser als »Und wieder beginnt ein neuer Tag.«

Dem Alten schien es nichts auszumachen, wenn sie einmal daneben langte. Ebenso wenig würdigte er ihre Treffer. Er wertete nicht, verzog keine Miene und sagte auch nichts dazu. Überhaupt machte er niemals eine Bemerkung. Er antwortete Rebekka auch dann nicht, als sie vorübergehend auf rhetorische Fragen umschaltete, zunächst harmlose Dinge wie »Na, wie geht's?« oder »Genießen Sie auch wieder einmal die frische Luft?« oder »Glauben Sie, der Regen kommt noch?« Später, übermütig geworden, erkundigte sie sich auch schon einmal, ob er nicht vielleicht seine Krawatte lockern wolle. Sie fühlte sich danach wie ein junges Mädchen. Beschwingt schritt sie aus, kicherte noch, als sie ihre Zimtschnecke entgegennahm, und biss herzhaft hinein, was ihr einen schmachtenden Blick des Kioskbesitzers einbrachte. Das Leben war doch manchmal gar nicht so übel.

Dann kam der Tag, an dem Krauß & Partner anriefen, um unheilvoll zu verkünden, dass der gegnerische Anwalt ihr Gutachten in Fetzen gerissen habe. Wie das denn möglich sei? Ihnen sei versichert worden, sie wäre kompetent in der Sache; sie hätten sich auf sie verlassen. Ihr Vortrag fand noch statt, aber sie spürte die eisigen Blicke ihrer Auftraggeber auf ihrem über das Manuskript gesenkten Scheitel. Unfähig, ein Wort frei zu sprechen, las sie alles ab. Es gab kaum Lacher bei ihren Pointen. In dieser Nacht brauchte sie Tabletten. Auf ihrem Handy blinkte eine SMS des Chefs, der sie nach der Rückkehr von seiner Londonreise sprechen wollte.

Der Geburtstag der Schwiegermutter wurde ein voller Erfolg, kulinarisch gesehen. Sie holte die alte Dame nach der Arbeit aus dem Heim ab und fuhr sie nach Hause, wo sie am Vorabend bereits die Tafel gedeckt hatte und nun die vom Partyservice gelieferten Gerichte entgegennahm, mit denen sie die den ebenfalls am Vortag selbst gemachten Pasteten und Häppchen ergänzte. Man speiste, es gab keine Klagen wie in anderen Jahren; die Atmosphäre war beinahe friedlich. Bis die Schwiegermama ihren Sohn auf die Frau ansprach, mit der sie ihn neulich im Restaurant gesehen hatte und die so geschmackvoll gekleidet gewesen war. Genau so, wie sie sich das für ihre eigene Schwiegertochter immer gewünscht hätte. Im ersten Moment dachte sie sich nichts dabei. Aber ihr Mann leugnete so heftig, dass die Weinflasche dabei zu Bruch ging. Danach herrschte auf allen Seiten peinlich berührtes Schweigen. Früher als sonst brachte er seine Mutter zurück. Während die mit dem verwüsteten Tisch zurückgebliebene Rebekka den Rotwein aus dem weißen Teppich rieb, überlegte sie, dass ihre Schwiegermutter zwar ein vertrocknetes Herz, aber leider gute Augen hatte.

Als sie alleine im Bett lag, hörte sie ihren Mann telefonieren. Zum ersten Mal in ihrem Leben fragte sie sich, mit wem.

Morgens dann fielen harte Worte zum Toast, von seiner Seite auch laute, nur mühsam gedämpft, als sie auf die Kinder verwies. Die reagierten auf den Streit damit, dass sie energisch andere Haarspangen, besondere Frühstücksflocken, bessere Pausenbrote und die Mitnahme längst abgelegter Schmusetiere in die Schule verlangten. Ihr Gequengel brachte Rebekka beinahe zum Kochen. Aber ihr schlechtes Gewissen war stärker, und sie lief allen Forderungen hinterher, umarmte die Kinder, die sich gegen ihren zu festen, fast verzweifelten Griff instinktiv sträubten, umarmte sie noch einmal, verlor dabei ihren Mann aus den Augen, der ohne Abschied aufbrach, und sah nur noch seinen Rücken im Kaschmirmantel durch das

Fenster. Seine letzten Worte waren gewesen, dass ihn alles ankotze. Er hatte ihr keinen Kuss gegeben, wie sonst.

Keinen flüchtigen Kuss, wie sonst, korrigierte sie sich und fragte sich, wann eigentlich der Funke aus seinen Küssen verschwunden war. Über dieser Frage vergaß sie ihren Laptop. Zurückgekehrt, um ihn zu holen, war sie so spät dran wie nie. Ihr Chef würde heute das erste Mal nach seinem Londonaufenthalt wieder beim Abteilungstreffen dabei sein. Heute zu spät zu kommen, sagte sie sich, wäre, wie die Kündigung einzureichen. Als sie auf den Parkweg einbog, tastete sie nach ihrem Geldbeutel und fand ihn nicht. Wo war er, in der Handtasche, auf dem Küchentisch, dem Garderobenschrank, dem Jackett von gestern? Oder lag er, um Himmels willen, am Geldautomaten im Bankvorraum? Sie wusste es nicht. Sollte sie sicherheitshalber die Karte sperren lassen? Ihr wurde warm.

Der Kioskbesitzer hatte sie bereits erspäht. Sie sah, wie sein Gesicht sich aufhellte. Er hob etwas hoch, vermutlich die Tüte mit der Zimtschnecke. Rebekka biss sich auf die Lippen. Sie hatte einfach nicht die Zeit hinzugehen, nur um zu sagen, dass sie heute nichts mitnehmen würde. Sie konnte die aufsteigende Frage in der Miene des Mannes sehen, als sie an der Abzweigung zu ihm vorbeiging. Sein Mund öffnete sich. Wollte er etwa nach ihr rufen? Wollte er sie zur Rede stellen? Würde er sie auch beschimpfen? Sie hatte es wirklich satt. Alles hatte sie satt, alles. Den Frieden hier, die Jogger, die Kinder. Sogar die Spatzen und die Bäume; es kotzte sie an, jawohl, auch sie konnte etwas ankotzen. Mit einer gewissen Befriedigung wiederholte sie das harsche Wort. Und überhaupt, was tat sie hier? Sie musste sich beeilen. Entschlossen drehte sie sich auf dem Absatz um und verließ den Park.

Der harte Ton der Straße war heute mehr nach ihrem Geschmack. Sie wurde angerempelt und rempelte zurück, Tränen in den Augen und eine gewisse grimme Befriedigung im Herzen, aber mit wachsender Verzweiflung. Nicht einmal die Kleine hatte sich heute an sie geschmiegt. Und wie würde es weitergehen? Ohne Mann, ohne Job. Ob sie das alles zu apokalyptisch sah? Vor dem Schaufenster blieb sie stehen. Statt der Brosche, die sie gekauft hatte, lag jetzt ein Tablett mit Trauringen in der Auslage. Auf einem Plakat umarmte sich ein lachendes Paar. Die Frau war elegant gekleidet. So sah sie wohl aus, die andere.

Zum Teufel, dachte sie, zum Teufel mit Krauß & Partner, zum Teufel mit ihnen allen. Wenn jetzt der türkische Gemüsehändler käme ... Sie stürzte weiter und hätte beinahe die rote Ampel übersehen. Ein vorbeirauschender Bus stoppte sie gerade noch rechtzeitig. Sie spürte den Luftzug auf ihrem Gesicht. Schockiert kam Rebekka zu sich. Ihre Hände zitterten. Du lässt dich gehen, stellte sie fest, das ist ja lächerlich. Sie strich sich über das Haar und warf scheue Blicke um sich, um festzustellen, ob jemand ihren derangierten Seelenzustand bemerkt hatte.

Da entdeckte sie ihn. Er war alt, rührend alt. Wenn er stand, fiel noch mehr auf, wie fragil und gebückt er war. Sein silberner Haarschopf war licht und fedrig wie der Flaum eines Jungvogels. Sein Blick über die kleine runde Brille hinweg wirkte so erstaunt und unverwandt wie der eines Kindes. Rebekka erschrak, als sie ihn sah. »Was machen Sie denn hier?«, entfuhr es ihr. Der Alte lächelte leicht, wie er es immer tat, und antwortete nicht. Nie sagte er etwas. Aber sie sollte sich dauernd etwas Neues und Originelles ausdenken, wie? Rebekkas aufgestaute Wut entlud sich über ihn. »Verfolgen Sie mich etwa?« Es war heraus, ehe sie weiter darüber nachdenken konnte. Sie hatte lauter gesprochen als nötig. Trotzdem schluckte der Lärm des anfahrenden Verkehrs beinahe ihre Stimme. Sie holte Luft, um ihn zu übertönen. Sie tat es mit Lust. »Was ist, hat es Ihnen die Sprache verschlagen?« Sie zeigte ihm ihre leeren Handflächen. »Ich habe heute keinen Wetterbericht für Sie. Nix, nada, verstehen Sie? Herrgott, ich kann auch nicht immer an alles denken. Starren Sie mich nicht so an.« Ach, das tat gut, so unendlich gut.

»Heute gibt's kein Schwätzchen, okay? Verschwinden Sie schon, lassen Sie mich in Ruhe!« Endlich hatte sie das Vergnügen, seinen ewig ungerührten Gesichtsausdruck sich einmal verändern zu sehen. War es ihr schriller Ton gewesen, ihr gerötetes Gesicht, oder hatte er ihre Geste missdeutet? Er hob die Hände, als wolle er sie abwehren. Im nächsten Moment stolperte er und trat auf die Bordsteinkante. Sein Fuß rutschte ab. Alles ging so schnell, dass später niemand etwas Genaues dazu sagen konnte. In einem Moment war da der Alte, mit leichter Neigung nach hinten, die Hände griffen in die Luft. Beinahe hätte der tastende Stock Rebekka gestreift. Im nächsten Augenblick rauschte der Zweihundertachter vorbei. Der Alte war fort. Es dauerte einen Moment, bis die Passanten begriffen, was das bedeutete. Auch der Busfahrer hielt erst viele Meter weiter. Die ersten Helfer liefen bereits auf ihn zu.

Rebekka blieb stehen und starrte die Rückseite des Busses mit den blinkenden Lichtern an. »Die Spatzen pfeifen es von den Ästen, Bünel's Döner sind die besten«, stand dort in fröhlichen bunten Lettern. Schon wieder so ein falscher Genitivapostroph, dachte sie.

Ein Autofahrer stieg aus und begann zögerlich, ein Warndreieck aufzustellen. Dann schob er die Hände in die Hosentaschen, zog die Schultern hoch und wartete auf dem Gehsteig zusammen mit der wachsenden Menge darauf, dass die Polizei und die Rettungskräfte kämen und ihnen die ungewohnte Last von den Schultern nähmen, mehr als nur Zuschauer zu sein. Menschen traten aus den Läden und Häusern. Die Mutigen strebten der Vorderseite des Busses zu, um mit eigenen Augen zu sehen, was doch im Grunde so unweigerlich klar war. Rebekka stand lange wie angewurzelt da. Sie vergaß ihr Handy und das Büro. Sie stand noch, als die Sirenen erklangen. Im Grunde wartete sie darauf, verhaftet zu werden, eine Hand auf ihrem Arm zu spüren, die sie mitnahm, in eine Zelle, in die Stille, heraus aus dem Trubel hier und allem. Der Krankenwagen war schon lange wieder gefahren, die Polizisten instruierten die Straßenreiniger, die Masse verlief sich langsam, als Rebekka begriff, dass niemand ihr auch nur eine Frage stellen würde.

Im Büro angekommen, sah sie ihre Assistentin auf sich zueilen. Rebekka wollte sich für das versäumte Treffen entschuldigen, aber Sabine nahm sie nur ganz ehrfürchtig am Arm und führte sie in das Büro des Chefs wie eine Kranke. Dort sank Rebekka in den Sessel. Sie hörte kaum, wie ihr die Teilhaberschaft angeboten wurde. Sie war sich auch nicht sicher, was sie selbst sagte, aber als sie aus dem Büro trat, dröhnte ihr der Applaus der Abteilung in den Ohren. »Becker hatte Krauß & Partner eigenmächtig einen eigenen Entwurf deines Gutachtens geschickt«, flüsterte Sabine ihr ins Ohr. »Der Chef hat ihn umgehend gefeuert. Sie werden jetzt mit deinem in Revision gehen.« Rebekka ging zum Kaffeeautomaten, verfolgt von allen Blicken. Es dauerte eine volle Minute, bis es ihr gelang, sich eine Tasse einzuschenken. Dann fuhr sie mit ihrer Arbeit fort.

Zuhause machte sie sich an das Abendessen. Scheibe um Scheibe dekorierte sie Toasts, auf die sie mit besessener Akribie Gesichter aus Mayo, Ketchup, Chutney und Preiselbeeren tupfte. Das Schneiden, Schmieren und Schichten tat ihr gut. Sie konnte gar nicht mehr aufhören, formte Raupen aus halben Gurken, baute Fliegenpilze aus Tomaten und verwandelte Radieschen in Mäuse. Dabei tropften ihr die Tränen aus den Augen. Aber auch das bekam sie nicht wirklich mit. Es war ihr, als stünde sie neben sich.

Die Kinder jubelten, als sie aus ihren Zimmern kamen und das Essen sahen. Als die Haustür klappte, zuckte Rebekka zusammen. Ihr Mann kam herein, eine Hand hinter dem Rücken. Als er die gedeckte Tafel sah, trat er zu ihr und küsste sie auf den Scheitel. »Ich habe nachgedacht«, sagte er und zog eine Flasche Champagner hervor. Später im Bett, als sie an ihn gekuschelt dalag, erzählte Rebekka ihm von ihrem Tag.

»Typisch du«, sagte er und nahm sie so fest in den Arm, dass es beinahe wehtat. Aber Rebekka war froh darum. »Immer lädst du die Last der Welt auf deine Schultern. Du hast den Alten weder geschubst noch gestoßen.«

»Aber ich war so unfreundlich zu ihm«, wandte sie ein.

»Du hattest einen harten Tag, Schatz.« Er küsste sie auf die Haare über ihrem Ohr. Ein wohliges Kribbeln stieg in Rebekka auf. »Ich verspreche dir«, flüsterte er, »in Zukunft wird alles besser werden. Ich bin so stolz auf dich.«

Am nächsten Morgen stand ein cremefarbener Sportwagen in der Auffahrt. Rebekka bekam die Schlüssel mit einem goldenen Herz am Anhänger überreicht und lud die Kinder ein. Ab da fuhr sie die beiden morgens zur Schule und kurvte dann ins Büro, wo in der Tiefgarage ein reservierter Parkplatz auf sie wartete. In die Ledersitze geschmiegt, genoss sie die Klimaanlage und die Musik ihrer Lieblings-CDs und vermisste nur manchmal die Bäume im Park, deren Wipfel sie vom Fenster ihres neuen Büros aus sah. Die Arbeit war womöglich noch mehr geworden. Trotzdem behielt Rebekka die Angewohnheit bei, morgens in der Zeitung zu blättern. Sie begann hinten, mit den vermischten Nachrichten und dem Wetterbericht. »Es soll der heißeste August in dieser Dekade werden, stell dir vor«, las sie ihrem Mann vor und führte die Kaffeetasse zum Mund, als sie umblätterte und erstarrte.

»Was ist?«, fragte er.

»Nichts«, sagte sie und schaute auf, um ihn anzulächeln. Er küsste sie, bis die Mädchen zu kichern begannen. »Ich wünsch' dir einen schönen Tag, Schatz.«

Auf dem Weg aus der Garage überlegte sie einen Moment, dann bog sie spontan auf die belebte Ringstraße ab. Vor dem Westfriedhof war ein einziger Parkplatz frei. Dann war es wohl Schicksal. Sie blinkte und fuhr in die Lücke.

Sie hatte sein Gesicht auf der Anzeige gleich erkannt. Der Gottesdienst hatte schon begonnen, als sie die Kapelle betrat, die zum Glück so gut gefüllt war, dass sie unauffällig in einer der hinteren Reihen verschwinden konnte. Rebekka gratulierte sich dazu, dass ihr heutiges Business-Kostüm von einer gedeckten

Schieferfarbe war. Sie fiel in der Trauergemeinde nicht weiter auf. Während der Predigt hatte sie Muße, die Gesichter zu studieren, die so ernst, aber gefasst waren, wie der Anlass es erwarten ließ, und bei den Worten von der ›großen Trauer‹ einvernehmlich in tiefsinniges Nicken verfielen. Vereinzelt liefen Tränen über runzelige Wangen. Rebekka war erleichtert, dass keine Kinder da waren, keine untröstlichen Enkel, keine bleichen, aufgelösten Töchter, die den weinenden Nachwuchs an ihre Brust drückten. Die meisten der Anwesenden schienen im Alter des Verstorbenen zu sein und zu wissen, wie wenig sie selbst davon trennte, Anlass einer solchen Versammlung zu werden. Alles verlief sehr still und unaufgeregt.

Rührung ergriff Rebekka, als sie die Frau des Toten identifizierte. Sie stand neben dem Pfarrer an der Tür und sprach mit ihm, während die Gemeinde sich zum Trauerzug in Richtung Grab formierte. Sie war genau, wie Rebekka sie sich vorgestellt hatte. Zierlich und mädchenhaft und mit einem silberfarbenen Dutt im Nacken.

Rebekka beobachtete, dass der eine oder andere auf sie zutrat, um ihr die Hand zu schütteln. Schritt für Schritt rückte sie selbst der Witwe näher. Noch einmal kam Unruhe in ihr auf. Was sollte sie sagen? Sollte sie sich entschuldigen, um Verzeihung bitten? Aber sie konnte doch nichts dafür, hatte nichts von alldem gewollt. Die beruhigenden Worte ihres Mannes kamen ihr in den Sinn, und Rebekka hielt sich an ihnen fest. Nein, beschloss Rebekka, eine Beichte wäre pure Selbstsucht. Besser, sie beließ es bei einigen freundlichen, aber neutralen Worten. Als sie an der Reihe war, sprach sie mit fester Stimme ihr Beileid aus. Die Witwe schaute sie an. Ihre blauen Augen waren erstaunlich klar. »Kenne ich Sie?«, fragte sie verwundert.

Rebekka errötete. »Ihr Mann und ich sind einander jeden Morgen im Park begegnet«, versuchte sie zu erklären. »Wir, wir hielten dann immer ein kleines Schwätzchen. Er wird mir fehlen, wissen Sie.«

Die alte Dame neigte den Kopf und runzelte die Stirn. »Ein Schwätzchen?«, fragte sie. »Das kann ich mir nicht vorstellen.« Ihre Stimme klang abweisend.

Der Pfarrer neigte sich ihr zu und umfasste ihre zerbrechlich wirkenden Schultern. »Meine Liebe, es ist so weit«, sagte er leise, aber eindringlich. »Alle warten.«

»Wir sprachen nur übers Wetter«, beeilte Rebekka sich zu sagen, »nichts von Bedeutung, wirklich. Es war nur eben so, dass man sich täglich sah.«

»Übers Wetter?« Die Witwe klang verwundert. Sie schüttelte den Kopf.

Rebekka wurde noch röter. Sie trat zur Seite, um den beiden den Weg zu den Gräbern freizugeben. »Darin kann doch trotzdem etwas Persönliches liegen«, begann sie sich zu verteidigen.

Die alte Dame ging nicht darauf ein. »Mein Mann war stocktaub«, sagte sie steif. »Sind Sie sicher, dass Sie sich auf der richtigen Beerdigung befinden?« Damit wandte sie sich ab. Mit einem letzten strafenden Blick auf Rebekka folgte der Pfarrer ihr.

Rebekka stand da und starrte ihnen nach. All den schwarzen Rücken. Noch lange. Dann klingelte ihr Handy.

Das tote Kind

Sie erwachte schweißgebadet. Noch immer hatte sie das Gefühl, ihr Körper flöge, hochgewirbelt, schwerelos, noch vor jedem Schock und Schmerz, im letzten, wunderbaren Moment des Nichtbegreifens. Dann hatte die Schwerkraft sie wieder. Ihr Rücken schmerzte und ihre Eingeweide fühlten sich an wie aus Stein. Die Bewegungen, mit denen sie sich aufsetzte, waren die einer alten Frau, nicht die einer Vierzigjährigen. Aber es war niemand mehr da, für den sie hätte jung sein oder vor dem sie sich hätte schämen müssen dafür, dass ihr jede Lebensenergie fehlte. Wenigstens das erleichterte sie.

Sie hatte in Bennis Bett gelegen, wie jede Nacht, seit Frank ausgezogen war. Die Bettwäsche war feucht geworden und das Laken in der Mulde, die sie in die Matratze gelegen hatte, dunkel. Alles roch nach ihr. Das war nicht gut. Aber es war nicht zu ändern. Anfangs hatte es sie hierher gezogen, in Bennis Zimmer, an sein Bett, weil noch sein Geruch in der Luft lag, weil sein Duft noch immer in der Wäsche hing, in seinen Sachen, in der ganzen Atmosphäre, in jedem einzelnen Staubkorn. Sie hatte sich vor sein Lager gekniet und nur ganz vorsichtig ihr Gesicht in eine Stelle gewühlt, in das Kissen mit dem Aufdruck seiner Lieblingsfußballmannschaft, in einen Zipfel der Decke, in den gebrauchten Schlafanzug, den sie wie immer zusammengefaltet hatte. Vorsichtig, wie ein Mitglied einer Spurensicherungscrew, war sie darauf bedacht gewesen, seinen Geruch zu konservieren und nicht durch den ihren zu verunreinigen. Er war so flüchtig und kostbar. Sie hatte hinterher ihre Haare sorgsam wieder vom Laken gezupft, alles aufgeschüttelt, liebevoll, und war davongeschlichen wie eine heimliche Liebende. Aber ihre Tränen waren im Laufe der Zeit in seine Wäsche geflossen, ihr Atem hatte sie durchtränkt, ihre Haut Spuren hinterlassen; es war nicht zu verhindern, auch wenn sie sorgsam mal hierhin geatmet hatte, mal dorthin, sich immer nur einen kleine Dosis gönnend von dem kostbaren Stoff. Irgendwann war es zu spät gewesen. Da hatte sie alle Hemmungen aufgegeben und mit ihrem ganzen Körper nach dem letzten Rest gegriffen, der ihr von ihrem Kind geblieben war.

Inzwischen roch sie gar nichts mehr. Sie richtete sich auf und wischte sich über die schweißbedeckte Brust. Sie entsann sich der grässlichen Szene, die es gegeben hatte, als Frank damals versucht hatte, sie mit Gewalt von der Bettkante fortzuziehen. Zu ihrem Besten, wie er sagte. Es sei nicht gesund, das sagte er auch. Sei nicht gut für sie, für sie beide. Sie hatte nach ihm geschlagen, hemmungslos, erleichtert geradezu. Wie eine Furie war sie auf ihn losgegangen, und die Erkenntnis, dass sie ihn hasste, war eine Erlösung für sie gewesen. Es gab kein »sie beide« mehr, das hatte sie in diesem Moment begriffen. Und er auch, denn am Tag darauf war er gegangen.

Ihr war das recht gewesen, es schien ihr der natürliche Verlauf der Dinge. Er musste gehen, er war ein Fremdkörper, ein Monster, ein Verräter, denn er lebte weiter, als wäre nichts geschehen. Als wäre nicht die Welt ein für alle Mal verändert worden, nein, nicht verändert, zerstört. Und er leugnete das einfach durch seine unberührte Existenz. Ihr Kind starb, und er maßte sich an, darüber hinwegzukommen. Schon vom ersten Moment an war ihr das verdächtig erschienen. Als die Polizisten an ihrer Tür geklingelt hatten und darum baten, hereinkommen zu dürfen. Frank hatte ihnen Sitzplätze angeboten und ihre Hand genommen, als wüsste er bereits, was kam und welche Rolle er in diesem Stück zu spielen hätte. Als wäre er darauf vorbereitet gewesen. Sie hatte nicht zugehört, als die Männer anfingen zu sprechen, nein, das hatte sie nicht. Sie war davongetrieben in dem Wirbel aus Atomen, in den die Welt sich mit einem Schlag aufgelöst hatte, gleich nach den ersten Worten. Und trotzdem war es der Nachricht irgendwie gelungen, in ihren Kopf einzudringen. Dass Benni mit dem Skateboard auf dem Heimweg gewesen war, auf dem Gehsteig der Brücke, als ein Auto die Fahrbahn verließ und ihn mit voller Wucht traf. Dass er von seinem Brett flog, hoch durch die Luft – das hatten sie nicht gesagt, nicht so direkt, aber sie hatte es verstanden und vor sich gesehen, wieder und wieder seither, den fliegenden Benni, der sich überschlug – und auf dem Asphalt aufkam. Dass er nicht gleich tot gewesen war. Er starb auf dem Weg ins Krankenhaus.

Die Polizisten gingen, diese Bilder, diese Worte zurücklassend. Frank, der sie zur Tür brachte, kam auf sie zu und breitete die Arme aus. Er umschlang sie fest und drückte sie an sich, um sie zu trösten. Und schon in jenem Moment hatte sie sich gefragt, woher er die Kraft dazu nahm. Woher er das Recht dazu nahm, diese Kraft zu besitzen. Weit davon entfernt, dankbar zu sein, war sie voller Misstrauen gewesen gegenüber jeder seiner Gesten und all seinen Aussagen. Und er hatte so viele Sätze gefunden in den nächsten Monaten. Dass sie darüber hinwegkommen müssten. Dass sie weiterleben müssten. Dass sie Benni das schuldeten. Dass niemand etwas davon hatte, wenn sie vor die Hunde gingen. Dass sie Menschen mit einem Recht auf ihr eigenes Leben seien. Dass alles gut werden würde. Dass sie wenigstens noch einander hätten.

Ich scheiß' auf mein eigenes Leben, hatte sie gesagt und leise dazu gedacht: Ich scheiß' auf dich. Was hatte Benni davon, wenn sie fröhlich weitermachten? Was hieß das überhaupt, sie hatten einander? Wen hatte sie denn? Wer verstand, was sie empfand? Sicher nicht der Mann, der in der anderen Betthälfte lag und so energisch an das Bewältigen ging, wie er es nannte, wie winters an das morgendliche Schneeschippen. Ihr war schleierhaft, was er da tat. Mehr noch, es war ihr egal. Er befand sich Äonen weit fort von dem Ort, an dem sie war. Von dem Ort, an dem Benni fehlte.

Ihr Mann war unbeirrt geblieben. Er hatte sie umarmt, hatte sie festgehalten, wenn sie versuchte, sich die Krallen ins Fleisch zu schlagen, dieses Fleisch, das so sehr schmerzte, als wüsste es, dass ein Teil von ihm, etwas, das sein Teil gewesen war, zerfetzt und zerstört worden war auf furchtbare Weise. Die lächerlichen Schmerzen, die sie sich selbst zufügte, waren eine Erleichterung für sie. Aber Frank wollte das nicht zulassen. Wenn sie nachts aufstand, weil sie es nicht ertrug, gefangen im Bett zu liegen, schier erdrückt von ihren Gedanken, ohne die Chance auf Bewegung, auf Erleichterung, auf Luft zum Atmen, lebendig begraben in ihrer gepflegten Doppelbettgruft, dann fing er sie wieder ein und holte sie zurück und zwang sie wieder in diese Fessel.

»Er hat noch gelebt«, schluchzte sie manchmal an seiner Brust. »Er lag da und lebte und war verwundet und hatte Todesangst. Und ich war nicht da, niemand war da, der ihm half, niemand, der ...« Ihre Stimme versagte. Es war ihr unbegreiflich, wie jemand, irgendjemand, diesen Umstand nicht nachfühlen, nicht wieder und wieder nacherleben und nicht an ihm verzweifeln konnte. Es war so gewesen, so und nicht anders. Ihr Kind, so geliebt sein Leben lang, war unbeschützt und einsam gestorben. Sie sah das Nichtbegreifenkönnen in seinen Augen. Wie sollte sie das je wegschieben können? Warum sollte sie das wollen?

»Du darfst dich nicht quälen«, hatte Frank gesagt und ihr verboten, diesen Gedanken nachzuhängen. Aber wo stand das geschrieben, dass man sich nicht quälen durfte? War es nicht vielmehr so, dass man sich quälen musste? War es nicht das Einzige, was sie noch mit Benni verband? Wie sollte sie auf dieses letzte, dünne Band verzichten für so etwas Hassenswertes wie ihren Seelenfrieden? Was sollte sie mit Seelenfrieden, sie wollte ihr Kind, das Wenige, was sie noch von ihm berühren konnte. Und das war sein Leiden.

»Du machst es dir so leicht.« Das hatte sie Frank vorgeworfen und nicht begriffen, wieso er dazu in der Lage war. »Du hast ihn nicht geliebt.« Das war die nächstliegende Erklärung, die ihr einfiel. »Nicht so wie ich. Nicht so, wie du ihn hättest lieben sollen.« Das sagte sie nicht laut. Aber es gärte in ihr. Es nährte ihren Hass und gab ihm einen Gegenstand, Frank, der näher und greifbarer war als jener Mensch, der das Auto gelenkt hatte.

Vor Gericht war sie ihm schließlich begegnet. Dort war auch zur Sprache gekommen, was die Polizisten damals nicht ausgesprochen hatten. Hatten sie es nicht gewusst oder nicht gewagt? Es war ihr egal. Sie hatten ihr einen Teil von Bennis Leben vorenthalten, und dafür hasste sie auch sie. Benni hatte noch gelebt, als er auf der Straße lag, blutend. Sie sah, wie die Räder seines Skateboards sich noch drehten, sie hörte ihn atmen, sie schaute in seine aufgerissenen Augen, tauchte ein in die Verzweiflung, konnte ihn doch nicht berühren. Der Mann war ausgestiegen, das hatten Zeugen ausgesagt. Er war zu Benni gegangen und hatte sich über ihn geneigt, dann war er zurück zu seinem Wagen gerannt und davongefahren.

»Er hat ihn liegen lassen. Er hat ihn einfach liegen lassen.« Auch diese Worte hatte sie so oft an Franks Hals geschluchzt, bis ihr schwindelig davon geworden war. Wie sollte man je darüber hinwegkommen? Was hätte es danach noch anderes zu sagen gegeben? Frank hatte ihr erklärt, sie müsse all das verarbeiten. Er hatte sie zu dem Spaziergang gezwungen, auf jene Brücke. Er hatte verlangt, dass sie die Arbeit wieder aufnahm. Er selbst war nach einer Woche wieder ins Büro gegangen. Sie hatte ihm dabei zugesehen, wie er sich morgens fertig machte, wie er sich wusch, rasierte, anzog, die Krawatte auswählte und das Haus verließ. Wie ein Fremder war er ihr erschienen. Abends, wenn er heimkam, hatte er manchmal noch Telefonate geführt, und bei einem hatte er gelacht. Gelacht. Sie war zum Kalender gegangen. Es war vier Wochen her.

Sie hatte auf ein Zeichen gewartet, auf irgendein Signal, das unverarbeitete Trauer verriet. Alles hätte sie verstehen können: dass er sich vernachlässigte, dass er trank, dass er fremdging, manisch am Computer spielte, sich hineinsteigerte in seinen Sport. Aber Frank tat alles mit Maßen, wie immer, er war gepflegt, ausgeglichen, ruhig. Er duftete nach Rasierwasser, die Küche nach Kaffee und Toast. Sie zog sich in Bennis

Zimmer zurück, wo es noch ein wenig nach ihrem Sohn roch, nach der Vergangenheit, die sie verloren hatte und die ihr Mann mit seiner Lebenstüchtigkeit so gnadenlos entsorgte, dass es ihr ebenso brutal vorkam wie der Unfall selbst. Als er sie fragte, was sie davon hielte, die Terrasse umzubauen, hatte sie die Kaffeekanne nach ihm geworfen. Der braune Fleck war noch an der Wand zu sehen. Frank war auszogen, ehe es dazu kam, dass die Küche frisch getüncht wurde. Die Handwerker hatte er zwar noch bestellt. Aber sie hatte einfach nicht auf das Klingeln reagiert. Hatte auf dem Küchenfußboden gesessen, mit dem Rücken an den Herd gelehnt, in dem toten Winkel, der vom Fenster aus nicht einzusehen war, und hatte darauf gewartet, dass die Stimmen und Schritte sich entfernten.

Er hatte nichts gesagt, als er wiederkam und die Arbeit nicht getan war. Aber in derselben Nacht hatte sie sich wieder in Bennis Zimmer geschlichen. Und er hatte sie mit Gewalt herauszuziehen versucht. Sie hatte ihm ins Gesicht geschlagen und unverzeihliche Dinge gesagt. Unverzeihlich? Sie musste lächeln, wenn sie daran dachte. Jedes Wort war wahr gewesen, jedes tief empfunden. Und ihr schien manchmal, dass sie Frank schon immer gehasst hatte. Durch Bennis Tod war es nur offenbar geworden.

Frank jedenfalls hatte es unverzeihlich genannt, in seiner sauberen, die Fakten scheidenden, alles erledigenden Sprache. Sein Auszug war dementsprechend eine Notwendigkeit, keine Folge irgendwelcher Emotionen, die er empfand. Er war kein Mensch, besaß keine Gefühle, er war ein wandelndes Normalitätsbarometer, das Vorgaben in Fakten verwandelte. Ihr war es recht. Recht, dass er ging. Recht, dass sie endlich allein war mit ihrem Schmerz, für den sie sich nun nicht mehr zu schämen brauchte, für den sie sich keine Rechtfertigungen mehr überlegen musste, als rechtfertige er sich nicht aus sich selbst. Allein mit ihrer Verzweiflung und ihrer Schwäche. Alles war gut.

Langsam fand sie wieder zu sich. Nachts war Bennis Bett ihr Kokon. Tagsüber wanderte sie durch die Räume und gab sich ihren Erinnerungen hin. Es waren so viele davon da. Hier hatte er seine Hausaufgaben gemacht. An der Garderobe hingen noch seine Jacken. Dort war der Fleck an der Esszimmerwand, wo er immer zu heftig seinen Stuhl zurückgeschoben hatte. Seine Zimmertür knarrte mit jenem vertrauten Geräusch. Noch immer fand sie manchmal in einer Ecke einen der Klicker, mit denen er als Kind gespielt hatte. Sie schienen überall zu sein. Im Zeitschriftenständer lagen ein paar seiner Computerblätter, im Sockenkorb noch Strümpfe, die sie hatte stopfen wollen. Im Bad vertrocknete sein Haargel.

Seine Stimme hing noch in den Räumen. Sie hörte seinen typischen Schritt in vielen unerwarteten Momenten. Abends war er stets noch einmal gekommen, um zu fragen: »Gibt's was zu essen?« Jungs in seinem Alter hatten ja so viel Hunger. Sie hatte es nicht über sich gebracht, die Dosen mit dem Chili wegzuwerfen, das er sich bevorzugt warm gemacht hatte. Sie stapelten sich unberührt im Küchenschrank.

»Du lässt zu, dass ein Geist aus ihm wird«, hatte Frank ihr vorgeworfen. Sie hatte nicht verstanden, was er wollte. Wäre Benni als Geist in diesem Haus herumgespukt, es wäre ihr größtes Glück gewesen. Sie hätte sich jede Nacht um die Ohren geschlagen, um seinem Erscheinen beizuwohnen, sie hätte jede Angst dafür ertragen. Wenn er nur sichtbar, greifbar geworden wäre. Sie hätte wie Odysseus eigenhändig ein Schwein geschlachtet und sein dampfendes Blut auf dem Küchenlinoleum vergossen, wenn das Benni hätte herbeirufen können. Sie wäre vor Voodoo nicht zurückgeschreckt. Und wäre er als Zombie zurückgekehrt, als Vampir, dann hätte sie ihm jede Nacht ihr Handgelenk gereicht, damit er daraus tränke. Den letzten Blutstropfen hätte sie dafür hergegeben. Denn er wäre bei ihr gewesen. Allein, das war Unfug, sie wusste es ja selbst. Ihr fehlte der Glaube, die Hoffnung, ihr fehlte alles. Nur an Schmerz fehlte es ihr nicht.

»Melodramatik«, hatte Frank es genannt. Sie hatte nicht geantwortet, ihn stattdessen gefragt, ob er bereit wäre, sein

Leben für Bennis zu geben. Ob er, wenn er die Dinge dadurch ändern könnte, bereit wäre, an Bennis Stelle zu treten, sich auf das Skateboard zu stellen, den Unfall selbst zu erleiden und seinen Sohn zu erlösen. Er hatte sie verständnislos angesehen. Und sie hatte in seinem Blick gelesen, dass er sie für verrückt hielt. Sie schüttelte den Kopf. Nein, verrückt war sie nicht. Sie wusste so gut wie er, dass die Dinge nicht rückgängig zu machen waren. Auch wenn sie viele Nächte wach gelegen und um eine Instanz gebetet hatte, die bereit wäre, ihr zuzuhören, mit ihr zu verhandeln und am Ende ihr Opfer anzunehmen. »Mit wem muss ich verhandeln?«, hatte sie innerlich geschrieen. »Hört ihr nicht? Ich will, dass ihr mich nehmt, mich!«

Frank hätte es absurd gefunden, wenn er davon erfahren hätte. Sie begriff das und schwieg. Aber ihre Gedanken entwickelten sich weiter. Sie erinnerte sich an einen Film, den sie gemeinsam gesehen hatten, damals, als sie jung waren, beide noch Studenten. Ein russischer Regisseur war es gewesen, für den Frank geschwärmt hatte wegen seiner philosophischen Tiefe. Sie erinnerte sich genau. In dem Film war es so weit gewesen, die Supermächte hatten ihre Atombomben abgeschossen, die Marschflugkörper flogen; ein Weltendeszenario. Es war das gewesen, was einen in den Zeiten des NATO-Doppelbeschlusses eben bewegt hatte. Und dieser eine Mann, irgendwo in einer öden Gegend, Skandinavien oder Russland, sie wusste es nicht mehr, sah ihn nur noch gedankenschwer durch lichte Fichtenwälder streifen, dieser Mann also hatte Gott sein Leben angeboten als Opfer, wenn die Welt verschont würde. Und Gott hatte das Opfer angenommen. Die Welt jedenfalls blieb verschont. Nichts geschah. In dem ganzen Film passierte überhaupt verdammt wenig. Wenn sie ehrlich war, hatte sie ihn damals reichlich öde gefunden, zwei Stunden Gewissenswälzerei und nichts zu sehen. Beeindruckt hatten sie damals viel mehr Franks so kluge Worte dazu. Was hatte er ihr nicht alles erklärt, was sie seinerzeit nicht hatte begreifen wollen. Aber jetzt, jetzt verstand sie diesen Mann.

Aber das war eben ein Film gewesen – wie säuberlich ihr Gemahl da schied. Auf Zelluloid und wenn es andere anging, war es philosophischer Tiefgang. Aber wenn sie sich dasselbe wünschte, aufrichtig und mit Herzblut, dann war das neurotisch, krankhaft, wahnsinnig. So entwertete sich ihre Erinnerung an ihren Mann und ihre Jugend. Alles, und vor allem er selbst, kam ihr mit einem Mal heuchlerisch vor, oberflächlich und wertlos. Er hatte nicht gewusst, wovon er redete. Er hatte nicht empfunden.

Im Grunde allerdings war es noch schlimmer, sie begriff es nur langsam: Frank wäre gar nicht bereit, dieses Opfer zu bringen. Anfangs war das nur ein vager Verdacht, aber jeder Tag gab ihr mehr Gewissheit. Ihr Mann wäre zu keinem Zeitpunkt bereit gewesen, sein Leben für das seines Sohnes einzusetzen. Hätte sie ihm das zerfetzte Skateboard gereicht und gesagt: »Fahr los, dreh dich nicht um, das Auto wird kommen, es wird ganz schnell gehen, du wirst kaum etwas fühlen, aber am Ende wird unser Sohn wieder da sein und sein Leben leben können«, dann würde er ablehnen. Er würde auf sein bisschen wertloses Dasein nicht verzichten wollen, würde daran festhalten, sorry, alles sehr traurig, aber nicht gegeneinander aufrechenbar. Das würde er tun, sie wusste es. Und sie begriff nicht, wofür er je gut gewesen war.

Als der Verlag anrief und frage, ob sie die Übersetzung eines Handbuches übernehmen könnte, sagte sie zu. Die Arbeit ließ sich zu Hause erledigen. Einkaufen ging sie nachts, an einer nahe gelegenen Tankstelle. Sie benötigte nicht viel. Niemand störte sie. Sie lebte. Lauschte dem Knacken der Heizungsröhren. Manchmal schrie sie. Sie träumte schlecht. Aber sie lebte. Sie hätte gerne gesagt, dass Benni um sie war, dass er in ihrer Erinnerung weiterlebte, wie ein wohlgehüteter Schatz. Doch alles, was da war, war der lautlos brüllende, nie verstummende Schmerz des Verlustes. Aber wenigstens das war von ihm geblieben. Sie hätte nicht darauf verzichten mögen.

Eines Tages klingelte das Telefon und Frank war dran. Er erklärte, dass er die Scheidung eingereicht habe, da er wieder heiraten wolle. Seine Freundin erwarte ein Kind.

In dieser Nacht saß sie am Küchentisch. Sie dachte nach. Ein neues Leben wolle er, hatte er gesagt, als ob es so etwas im Supermarkt gäbe. Als ob man sich aus seinem alten einfach so davonstehlen könnte. Er hatte Benni endgültig im Stich gelassen, jede Erinnerung an ihn getilgt. Ihn ersetzt. Eine Weile fragte sie sich, warum er all das tat, irgend eine Frau nehmen, sich mit ihr verrenken, stöhnen, tun, was alle tun, Möbel aussuchen, Steuern zahlen, Sonntagsspaziergänge machen, vielleicht in den Freizeitpark fahren, Stöcke schnitzen, Luftballons für Geburtstage aufblasen, und dabei dauernd verdrängen, dass man das alles doch schon einmal getan hatte, dass es nur ein Abklatsch war, eine Wiederholung, ein billiges Plagiat. Wie schaffte er es, all das zu verdrängen? Welche Kraft war dafür nötig, und warum brachte er sie dafür auf, hatte aber andererseits nicht genug davon, um Benni im Schmerz die Treue zu halten?

Wozu noch ein Kind? Wenn er es dann doch an das Leben verriet und nicht den Mut hatte, sich von ihm das Herz brechen zu lassen?

Und dann kam ihr der Gedanken, nein, es war eine Hoffnung, dass es diesmal anders sein und er wirklich lieben könnte. Was ihr die Chance gäbe, ihn diese eine Lektion zu lehren.

»Die persönlichen Besitztümer meines künftigen Mannes müssen natürlich herausgegeben werden. Er vermisst seine Bücher so.«

Sie hörte sich das an und nickte. Sie begriff es nicht, was hieß »herausgeben«? Er hatte, als er ging, alles bis auf den Inhalt eines Koffers zurückgelassen, und sie hatte nichts davon angerührt; sogar seine Zahnbürste stand noch unberührt da, was nicht Ausdruck einer uneingestandenen Sehnsucht war.

Es hatte sie schlicht nicht interessiert. Mit einem verbindlichen Nicken gab sie dem Anwalt ihr Einverständnis zu erkennen. Die Frau selbst schaute sie nicht an. Anfangs, das musste sie zugeben, war sie neugierig gewesen. Aber am Ende war es nur irgendein Gesicht, irgendeine Stimme, die da vor sich hin plapperte. Alles, was interessant war an diesem Wesen war die bereits sichtbare Wölbung ihres Leibes. Die Neue zeigte sich juristisch versiert, ihr Mann, bald ihr Exmann, versöhnlich und großzügig, sie selbst hatte Mühe, ihr Desinteresse an dem ganzen Prozedere zu verbergen. Immerhin hatte sie ein Kostüm angezogen, sich geschminkt und die Narben an ihren Unterarmen mit einigen goldenen Armbändern getarnt. Die Neue starrte dennoch dorthin, ob des Schmuckes wegen oder um die Spuren zu entdecken von dem, was ihr Mann zweifellos als die »bedauerliche psychische Labilität meiner Frau« dargestellt hatte, wusste sie nicht. Sie wusste nur, sie war nicht labil. Sie überlebte einen Verlust, der eigentlich nicht zu überleben war, mit großer Umsicht und Zähigkeit. Schmerz war dazu nur ein Weg. In anderen Kulturen war er anerkannt, nicht in dieser, die den Tod verdrängte und den Kopf schüttelte über Fernsehbilder von Menschen, die sich geißelten. Aber genau das tat sie. Und es half ihr. Noch war sie hier, oder? Und sie benahm sich so zivilisiert, wie irgendjemand es von ihr erwarten konnte. Mal sehen, dachte sie bei sich und warf der anderen einen Seitenblick zu, wie du dich schlagen wirst.

Nach zwei Stunden war ihre weltliche Habe getrennt. Sie behielt das Haus, das ihren Eltern gehört hatte, alles andere war ihr gleichgültig. Als sie erfuhr, dass er ihr all die Monate Unterhalt gezahlt hatte, bot sie die Rücküberweisung an; die Summe lag noch unberührt auf der Bank. Sie hatte ihre Existenz nicht einmal zur Kenntnis genommen. Die Einladung auf ein gemeinsames Glas Wein im Anschluss lehnte sie ab. Die Frage ihres Mannes, was sie jetzt so vorhabe, beantwortete sie ausweichend mit einem Schulterzucken und dem Hinweis auf ihre Arbeit. Seine Visitenkarte dagegen nahm sie an, wünschte alles Gute und ging, die Finger um das schmale Stück Papier geschlossen. Wenn es so weit war, würde sie die Adresse benötigen. Vorsorglich hatte sie noch um eine Benachrichtigung über die Geburt des Nachwuchses gebeten, was ihren Mann zu einem freudigen Lächeln veranlasst hatte. Offenbar nahm er es als ein gutes Zeichen, dass sie sich für die Zukunft interessierte. Sie hatte höflich gelächelt, als er seine neue Gefährtin an sich gedrückt hatte. Liebevoll hatte er das getan, und die Frau hatte sich angeschmiegt und den Kopf an seine Schulter gelehnt, ein Bild der liebenden Zuneigung. Das machte ihr nichts aus, im Gegenteil, das war gut so, sehr gut sogar. Es war eine Hoffnung.

Wieder vergingen viele Wochen; sie hatte es sich abgewöhnt, die Blätter vom Kalender abzureißen. Die Abgabetermine für die uninteressanten Manuskripte, die sie in ein verständliches Deutsch brachte, die hielt sie ein, das war alles, was sie mit der Gegenwart verband. Der Nachttankwart der Tankstelle hatte es sich angewöhnt, ihr zuzunicken, wenn sie ihren kleinen Einkauf aus Brötchen, Wasserflaschen, Milchtüten und Schokoriegeln auf den Tresen legte. Er begann, mit ihr über das Wetter zu sprechen. Von da an ging sie zu einer anderen Tankstelle, etwas weiter unten an der Ausfallstraße. Dort wechselten nachts die Aushilfskräfte, und es bahnte sich kein Kontakt an.

Als das Telefon klingelte, zitterte ihre Hand vor Erwartung. Es war ihr Exmann. Aber was er verkündete, war nicht das erhoffte frohe Ereignis. »Ich war heute bei einer Untersuchung«, sagte er. »Es ist ein Gehirntumor. Vier Wochen, sagen die Ärzte. Ich würde dich gern sehen.« Sie lauschte noch eine Weile dem, was er sagte, dann legte sie leise den Hörer auf. Einmal setzte das Klingeln noch ein, dann blieb alles still. Sie machte den Computer an und begann zu tippen, eine Stunde lang, zwei, drei. Dann stand sie auf, um sich einen Kaffee zu kochen. Die Tasse fiel ihr aus der Hand, als sie sie mit zum Schreibtisch nehmen wollte. Ausdruckslos starrte sie die sich ausbreitende Pfütze an.

»Scheißkerl«, flüsterte sie nach einer Weile. Dann arbeitete sie weiter.

Die Karte mit dem schwarzen Rand kam zuerst. Die warf sie fort. Dann die zweite, hellblau. Es war ein Junge. Die Familie bat, von Besuchen Abstand zu nehmen. Das vereitelte ihren Plan, ein Geschenk zu bringen, das Kind auf den Arm zu nehmen, damit zum Fenster zu gehen und es hinauszuwerfen. Das Apartment lag im dritten Stock; sie hatte das recherchiert. Der Aufprall wäre so gut wie der Zusammenstoß mit einem Kühlergrill bei Tempo 60. Es wäre nicht ganz dasselbe, denn das Kind wäre noch klein und begriffe nicht, die Mutter wäre umgeben von wohlmeinenden Freunden, sofort kämen Notarzt und Psychologen, und sie selbst würde auch nicht flüchten. Vor allem aber hatte Frank sich billig aus dieser Lektion geschlichen. Dennoch wollte, nein, konnte sie nicht davon lassen. Was, wenn es ein Leben nach dem Tode gab, wenn Frank immer noch sah und spürte, was hier drüben geschah? Er mochte ja tot sein, aber ihr Hass war es noch lange nicht. So wie ihre Liebe zu Benni fortbestand. Der Tod änderte alles; er änderte nichts. Er hatte ihre Zukunft ein für alle Mal festgelegt. Sie musste sich einen neuen Plan überlegen.

Zu ihrer Überraschung ging das Überlegen sehr langsam; ihr Kopf schien nicht in der Lage, längere Sätze und übergreifende Ideen zu verarbeiten. Kein Ablauf, kein Plan, kein »wenn – dann«. Benni war tot. Es gab kein »dann« mehr. Alle ihre Gedanken waren Einbahnstraßen gewesen all die Monate lang, Sackgassen. Nun schien es, als würde sie nicht mehr in den fließenden Verkehr zurückfinden.

Was ihr schließlich half, war der Zufall. Ein Ämtergang trieb sie am hellen Vormittag in die Stadt. Geöffnet von acht bis zwölf, hatte in dem Schreiben gestanden; ihr blieb keine Wahl. Es fühlte sich ungewohnt an, die City mit all diesem Leben, die vielen Bewegungen und Geräusche, der Sog des Verkehrs. In der Innenstadt war Weihnachtsschmuck angebracht; sie registrierte es mit Erstaunen. In den Gärten und Fenstern ihres Viertels war es weitgehend dunkel geblieben, dort herrschte säkulare Schmucklosigkeit und hatte ihr die Erinnerung an vergangene Weihnachtsfeste erspart. Dezember also? Sie wandte den Kopf hierhin und dorthin. Leuchtende Kinderaugen auf allen Plakaten, Kinderlieder aus den Kaufhauspforten, Gerüche, Gelächter, Spielzeug. Vielleicht fiel ihr deshalb der Kinderwagen auf. Die Frau, die ihn schob, erkannte sie erst auf den zweiten Blick. Sie folgte ihr; das Amt war vergessen. Als sie auf die Brücke zuhielten, jene Brücke, schien alles klar zu sein.

Sie holte auf und warf von der Seite einen Blick in den Wagen. Tief zwischen Decken und Kissen verborgen schaute ein kleines Gesicht sie an, die Nase rot, die Augen kugelrund. Lilafarbene Blässe lag auf den Lidern. Der Kleine war wohl erkältet. Sie starrte ihn an. Die Frau, abgelenkt durch einen Bekannten, der sie ansprach, war stehen geblieben und führte eine angeregte Unterhaltung. Noch immer stand sie seitab und wartete. Das Brückengeländer war nicht weit, einen Schritt nur entfernt oder zwei. Und drunten die Gleise, vereister Schotter. Das müsste genügen. Der Aufschlag entspräche sicher dem auf den Kühlergrill eines fahrenden Autos. Sie lächelte, glücklich. Ihre Augen suchten die Stelle, an der es geschehen war. Wo hatte Benni gelegen, damals, im Sommer, auf dem auch abends noch warmen Asphalt? Wo war es gewesen? Der angefrorene Schneematsch veränderte alles. Ob es genügen würde?

Für einen Augenblick hoffte sie, dass es so wäre, dass in dem Moment, in dem der Kleine unten aufschlüge, etwas geschähe. Nicht viel, so wie damals in dem Film, etwas Unsichtbares. Bekäme sie Benni zurück? Nein, rief sie sich zur Ordnung. Aber vielleicht verschwände ein wenig von dem Schmerz, den sie tragen musste, allein, weil Frank vor seinem Teil endgültig geflüchtet war. Vielleicht würde er ihr genommen, ein Teil, nur so schwer, wie das Kind wog. Und er würde aufsteigen von ihren Schultern und sie atmen lassen, wenn der Kleine fiel. Sie streckte die Hand aus und berührte seine Decke, hob sie an.

Es war ein hässliches Kind, ganz anders, als Benni gewesen war. Ein grüner Schleimfaden kroch aus seiner Nase, und es nuckelte sabbernd an seinen Fäustlingen. Sie wandte den Blick zu der Frau, die Schwarz trug und lebhaft sprach. Sie wirkte gepflegt, ein wenig mager, aber gefasst. Sie lächelte, während sie gestikulierte, die Worte drängten nur so aus ihrem Mund. »Ich«, sagte sie, »ich.« Eine von jenen, die es überstanden.

Der Kleine stieß mit den Beinchen. Die Berührung war ihr unangenehm.

»Du machst dir keine Vorstellung«, plauderte seine Mutter. »Echt, du glaubst es nicht, wenn du nicht dabei warst.«

Sie legte die Hand auf das widerlich weiche Knie des Kindes. Es war hässlich, ja. Es roch nicht, wie Benni gerochen hatte, es fühlte sich nicht so an. Noch schlimmer, es war einfach irgendein Kind, eine Rotznase unter tausenden, weder Frank noch Benni ähnlich, schicksalslos, belanglos. Nur ein Kind in einem blauen Schneeanzug mit Häschenaufdruck. Es hatte nicht das Geringste mit ihr zu tun. Sie konnte es nicht einmal hassen. Es hatte keinerlei Wert für sie.

Sie verlor ihre Kraft. Legte die Decke zurück. Als die andere anschob, ohne sie auch nur bemerkt zu haben, blieb sie einfach stehen. Sie blieb zurück. Eine Weile lang war ihr unklar, wohin sie gehen sollte. Es mochte eine ziemlich lange Weile sein, sie stellte es auf eine distanzierte Weise fest, ihr schien, als vergingen die Jahreszeiten, aber sie konnte nichts dagegen tun. Obwohl ihr Geist sich noch bewegte, rührte ihr Körper sich doch kein Stück. Ich könnte nach der Brüstung greifen, sagte sie sich. Ich könnte die Hand ausstrecken und sie berühren. Mich daran festhalten. Einatmen, ausatmen. Dann einen Fuß vor den anderen setzen. Aber die Füße verweigerten den Dienst ebenso wie die Hand. Sie sahen wohl keinen Sinn darin. Und sie wussten nicht, wohin sie gehen sollten. Zu Benni, versuchte sie zu sagen. Gehen wir doch zu Benni. Aber

Benni war fort, weggewischt von einer Rotznase im Kinderwagen. Sie konnte ihm nicht einmal folgen.

»Sie wissen es schon, nicht wahr?«

Wie lange hatte sie gebraucht, um das besorgte Gesicht neben sich wahrzunehmen? Und wie lange hatte es gedauert, bis sie antwortete? Denn geantwortet musste sie haben, irgendetwas, etwas Angemessenes womöglich sogar, vielleicht: Schönes Wetter heute, oder: Wie geht es Ihnen? Denn die andere fuhr zu sprechen fort.

»Ich dachte es mir, als ich Sie nicht zu Hause antraf. Und eine Eingebung riet mir, es hier zu versuchen.«

»Was weiß ich schon?« Sieh an, was für eine logische Frage, so folgerichtig, akkurat. Wahrhaftig, sie führte ein Gespräch. Sie konnte mit sich zufrieden sein. Oder hatte sie die Frage gar nicht laut gestellt? War ihr Körper doch für immer zu einer Statue erstarrt, wie sie zuerst befürchtet hatte, und stand nun hier, für alle Zeiten, langsam bis zur Unkenntlichkeit einschneiend? Einen Moment lang war sie besorgt, oder nein, besorgt war nicht das richtige Wort. Aber eine gewisse Neugierde darauf, ob sie lebte oder tot war, war noch da. Dann antwortete die andere. Sie musste die Frage also gehört haben, alles ging weiter seinen Gang, interessant.

»Dass er morgen rauskommt. Vorzeitige Entlassung wegen guter Führung.« Die Polizeipsychologin schaute sie mitfühlend an. »Ich dachte, Sie sollten nicht alleine sein, wenn Sie es erfahren. Aber Sie wissen es schon.« Sie stellte sich neben sie und blickte wie sie in die Tiefe auf die Gleise hinab.

Als ob dort unten irgendetwas Wichtiges zu finden wäre. Nein, sie lächelte, langsam, dann immer stärker. In ihr ging etwas auf, wärmend, ein Lichtquell. Er brachte Leben in ihre erstarrten Glieder, er taute ihre Eingeweide auf. Er lockerte ihre erstarrten Züge und selbst ihre Zunge. »Machen Sie sich keine Sorgen«, sagte sie. Und sie meinte es ernst. Niemand brauchte sich um sie zu sorgen. Sie war beinahe tot gewesen, sie gab es zu. Sie war Irrwegen gefolgt. Aber nun war sie beschenkt worden. Frank hatte sie darben lassen, aber nun war sie mit einem Schlag reich. Sie hätte tanzen mögen. Eine Sonne war aufgegangen in ihr und spendete ihr ein unglaubliches Glücksgefühl. Alles, was abgestorben schien, wuchs wieder. Sie hörte die Geräusche von Skateboardrädern hinter sich. Sie brauchte sich nicht umzudrehen.

»Wichtig ist doch, dass man den Mut behält, nicht wahr?« Sie hörte sich selbst reden. »Dass man nicht aufgibt, sich Ziele setzt.« Sie hob den Kopf und schaute die andere an. Ihre Augen leuchteten hoffnungsvoll. Ein paar Übungsstunden, und dann das Warten auf den richtigen Moment. Aber das machte ihr nichts aus. Sie hatte schon so lange gewartet. Sie würde anhalten danach, würde sich über ihn neigen und in seinen Augen lesen.

»Man muss sich etwas vornehmen«, sagte sie. »Ich zum Beispiel werde mir ein Auto kaufen.«

Im Kreise meiner Lieben

Dabei hatte ich doch nur alles richtig machen wollen. Und am Anfang sah es so aus, als wäre es mir dieses Jahr auch wirklich gelungen.

Ich neigte mich vor der Abfahrt über den Kofferraum und kontrollierte den Inhalt ein letztes Mal: den Blätterteig, die Füllung, die in der Tupperschüssel schwappte, die Geschenke. Es gab wie immer zwei für jeden: ein großes und eine Kleinigkeit. Dann das Abendkleid und die Pumps. Hauke hatte darauf bestanden, schon im Anzug zu fahren. Er konnte sich ja gleich im Wohnzimmer in einen Sessel fallen lassen. Aber ich würde noch eine Weile in der Küche stehen. Erneut ging ich alles durch. Sollte ich Mutter noch mal anrufen und fragen, ob sie die Cocktailtomaten auch wirklich besorgt hatte?

Da presste mich etwas schwer gegen das Auto. Hauke drückte mir einen Kuss auf den Nacken. Ich drehte mich mühsam um und schob ihn weg, als die Nachbarin von unten mit ihrem weißen Kläffterrier vorbeikam und uns neugierig ansah. »Warst du schon am Cognac?«, fragte ich, als ich seinen Atem roch. »Es wäre schön, wenn wenigstens hinwärts du fahren könntest.«

Hauke öffnete die Autotür. Ich glitt auf den Beifahrersitz. »Die Jugenderinnerungen deines Vaters ertrage ich nur mit einem gewissen Pegel«, erklärte er und ließ den Motor an. Dann hob er einen Finger und fuchtelte herum, während er meinen Vater nachahmte: »Als ich mein erstes Unternehmen auf die Beine stellte.« Er lachte.

»Vorsicht, ein Radfahrer«, mahnte ich und fuhr beruhigend fort: »Diesmal läuft es anders.« Ich lehnte mich zurück und versuchte mich zu entspannen, wie ich es im Seminar gelernt hatte. ›Weihnachten überleben.‹ An sich halte ich so etwas ja für Blödsinn. Hauke und ich hätten auch in die Südsee fliegen können. Aber als er im September mit diesem

Gesicht nach Hause kam und meinte, eine Fernreise wäre dieses Jahr finanziell nicht mehr so ganz das Ideale, und meine Mutter zufällig am selben Tag anrief, um sich darüber zu beklagen, wie selten sie uns sähe, da überwies ich schnell die Kursgebühren.

Ich atmete tief und entspannte den Beckenboden. Es klappte tatsächlich. Geben Sie den Anspruch auf, perfekt sein zu wollen, das war die erste Lektion. Und die war wirklich hilfreich. Letztes Jahr hatte ich Stunden darauf verwendet, die gegrillten Stubenküken richtig kross zu kriegen. Und Papa rührte keines davon an. Auch die Datteln mit Thymian-Marzipan blieben fast alle liegen. Es sollte was Besonderes sein, zum größten Fest des Jahres, aber meine Eltern essen eben nichts Ausgefallenes. Schnitzel mit Kartoffelsalat wollte ich trotzdem nicht machen. Deshalb dieses Jahr die gefüllten Teigtaschen. Das geht leicht und schnell und stresst mich nicht. Für Hauke hatte ich ein wenig Hummerfarce extra gemacht, zur Sicherheit die doppelte Portion, falls Mama und Papa doch mal über ihren Tellerrand hinausschauen wollten. Von der Lachsmousse auf der Vorspeisenplatte sollten sie doch wenigstens kosten. Und ich war gespannt, was sie zu der Ingwerschichtspeise zum Nachtisch sagen würden. Über eine Stunde hatte ich die Creme gestern Abend geschlagen.

Zweitens, formulieren Sie Ihre Bedürfnisse. Das würde ich tun, hatte ich mir vorgenommen. Es ist doch eine demütigende Erfahrung, dass man nach über zehn Jahren selbständigen Lebens, mit Ehe und Beruf und allem, nur die Schwelle seines Elternhauses zu überschreiten braucht, um wieder zum Teenager zu werden, der sich herumkommandieren lässt, zwar schmollend, aber letztlich gehorsam. Alle, die da waren, sagten das. Frau Doktor Veit-Schmittbach, die Leiterin, hatte in die Runde gelächelt. Formulieren Sie ihre Bedürfnisse, hatte sie gefordert. Zeigen Sie ihren Eltern, dass sie Menschen sind, die eigene Leben nach eigenen Regeln leben. Sie werden Sie deshalb nicht weniger lieben.

Ich atmete noch ein wenig tiefer. Haukes Hand kam herüber und streichelte mein Knie. Ich nahm sie und verschränkte meine Finger mit seinen. »Wenn er wieder damit anfängt, dass ich ihm das Geld für dein Studium erstatten soll, weil du jetzt nicht mehr arbeiten gehst, dann verspreche ich dir, ich leere seinen gesamten Weinkeller.«

Ich drückte seine Hand ganz fest. Wie immer überfiel mich die Rührung, wenn ich daran dachte, dass ich in Zukunft nur noch für ihn da sein würde. Darüber konnte ich Tränen vergießen, jedes Mal, wenn ich es erzählte. Wir hatten ein paar schwere Zeiten hinter uns, aber jetzt hatten wir uns entschieden. Ich musste schwer schlucken und tätschelte seine Hand. »Sag mal«, meinte ich plötzlich, »können wir es ihm nicht einfach zurückzahlen?«

Hauke lachte und bog auf die Bundesstraße ein. Meine Eltern wohnen ziemlich weit draußen, beinahe einsam. Der nächste Nachbar ist ein Bauer, dessen Hof hinter einem dichten Streifen Tannenwald liegt. Da draußen ist nicht viel los. Im Jahr zuvor hatten wir ihnen einen Computer geschenkt, mit Internetanschluss. Hauke hatte ihn am selben Abend angeschlossen. Aber er stand vermutlich immer noch unberührt da. Mein Vater war nicht so für den neumodischen Kram. Dieses Jahr kriegten sie von uns ein Theaterabonnement.

Als wir in die lange Auffahrt einbogen, mit dem verkrüppelten Birnbaum, war mir ein wenig mulmig zumute. Ob ich es da schon ahnte?

»Mama? Papa? Wir sind's.« Ich klinkte die nie verschlossene Türe auf und ging ins Haus. Niemand antwortete. Hauke erbot sich, die Sachen aus dem Auto in die Küche zu räumen, und ich machte einen kurzen Rundgang durch die Wohnung. Im Wohnzimmer war es kalt, und ich rief Hauke zu, er solle den Kaminofen anschüren. Er mochte diese archaisch-männlichen Tätigkeiten, das Einzige, was ihn mit meinem Vater verband. Wenn der Abend ganz schief zu gehen drohte, gingen sie immer Holz hacken oder Geflügel zerlegen oder den

Weinkeller verkosten. Das half. Der Baum war noch ungeschmückt.

Meine Eltern schienen noch auf ihrem alljährlichen Weihnachtsnachmittagsspaziergang zu sein. Das dachte ich jedenfalls, bis ich ins Obergeschoss hinaufging. Schon auf dem Flur schlug mir die seltsame Wärme aus dem Schlafzimmer entgegen. Meine Eltern schlafen kalt. Als ich die angelehnte Tür aufstieß, sah ich sie im Bett liegen, Seite an Seite. Vaters Mund stand weit offen. Er atmete nicht.

»Schätzchen, ist alles in Ordnung?« Hauke stand hinter mir, das Hemd voller Sägespäne, in der Hand ein Glas Rotwein. Er stellte ihn auf der Frisierkommode ab, als er es sah. »Verdammt, sind die etwa ...« Er bemerkte das Kabel der Heizdecke, das sich unter der Bettdecke hervorschlängelte, natürlich vor mir. »Strom, verdammt. Fass sie auf keinen Fall an.« Sofort ging Hauke die Sicherung ausschalten. Von elektrischem Kram verstand er was, genau wie Papa, normalerweise. Dann standen wir wieder vor diesem trauten Paar. Nie schienen sie sich so einig gewesen zu sein. Hauke versuchte, mir was von seinem Rotwein einzuflößen, aber ich schlug das Glas weg. Das gab Flecken auf dem Teppich und ich musste heulen. Hauke stand ein wenig hilflos hinter mir. »Verdammt«, würgte ich. »Verdammt noch mal.« Der Kloß in meinem Hals war dick. »Dabei hatte ich mich so gut vorbereitet diesmal.«

Hauke legte mir begütigend die Hand auf die Schulter. »Es wäre bestimmt toll geworden.«

»Ich hatte alle Antworten parat.«

»Klar, meine Schnecke, die hattest du.«

»Und hätte meine Bedürfnisse formuliert. Ganz bestimmt.« Hauke begann, an meinem Hals herumzusaugen. Er dachte vermutlich, das würde mich trösten. »Und was mache ich jetzt mit den Teigtaschen?«, heulte ich. »Ich kann Blätterteig nicht ausstehen.«

Da nahm Hauke mich bei den Schultern und drehte mich zu sich. Wie lieb er mich dabei anschaute. Er roch nach Wein, nach teurem After Shave und ein wenig nach Rauch. »Du willst das perfekte Weihnachten haben?«, murmelte er und drückte mich an sich. An seinen breiten Schultern fühlte ich mich wunderbar geborgen. »Du sollst es haben. Meine Schnecke soll alles kriegen, was sie sich wünscht.«

»Aber«, schniefte ich. Doch er ließ keine Einwände gelten.

»Du kriegst den Sekt und den Baum und die Geschenke, und all deine Lieben um dich versammelt, die dir zum ersten Mal nicht widersprechen werden.«

Ein bisschen mulmig war mir ja schon bei der Sache, aber ich musste zugeben, dass mir jetzt überhaupt nicht danach war, die Polizei und die Sanitäter zu rufen. Was wäre denn das für ein Abend geworden: mit Blaulicht und Fragebögen, und am Ende hätten wir dagesessen, allein mit einem kahlen Baum und einem Totenschein und den Geschenken, die niemand auspacken wollte. Das wäre doch tottraurig gewesen. Ich war tatsächlich ein bisschen wütend auf meine Eltern, die mir das zumuten wollten. Dabei hatte ich mich doch so bemüht und die teuren Kursgebühren bezahlt, von denen wir halb nach Hawaii hätten fliegen können. Hat Hauke jedenfalls gesagt.

Also ging ich nach einer Weile hinunter und schmückte den Baum. Die Schachteln mit den Kugeln standen ja schon bereit. Hauke polterte derweil auf der Treppe herum. Es war gar nicht so leicht, meine Eltern nach unten zu schaffen, aber zum Glück war wegen der großen Wärme da oben, sagte Hauke, die Totenstarre schon wieder verschwunden. Schließlich saßen sie beide in ihren Sesseln vor dem Feuer, die Hände auf den Lehnen, die Decken um die Knie geschlungen. Sie schauten auch nicht missbilligender drein als sonst. Ich musste fast ein bisschen lächeln. Denn nun musste Papa zusehen, wie ich das Lametta aufhing. Das war sonst immer seine heilige Aufgabe gewesen. Immer fünf Fädchen auf den ausgestreckten Finger und ganz glatt an den Zweig. Jetzt nahm ich es büschelweise, wie es kam, und schleuderte es gegen den Baum. Hauke gab mir von seinem Wein ab und wollte auch mal. Kichernd bewarfen wir die Tanne und einander mit dem Glitzerzeug. Hauke legte Musik auf, amerikanische Weihnachtslieder, die wir sonst nie spielten, nur das trübsinnige deutsche Kirchengedudel. Wir tanzten eng.

Dann klopfte er mir auf den Po. »Wie wär's, du gehst schon mal in die Küche und zauberst uns etwas? Ich kümmere mich derweil um den langweiligen Papierkram. Ein bisschen die Lage sondieren.«

In der Küche hatte Hauke natürlich alles nur irgendwo abgelegt. Ich musste erst mal Ordnung schaffen, ehe ich mit dem Kochen anfangen konnte. Nachdem ich den Herd angestellt hatte, sortierte ich die Lebensmittel. Mein Mann kam herein, als ich gerade mit beiden Händen im Spülwasser steckte. »Das Backblech ist total verkrustet ...«, fing ich an, doch dann legte er mir etwas um den Hals. Im Flurspiegel sah ich, dass es Mamas Brillantkette war. Papa hatte sie ihr zur Silberhochzeit geschenkt, und sie hatte sie einmal im Jahr zur Oper getragen. Sie schimmerte geheimnisvoll im Dunkel unter der Hutablage. »Für dich«, murmelte Hauke und knabberte mir am Ohrläppchen herum. Ein paar Bedenken hatte ich ja. Aber wie Hauke meinte: Warum sollte ich mich mit meiner Schwester drum streiten, die sich Weihnachten nie hier blicken ließ und höchstens mal eine Karte schickte? Er hatte Recht, ich bin kein Mensch, der gerne streitet. Vermutlich hätte ich ihr die Kette überlassen, ich mache mir ohnehin nichts aus Brillanten. Aber es war natürlich lieb, dass er an mich dachte.

Ich bedankte mich mit einem Küsschen, streifte mir die feuchten Küchenhandschuhe ab und ging mit ihm nach oben. Er durchstöberte immer noch den Schreibtisch, wo mein Vater alles penibel in Ordner verpackt hatte, auf denen stand ›Haus‘, ›Versicherungen‘, ›Steuer‘ und andere abschreckende Dinge. Ich kniete mich vor den Nachttisch meiner Mutter. Da gab es eine Schublade, die ich schon als Kind geliebt habe. Darin lagen all ihre Schätze: die kleine Federboa, die langen seidenen Ballhandschuhe, die bis über den

Ellenbogen reichten, die Spitzenmantilla aus Spanien und das lederne Schmuckkästchen mit den vielen kleinen Laden. Als kleines Mädchen habe ich mich mit diesen Sachen verkleidet und Prinzessin gespielt. Das ist natürlich schon lange her. Mama hätte wenig Verständnis dafür gehabt, wenn ich als erwachsene Frau mit ihren Sachen hätte spielen wollen. Sie legte großen Wert darauf, dass man vernünftig war, wie sie es nannte.

Es war lange her, dass ich meine Schätze betrachtet hatte: den Ring, der wie ein Pantherkopf geformt war. Der breite Goldarmreif, der nicht echt war, aber um meinen Oberarm passte und mich wie eine griechische Göttin aussehen ließ. Die Brosche mit den blitzenden Strasssteinen. Ich steckte mir alles an. Wie damals. Und zog, ich weiß nicht warum, die Spitzenmantille über.

Im untersten Fach, wo die Ansteckblumensträußchen aus Samt hätten liegen müssen, fiel mir ein schmales Bündel Briefe entgegen. »Liebste Helga«, stand da und ließ mich weiter lesen. »Mein Teuerstes, Einziges. Wie ich mich nach dir verzehre.« So hatte ich meinen Vater nicht gekannt, und Tränen der Rührung traten mir plötzlich in die Augen. Ich hatte nicht gewusst, dass er zu einer solchen Sprache, zu solchen Empfindungen fähig war. Schwer vorstellbar bei dem Siebzigjährigen, der missmutig durchs Haus schlurfte und rief: »Helga, im Kühlschrank riecht irgendwas.«

Ich kuschelte mich an die Bettseite und schmökerte weiter. Es sollte mir gut tun, mich versöhnen. Und Mutter dazu. Auch für sie war das bestimmt schon weit entfernte, und wer weiß wie sehr entbehrte, Vergangenheit. »Ich möchte deinen warmen Körper in meinen Armen spüren«, stand da. »Ich möchte dir die Kleider abstreifen und dich auf das Bett werfen. Ich möchte mit meiner Zunge deine köstliche Muschel aus ...« Hastig ließ ich die Briefe sinken. Hauke musste etwas gemerkt haben, denn er stand auf, kam herüber und nahm mir die Briefe aus der Hand. Er überflog die erste Seite und musste lachen. »He, he«, rief er begeistert, »deine Eltern haben es ja getrieben wie die Frettchen.«

Ich riss ihm das Konvolut aus der Hand. Hauke hatte manchmal einen etwas drastischen Wortschatz. »Gib her«, sagte ich nur mit glühendem Gesicht und riss es an mich.

»Tröste dich«, meinte er. »Es ist lange her. Kein Siebzigjähriger mit Bandscheibenvorfall träumt davon, es stehend in der Dusche zu treiben.« Ich musste kurz an die dicke türkisfarbene Gummifußmatte mit den Saugnäpfen in unserer Dusche denken. Nichts wahrhaft Verruchtes konnte darauf stattfinden. Ich suchte nach einem Datum und fand am Anfang des Briefes keines. Es stand am Ende, unter dem Namen. Juli vor fünfzehn Jahren, gezeichnet Fred. Mein Vater hieß Wolfgang.

Hauke pfiff durch die Zähne, als er das las. »Das heißt, deine Mutter hat es sich von diesem Fred besorgen lassen, als du gerade dein Abitur gemacht hast.«

Ich ging ins Bad, um zu kotzen, während Hauke sich noch damit amüsierte, laut die pikantesten Stellen vorzulesen. Es ist nicht schön, sich die Geschlechtsteile der eigenen Eltern derart in Aktion vorstellen zu müssen. Ich bin nicht prüde; Hauke hat es gern, wenn ich beim Sex schmutzige Sachen sage, und ich schaff' das inzwischen, ich bin gar nicht so verklemmt, wie er immer meint. Aber der Gedanke, dass meine Mutter ... Mit ihrem geblümten Hauskittel und ... Ich habe meine Eltern nie auch nur Händchen halten sehen. Aber sie haben sich sehr geliebt. Nicht wie andere, die sich scheiden ließen oder aufeinander rumhackten ihr Leben lang. Sie waren friedlich und glücklich, und meine Mutter hat alles für die Familie getan. Mein Vater hat sich abgerackert, damit es uns gut ging. Und sie war eine Heilige. Ich würgte den Rotwein wieder hoch.

Hauke stand in der Badezimmertür, in der einen Hand ein Glas, in der anderen die Briefe. »Wie die Mutter, so die Tochter«, sagte er hämisch. Und das hätte er nicht zu sagen brauchen. Wir hatten das alles hinter uns. Ausdiskutiert und Schluss. Es hatte mir eh so leid getan. Ich bin nicht gemacht für

Seitensprünge, das hätte mir klar sein müssen. Ich bin nicht der »Einmal ist keinmal«-Typ. Konnte es nicht für mich behalten. Tränen und Rotz flossen nur so, als ich es ihm gestand. Ich glaubte, ich müsse sterben, als er meinte, er müsse darüber nachdenken. Drei Tage hat er es sich überlegt und wohl im Büro geschlafen, während ich heulend durch mein Heim wankte, das ich geschändet hatte. Ich telefonierte mit Mama, die erklärte, kein Mitleid zu haben. Das hätte ich mir selber eingebrockt. Und dass ihre Tochter so eine sei, hätte sie nicht gedacht.

Hauke rief nicht an. Er kann sehr verletzt sein, man merkt das nicht gleich, aber er ist sensibler, als es scheint. Und seine Familie bedeutet ihm alles. Als er mir schließlich verzieh, war ich überglücklich. Und dass er mir vorschlug, jetzt nicht mehr arbeiten zu gehen, sondern nur noch für ihn da zu sein, war doch ein gutes Zeichen. Ab jetzt würde alles wunderbar werden. Er hätte das wirklich nicht zu sagen brauchen. Ich wischte mir mit ein wenig Klopapier den Mund ab und riss ihm die Briefe weg.

»Du hast schon wieder zu viel getrunken«, sagte ich.

»Wein hat dein Vater wenigstens ordentlichen, das muss man ihm lassen.«

Ich ging hinunter und betrachtete meine Eltern. Vaters Kopf war inzwischen ein wenig schief gerutscht. Die Armreife an meiner Hand klirrten, als ich ihn wieder zurechtrückte und ihm übers Haar strich. Mutter konnte ich nicht ansehen.

Zurück in der Küche machte ich mich daran, die Teigtaschen zu füllen. Ich öffnete und schloss die vertrauten Resopaltüren von Mutters Reich, immer ein wenig in Sorge, dahinter etwas Unpassendes zu finden. Als könnte auf der Innenseite des Topfschrankes plötzlich ein Blatt aus dem letzten Pirelli-Kalender kleben. Die rosa Putenschnitzel im Kühlschrank, die eierförmigen Salz- und Pfefferstreuer, alles erinnerte mich an Obszönes, und ich arbeitete rasch und ohne mich groß umzusehen. Als ich beinahe fertig war, fiel mein

Blick auf eine geöffnete Konservendose am Fenster. Ich roch daran. Sie war frisch und halb leer. Hundefutter. Meine Eltern konnten Hunde nicht ausstehen. Daneben stand eine grüne Plastikflasche. Hauke kam die Treppe heruntergestürzt. Er hatte einen Packen Papiere in der Hand, die er vor mir auf den Küchentisch knallte. »Weißt du, was das ist?«, brüllte er. Ich traute mich kaum, ihn anzufassen. Doch er schlug meine Hand nicht weg, schenkte sich nur verärgert ein neues Glas ein. »Eine Hypothek«, erklärte er schließlich. »Das ganze Haus gehört der Bank.«

Ich war wirklich erschrocken. »Davon hat Papa nie was gesagt.«

»Das glaube ich«, schnaubte Hauke. »Das hätte ja an seinem Image als erfolgreicher Übergeschäftsmann gekratzt.«

»Nun hack nicht auch noch auf Papa rum«, sagte ich und drehte mich um. »Wir haben ihm Unrecht genug getan.« Aber Hauke fluchte weiter. Bis es klingelte.

Ich war erstaunt, den einzigen Nachbarn vor der Tür stehen zu sehen, den Bauern von hinter dem Wald, der, obwohl es schon auf achtzehn Uhr zuging und die Bescherung nahte, immer noch in blauen Arbeitshosen und schmutzigen Stiefeln steckte. Auch er schaute ein wenig verwundert, vielleicht wegen der Spitzenmantilla auf meinem Kopf. Ich merkte erst jetzt, dass ich sie mir übergezogen hatte, wie damals als kleines Mädchen. Rasch nahm ich sie ab und legte unwillkürlich die Hand schützend über das Collier an meinem Hals. Zusammen mit der Küchenschürze sah es doch zu albern aus.

»Ist Ihr Vater zu Hause?«, schnarrte der unangenehme Mensch. Zum Glück hatte sich Hauke schon vor mich in die Türöffnung gedrängt und fragte ihn, was er wolle. Da platzte der Bauer los, er ließe sich das nicht länger gefallen, und wenn tausendmal Weihnachten wäre. Er würde es der Polizei melden. Und der Zeitung. Wenn der Vater sich noch einmal an seinen Hunden vergreife, dann würde er was erleben, der Saukerl. So ging es die ganze Zeit, ein einziges Gebrüll. Wie der meinen Vater beschimpfte, war zum Gänsehautkriegen. Man kann über meinen Vater ja vieles sagen, aber er war ein kreuzbraver, aufrechter Mann. Fast langweilig korrekt. Immer pünktlich zur Arbeit. Nie blau gemacht. Jeden Samstag den Wagen gewaschen. Nie hätte er sich in Unterhosen auf der eigenen Terrasse gezeigt. Und er hätte sich lieber totschlagen lassen, als eine derartige Sprache zu führen.

Zum Glück kann Hauke mit solchen Leuten wunderbar umgehen. Sie hätten ihn mal mit den Handwerkern erleben sollen, die letztes Jahr die Deckenleuchten in unsere hübsche Eigentumswohnung einbauen sollten und nur Pfusch ablieferten. Ich hab' mich ja kaum zu sagen getraut, dass das Ergebnis mir nicht gefiel. Aber Hauke! Der kannte da nichts. Oder wie er mit seinem Partner in der Kanzlei Klartext geredet hat. Hauke hat mir hinterher erklärt, dass der einfach nicht begriffen hatte, wie man in der Branche arbeiten muss. Ich fand's ja ein bisschen schade, weil ich seine Frau so mochte und wir uns immerhin schon fünf Jahre kannten. Aber wenn er es nun mal nicht begriffen hatte.

Hauke also füllte den ganzen Türrahmen aus und polterte in der Sprache zurück, die dieser Bauer offenbar als einzige verstand. Ich konnte mich zurückziehen. In der Küche dann fiel mein Blick aus irgendeinem Grund noch einmal auf die Dose. Ich nahm die Flasche daneben erneut zur Hand und studierte den kurzen Text neben dem Totenkopf. Es war Rattengift.

Hauke kam wieder zurück und rieb sich die Hände vor Kälte. »Dem habe ich Bescheid gegeben«, erklärte er zufrieden. »Rufmord nennt man so was. Na, der weiß jetzt, was es heißt, sich mit jemandem auf einen Nachbarschaftsstreit einzulassen, der einen Anwalt als Schwiegersohn hat.«

Ich hielt wortlos hoch, was ich gefunden habe. »Was sagt man dazu?«, meinte Hauke nur, zuckte die Schultern und stippte den Finger in die Hummerfarce. »Ein Pleitier und ein Arsch.«

»Red nicht so von Papa«, verlangte ich lahm.

Aber Hauke war nicht zu bremsen. »Ich rede, wie ich will.« Er guckte mich an. »Wie soll ich den sonst reden von einem, der seine Rente und sein Eigenheim hat draufgehen lassen für eine dämliche, wertlose Briefmarkensammlung.«

Ich wusste nicht, wovon er redete, aber Hauke klärte mich auf. Man konnte so was wohl an der Haustür kaufen. Es war wie Zeitschriftenabonnements. Nur das man dafür jeden Monat Briefmarken bekam. Und Münzen. Und andere Sammlerobjekte. Ich wusste schon, dass lange Reihen von dicken Alben mit Plastiküberzug unseren Hobbykeller verstopften. »Wertanlage«, hatte Papa dazu nur immer streng gesagt. Und uns nie erlaubt, sie anzufassen, weil wir Mädchen zu dumm seien, mit den wertvollen Sachen richtig umzugehen. »Bockmist«, erklärte Hauke, »die pure Bauernfängerei. Genauso gut hätte er sein Geld für Grundstücke auf dem Mond rausschmeißen können.«

»Aber das wird doch alles irgendwas wert sein«, stotterte ich. Hauke lachte nur, es klang nicht fröhlich. Er suchte sich eine neue Flasche. »Wo habe ich da nur eingeheiratet«, hörte ich ihn murmeln.

Ich schmiegte mich von hinten an ihn. »Aber wir brauchen das doch alles nicht«, sagte ich, um ihn zu beruhigen. »Sicher, es hat für Hawaii dieses Jahr nicht gereicht. Aber ich brauche solche Fernreisen auch gar nicht. Und zur Not kann ich immer noch wieder arbeiten gehen.«

»Das ist es also, was du willst, ja?«, fragte er gehässig.

»Aber nein, ich, ich wollte doch nur ...«, stotterte ich.

Da fiel sein Blick aus dem Fenster. Er sprang auf. »Was treibt der Kerl noch da?«, murmelte er zunächst. Dann brüllte er: »Lassen Sie die Finger von meinem Wagen!« Er stürzte hinaus.

Ich ging ins Wohnzimmer, um die Kerzen am Baum anzuzünden. Ich dimmte das Licht, aber dann sah es im flackernden Kerzenschein so aus, als wären meine Eltern noch lebendig, und so drehte ich das Licht wieder auf. So war es mir lieber. Ihre Münder waren aufgeklappt und ihre Augen starrten an die Decke. »Wisst ihr …«, begann ich.

Dann klingelte das Telefon. Dort klebte ein Zettel am Hörer, den ich abriss, ehe ich abhob. Doch es ertönte nur das Freizeichen; das Läuten ging weiter. Es dauerte eine Weile, bis ich begriff, dass es nicht der Apparat meiner Eltern war. Ich tastete mich eine Weile durch die Küche, bis ich dem Signal auf die Spur kam. Es ertönte aus Haukes Jackett, das dort über dem Küchenstuhl hing. Es kam mir da schon fremd vor. Ich schaute nach draußen; er prügelte sich tatsächlich im Hemd mit dem erbosten Bauern vor seinem Alfa Romeo herum.

Langsam steckte ich meine Hand in die Jackettasche. Das hatte ich noch nie getan. Hauke sagte, er fände es jämmerlich, wenn man dem Partner hinterher spionierte. Taschen, Geldbeutel und Schreibtischschubladen seien Heiligtümer, die man respektieren müsse wie den anderen selbst. Es gibt immer ein erstes Mal. Was da klingelte, war ein Handy. Ich kannte es. Als Hauke es sich vor zwei Jahren anschaffte, hatte er mir erklärt, das sei sein Prozesshandy, nur dafür gedacht, für seine jeweiligen Klienten und Informanten in der heißen Phase in jeder Sekunde erreichbar zu sein. Wenn ihn darauf ein Anruf erreichte, ging er immer sofort aus dem Zimmer. Es war ein Zweithandy mit einer Geheimnummer. Nicht einmal ich kannte sie.

Die Stimme der Frau allerdings erkannte ich sofort. »Hauke?«, fragte seine Sekretärin. Es klang so scharf und erbost, wie jemand klingt, der es zwanzigmal klingeln lassen musste. Wie jemand, der schon verdammt lange wartet. »Hauke, du hast es versprochen.« Ein hysterisches Hicksen, vielleicht ein Weinen, wurde hörbar. Dann siegte wieder die Wut. »Hauke, du kommst jetzt sofort, oder ich stecke deinem kleinen Frauchen, dass wir seit zwei Jahren ein Verhältnis haben!«

Ich hatte sie bei der Weihnachtsfeier letztes Jahr kennengelernt, aber ich kam einfach nicht auf ihren Vornamen. Ich schwieg.

»Hauke?«, fragte sie halb verzweifelt, halb misstrauisch.

»Nein«, sagte ich nur.

Im Apparat herrschte einen Augenblick Stille. Dann sagte sie: »Sie können ihn behalten.« Ich drückte den Knopf. Brigitte, jetzt fiel es mir wieder ein. Sie hatte mir zu meinem Kleid gratuliert. »Ich bewundere Ihren Mut zur Farbe«, hatte sie gesagt, und Hauke hatte dümmlich dazu gelächelt.

Die Platte mit den Weihnachtsliedern war zu Ende. Den schmeichelnden Melodien folgte plötzlich Stille. Als Haukes Trampeln auf dem Türvorleger hörbar wurde, steckte ich das Handy sorgsam zurück.

Stapfend kam er zur Tür herein, brachte einen Schwall kalter Luft mit. Er roch nach Schnee und Mann und war sehr zufrieden mit sich. Die körperliche Auseinandersetzung hatte ihm offenbar gut getan, und er war wieder ganz entspannt. »Der wird es sich in Zukunft zweimal überlegen«, erklärte er, während er mich von den Füßen hob, um an meinem Hals zu weiden.

»Was ist das?«, fragte er.

Ich hatte gar nicht mehr an den Zettel gedacht. Hauke nahm ihn vom Tisch und las mit gerunzelter Stirn, erst leise, dann laut. Es war ein Abschiedsbrief. Meine Eltern wünschten das Ende ihrer geruhsamen Rentenbezüge nicht zu überleben. Sie wünschten auch nicht mit mir darüber zu reden und baten nur darum, eingeäschert zu werden.

Hauke wollte es erst glauben, als er noch mal nach oben gegangen war und sich die Heizdecke näher angesehen hatte. Er kam mit einer Handvoll Drähten und missmutigem Gesicht wieder herunter. »Die halbe Matratze war verkabelt«, erklärte er, »gründlich, wie alles, was dein Vater gemacht hat. Schöne Scheiße. Da zahlt die Versicherung keinen Pfennig.« Er zerknüllte das Papier in der Faust und starrte vor sich hin. »Jetzt heißt es rechnen.«

Als er mein Gesicht sah, kam er zu mir und nahm mich in die Arme. »Mein armes Schneckchen, du bist ja ganz steif vor Schreck«, murmelte er. »Und weißt du was, ich habe mir auch etwas überlegt.« Er nahm mich auf den Schoß, flößte mir Wein ein, wiegte mich dabei wie ein Kind und erklärte mir die Sache. Wir würden nämlich ganz neu anfangen, nur er und ich, wir beide. Alles würden wir hinter uns lassen. Die ganze schmutzige Vergangenheit. »Wir fackeln die wertlose Bude ab«, verkündete er mir mit frostroten Wangen und blitzenden Augen. Ein wenig sah er aus wie der Weihnachtsmann. Nur der Bart fehlte. »Was liegt dir denn noch daran?«, fragte er mich und packte mich bei den Armen. Und ich musste ihm recht geben, wenn ich über alles nachdachte: Nichts. Kein bisschen mehr.

»Und außerdem zahlt dann die Lebensversicherung. Da bleibt sogar noch was für uns übrig.«

Also ging Hauke noch einmal hinaus und holte so viel von dem Feuerholz hinter der Garage, wie da war. Das stapelte er neben dem Kaminofen. Und Zeitungspapier zum Anzünden dazu. Das sähe ganz harmlos aus, meinte er. Ich sagte nichts; ich kümmerte mich um meine Teigtaschen.

Die Kerzen am Baum waren fast ganz heruntergebrannt, als ich das Essen auftrug. Hauke lobte meine Hummerfarce und fußelte unter dem Tisch mit mir. Dann machten wir die Päckchen auf. Ich hatte Hauke einen Hawaii-Bildband geschenkt, er mir einen Spitzen-BH mit passendem Slip und Strumpfgürtel. Als er vorschlug, ich solle doch mal alles anprobieren, ging ich hinaus.

In der Küche packte ich die Hundefutterdose und die Plastikflasche mit dem Gift in eine Tüte. Die Flasche war fast leer. Den Schmuck und die Reizwäsche packte ich obendrauf. Als ich wiederkam, lag Hauke auf dem Fliesenboden vor dem Kamin und krümmte sich. Ich stieg über ihn hinweg, öffnete die Glastür des Ofens und fühlte die Hitze, die herausschlug, auf meinen Wangen. Eine harzige Stelle im Holz knisterte, Funken sprühten heraus. Dann trat ich vor meine Eltern. Ich atmete tief durch. Ich entspannte meinen Beckenboden. Ich formulierte meine Bedürfnisse. »Geht zum Teufel«, sagte ich. Als ich ging, fing der erste Tannenzweig Feuer.

Ich besuchte die Mitternachtsmette im nahen Dorf, die wie immer sehr stimmungsvoll war. Als ich unter Orgelklängen wieder heraustrat, in der Menge der erwartungsfrohen Dörfler, die einander frohe Weihnachten wünschten, sah ich das Licht über dem Wäldchen, ein orangefarbener Schein. »Seht!«, rief jemand. Und ich fürchtete mich nicht.

Der diensthabende Polizist, der mit Papa immer mittwochabends beim Schafkopfen gesessen hatte, bedauerte zu hören, dass mein Mann zu viel getrunken hatte, um mich in die Messe zu begleiten, und dass meine Eltern sich nicht der Lage gefühlt hätten. Unser alter Hausarzt stellte gewichtig nickend die Totenscheine aus. Und eingeäschert werden wollten sie ohnehin. Der Scheck der Versicherung folgte bald nach Ostern. Es sieht so aus, als hätte ich alles richtig gemacht.

Lasst Blumen sprechen

»Was ist das denn?« Hilde, die in aller Eile ihre Post durchgegangen war, hielt inne. Zwischen schrei-bunten Katalogandrucken, Manuskriptseiten mit Freigabe-Stempeln und Meeting-Protokollen lag eine schlichte Karte mit schwarzem Rand.

»Uwe«, gab die Sekretärin zurück, den Hörer unter das Kinn geklemmt, »wieder mal ein Suizidversuch.«

»Diesmal wohl der letzte«, meinte Kirsten, die im engen Kostüm für die Präsentation vorbeistöckelte und ihren Coffee-to-go auf einem Stapel Pappen balancierte, in denen Hilde die Anzeigenserie für den Diätmittelhersteller erkannte, die heute vorgelegt werden sollte.

Die Sekretärin lachte bitter auf, ehe sie sich wieder dem Anrufer widmete. Ihr Ton klang streng.

»Uwe hat sich umgebracht.« Hilde stand noch immer da.

Andreas kam vorbei, der die Markforschungsstatistiken für sie machte. »Du hast ja auch nie viel mit ihm gesprochen«, meinte er, schnappte sich Nachschub an Büroklemmen und war weg. Entgeistert wandte Hilde sich zu der Tür um, durch die er pfeifend verschwunden war. »Aber«, wandte sie ein, und ihre Post drohte ihr aus den Händen zu gleiten, »ich hatte doch gar nichts mit ihm zu tun.« Hilfesuchend schaute sie sich um. Erika telefonierte noch. Kirsten verschüttete den Kaffee und fluchte.

»Mist, ich muss in zehn Minuten da sein«, schimpfte sie und wischte an ihrem engen Rock herum. »Hilde, bist Du ein Schatz und kopierst mir das hier neu?« Sie schob ihr die Pappen zu und verschwand, immer noch wischend und fluchend, in Richtung der Waschräume.

»Aber ...« Hilde starrte auf die beschmutzte Anzeigenkampagne. Was hieß hier kopieren? Sie musste die Motive neu aus dem Drucker lassen, was wegen der Farbwerte immer eine kritische Angelegenheit war, musste sie beschneiden und neu auf Pappe aufziehen. In zehn Minuten war das unmöglich zu schaffen. Der letzte Bogen ihrer eigenen Post rutschte ihr aus den Fingern, als sie sich bemühte, Kirstens Unterlagen irgendwie unter ihren Ellenbogen zu klemmen. Endlich legte Erika auf. »Aber keiner hier hat sich doch mit Uwe abgegeben«, wurde Hilde endlich ihren Einwand los. Erika griff nach einem Lippenstift und zog ihren Mund nach. »Mit dem Arschloch?«, fragte sie, stand auf und ging.

Richtig, erinnerte Hilde sich, die mit der blubbernden Kaffeemaschine allein zurückgeblieben war, das Meeting. Sie seufzte, hob alles vom Boden auf und ging an ihren Schreibtisch, um die Ausdrucke für Kirsten zu machen. Nebenbei erledigte sie ein paar Telefonate und ging die Protokolle auf das Wesentliche durch. Die Kaffee-Kampagne sollte neue Preislogos bekommen. Sie notierte sich, auf welchem Server sie zu finden waren. Dann lief sie los, um Pappkartons aus dem Druckraum zu holen. Noch fünf Minuten.

Im Flur begegnete sie Eric, dem Creative Director. Ein Leuchten ging über sein Gesicht, als er sie sah, und er winkte sie in sein Zimmer. Hilde folgte, saß aber wie auf Kohlen. Kirsten wartete, und sie musste noch in der Druckerei anrufen, wegen der Andrucke, außerdem mussten die neuen Logos für die Kaffeewerbung in den Folderentwurf und ... Sie hörte erst auf, mit dem Fuß zu wippen, als sie den Haufen Papier sah, den Eric ihr über den Schreibtisch zuschob. »Was ist das?«, fragte sie ungläubig und beäugte den Stapel kaum leserlicher handschriftlicher Notizen, kopierter Gebrauchsanweisungen voller Unterstreichungen und Kringel und ausgeschnittener Katalogbildchen. »Nein«, sagte sie langsam, als sie es zu begreifen begann. Diese schlechten Fotografien männlicher Modelle in Blaumännern, diese voneinander ununterscheidbaren Bilder von Bohrmaschinen, alle im selben Winkel abgebildet, dieser Haufen Notizmist, der gehörte zum Horrorprojekt der Agentur. Es handelte sich um einen Katalog für

Hand- und Heimwerker, mit Berufsbekleidung und Maschinen. Das Unternehmen war konservativ und verzichtete auf jede gestalterische Ambition, nur kein Firlefanz, alles einfach ablichten und dann sachlich beschreiben, so lautete ihr Auftrag. Alles das wirkte noch immer so wie aus den Fünfzigern, fand Hilde. Und die meisten ihrer Kollegen sahen es ebenso. Niemand machte diese Arbeit gerne, sie war ohne Herausforderungen, langweilig und dennoch anstrengend, denn auf jeder Seite tummelte sich eine Unmenge an Produkten, festgehalten in briefmarkengroßen, leicht verwechselbaren Bildchen, und es war eine Sisyphusarbeit, darauf zu achten, dass all die Produktbeschreibungen, Bestellnummern und Preise nicht durcheinandergerieten, da ihr Kunde unerklärlicherweise nicht mit einer Computerdatenbank arbeitete. Einer hatte die Arbeit dem anderen zugeschoben, schließlich war sie bei Uwe gelandet, der wenig sprach und nicht zum Protestieren neigte. Außerdem war Uwe der Einzige, der wirklich eine Schlagbohrmaschine XT 3000 vom Modell XT 3000 alpha unterscheiden konnte. Niemand hatte gefragt, wie er das schaffte. Sein Arbeitsstil war chaotisch, und alle hatten es für gut befunden, nicht weiter nachzufragen, solange die Termine eingehalten wurden und der Kunde zufrieden schien. Aber jetzt war Uwe fort.

Und als Hilde seine Arbeitsmaterialien sah, bekam sie eine erste Ahnung davon, warum er gegangen sein könnte. »Die Vorlage für die ersten zwanzig Doppelseiten ist am Dienstag«, sagte Eric.

Hilde nahm einige der Papiere vorsichtig mit den Fingerspitzen auf. Es war ein Alptraum, lauter Pfeile, Streichungen, Anmerkungen. Ein Teil der Gebrauchsanweisungen, denen sie die technischen Daten für die Beschreibungstexte entnehmen sollte, war auf Chinesisch. Ein grinsender Blaumannträger folgte dem nächsten, dazu kryptische Anmerkungen wie: »Siehe 98/2d, S.10.« Einigen der Modelle hatte Uwe Zahnlücken gemalt.

»Das ist unmöglich«, sagte Hilde schwach.

»Wem soll ich es sonst geben?«, fragte Eric und strahlte sie an. »Du weißt doch, dass ich dir am meisten vertraue. Du bist einfach zuverlässig.«

Hilde stöhnte. Sie wollte das nicht, sie konnte das nicht. Alles in ihr sträubte sich. »Ich weiß nicht ...«, sagte sie.

Eric tätschelte ihre Hand. »Ich weiß, dass du das hinkriegst«, sagte er. Er rückte seine Krawatte zurecht und stand auf. Das Meeting, erinnerte Hilde sich. Sie erhob sich ebenfalls und versuchte, den ungefügen Haufen Unterlagen zu bändigen. Schon in der Tür fügte Eric hinzu: »Es soll diesmal auch eine tschechische Version geben.«

Hilde starrte ihn an. »Ich kann kein Tschechisch«, rief sie entsetzt.

Er winkte ihr nonchalant zu. »Wer kann das schon.« Damit war er fort.

Sie sollte auch langsam im Besprechungsraum auftauchen, erinnerte Hilde sich. So schnell sie konnte, lief sie in ihr Zimmer zurück, schnitt die Pappen zurecht, klebte mit zitternden Fingern die Anzeigenentwürfe auf, raffte dann ihre eigenen Aufzeichnungen mit den Ideen für den Autokalender zusammen und hastete los. Vor der Glastür, hinter der sie schon dezentes Murmeln hörte, hielt sie kurz inne, um ihre Bluse zurechtzurücken und sich noch einmal über die Haare zu fahren. Dann öffnete sie.

Drinnen saßen bereits all ihre Kollegen und die Kunden. Gereizt hoben sie die Köpfe, als Hilde mit einem entschuldigenden Lächeln hereinschlüpfte. Hoffentlich versagte ihr Deo nicht. Hoffentlich saß ihre Frisur. Hier im Allerheiligsten kam sie sich immer ein wenig ungepflegt vor. Nicht so schick wie die anderen, nicht so lässig, und mit ihren beinahe vierzig Jahren auch nicht mehr so jung.

Eine Schnapsidee, so hatte sie es bei sich genannt, nach all den Jahren, der gescheiterten Ehe und der Pflege ihrer Mutter noch einmal einen beruflichen Neustart zu versuchen. All ihren Mut hatte sie zusammengenommen, als sie vor zwei Jahren nach einem Praktikum bei der Agentur gefragt hatte.

Das Einstellungsgespräch hatte in diesem Zimmer stattgefunden. Ach, sie liebte diesen Raum, die modernen Buchenmöbel, das abstrakte Gemälde an der hinteren Wand, die kleinen Tabletts mit Getränken, das gepflegte Surren der Laptops.

»Hilde?« Eric ließ ein wenig Überraschung in seiner Stimme anklingen.

Sie hob entschuldigend die Pappen hoch, was Kirsten veranlasste, um den Tisch zu stöckeln und sie ein wenig verärgert entgegenzunehmen. »Entschuldige die Verspätung«, flüsterte Hilde.

Als sie sich allerdings auf den Weg zum letzten freien Stuhl machte, hielt Eric sie auf. »Ich weiß wirklich nicht, ob du dir das leisten kannst, Hilde. Die Doppelseiten müssen Dienstag stehen.« Damit wandte er sich von ihr ab und mit einem entschuldigenden Lächeln wieder den beiden Kunden in ihren Businessanzügen zu, die das Signal aufnahmen und sich erneut dem Beamerbild an der Wand zuwandten.

»Oh, ich kann ...«, begann Hilde. Einer der Kunden stellte eine Frage. Eric antwortete, alle neigten sich vor, um seine Worte zu verfolgen.

Hilde stand da und verstummte. Sie ging im Kopf einige Entgegnungen durch. Aber was immer sie sagen konnte, würde sie klingen lassen wie ein trotziges Kind, fand sie. Einen Moment lang spielte sie mit dem Gedanken, Eric die Mappe mit ihren Ideen hinzulegen, damit er sie wenigstens zur Kenntnis nahm. Dann aber ging sie einfach hinaus.

Drei Stunden später, sie hatte es beinahe geschafft, Ordnung in Uwes Hinterlassenschaften zu bringen, und einen Sachbearbeiter beim Kunden aufgetan, der ihr geduldig am Telefon Auskunft zu all ihren Fragen gab, hörte sie die Stimmen ihrer Kollegen auf dem Flur. Sie entschuldigte sich bei ihrem netten Helfer, legte auf und steckte den Kopf hinaus.

»Genial«, hörte sie es von Kirsten. »Das traut sich nur Eric, in letzter Sekunde so etwas auf den Tisch zu legen. Gegen alle Absprachen.« Sie schüttelte den Kopf und lachte anerkennend.

Andreas grinste. »Ist aber auch eine coole Idee, allein die Ironie da drin.«

»Sie haben uns aus der Hand gefressen«, meinte ein Grafiker im Vorbeieilen. »Geil.«

»Statt der üblichen nackten Weiber jetzt Weiber, die Bilder von nackten Körpern vor sich halten. Die Illusion in der Illusion.« Andreas war noch immer voller Andacht. »So was traut sich nur der Eric.«

»Damit haben wir die Hamburger ausgestochen.«

»Los, hier hinten gibt es Champagner.«

Das Stimmengewirr wurde leiser. Hilde hielt Erika an, die mit einem Tablett voller Gläser den Gang hinuntergehastet kam. »Wir haben den Pitch gewonnen?«, fragte sie.

Erika nickte nur hastig und stürmte weiter. »Feiern!«, rief sie in einige der offenen Bürotüren. Auf die Idee, Hilde einzuladen, war sie nicht gekommen.

Die ging hinüber zum Meetingraum. Dort lag sie noch auf den Tischen, Erics siegreiche Idee in letzter Minute. Eine Frau räkelte sich auf einem Sportwagen. Auf den ersten Blick war sie nackt. Auf den zweiten sah man, dass sie ein mit einem nackten Körper bedrucktes Tuch lasziv über den Wagen und sich selbst fließen ließ. Hilde legte den Kopf schief. So sexy hatte das auf ihren eigenen Entwürfe nicht ausgesehen, zugegeben. Die Pose war eleganter, pornographischer. Und der Wagen besser eingebaut. Aber es war ganz unzweifelhaft ihre Idee. Wo hatte Eric die her?

Im Grunde kannte sie die Antwort. Die Dateien waren schließlich auf einem Firmenserver gespeichert gewesen. Und wie lange hatte sie gebraucht, um die Ausdrucke aus dem allgemein zugänglichen Druck- und Kopierraum abzuholen? Schließlich hatte sie selbst schon, wenn sie dort stand und auf eigene Ausdrucke wartete, in dem geblättert, was ihre Kollegen so aus der Maschine gejagt hatten. Aber dass Eric ihr das antun würde ...

Sie ging zur Tür des Sekretariats, hinter der der Feierlärm zu hören war. Aber sie traute sich nicht hinein. Sie hatte Angst, laut zu werden oder, schlimmer noch, in Tränen auszubrechen. Ihre Stimme hatte die Angewohnheit, schrill zu werden, wenn sie sich beklagte, um dann in einem Schluchzer zu brechen. Sie mochte sich nicht, wenn sie so war, sie empfand es als demütigend. Und sie wollte sich von Eric nicht demütigen lassen, nicht vor den anderen.

Entmutigt ging sie zurück in ihr Büro und blieb dort, bis es in den Gängen leiser geworden war. Endlich wagte sie sich vor bis an die Tür des Creative Directors. Als sie endlich ihren Mut zusammengenommen hatte, um zu klopfen, öffnete diese sich und Kirsten kam heraus. Erstaunt starrte sie die wie eine Salzsäule dastehende Hilde an.

»Er ist nach Düsseldorf geflogen«, beantwortete sie deren Frage. »Du weißt doch, die Kaffeewerbung.«

Hilde wusste nicht genau, was sie dazu trieb. Aber sie quetschte hervor. »Es war meine Idee, das mit dem Autokalender, weißt du.«

Erika runzelte die Stirn, als könne sie das nicht ganz glauben. Sie schaute an Hilde vorbei. »Dann solltest du froh sein«, sagte sie schließlich. »Nicht jeder kriegt die Chance, Eric zuzuarbeiten. Er ist da wählerisch.« Sie legte den Kopf schief und musterte Hilde. »Noch dazu, wo du nur eine Bürokraft bist.«

Hilde schnappte nach Luft. Sie mochte als Bürokraft angestellt worden sein, aber seit mehr als einem Jahr schon erfüllte sie die Pflichten eines Texters so gut wie jeder andere Kreative in der Firma. Wenn sie auch nicht das gleiche Gehalt bezog. Hatte Eric ihr nicht selbst gesagt, wie zuverlässig sie war und wie sehr er ihr vertraute? »Ich, ich kann auch kreativ sein«, brachte Hilde hervor.

Kirsten sah ihr Gesicht und lachte. »An deiner Stelle würde ich das nicht zu laut sagen«, meinte sie. »Du weißt doch, dass der Etat einen weiteren Texter nicht vorsieht.«

Hilde biss sich auf die Lippen. Ja, das wusste sie. Eric hatte es ihr oft genug erklärt. Immer wenn sie sich traute, mal wieder wegen ihres Arbeitsvertrages zu ihm zu kommen, damit dort das beschämende Wort Hilfskraft verschwände. Sie wollte schließlich einmal Zeugnisse erhalten, in denen aufschien, was sie konnte und was sie geleistet hatte, falls sie sich woanders bewerben wollte.

»Wenn ich dich Texter nenne, Hilde, muss ich dich auch als Texter bezahlen«, hatte Eric ihr jedes Mal erklärt. »Und das kann die Firma sich nicht leisten.«

Jedes Mal hatte sie es eingesehen. Ihr war es lieber, sie durfte hier arbeiten, als dass sie wieder allein zu Hause säße. Um das Geld ging es ihr ja gar nicht. Eric hatte meist den Kopf schon wieder über seine Unterlagen gesenkt, wenn sie eine Entschuldigung murmelnd hinausging. Immerhin vergaß er nie ihren Geburtstag. Dann stand zuverlässig eine Schachtel von diesen teuren Pralinen auf ihrem Schreibtisch, für die sie Werbung machten und von denen sie daher regelmäßig Probierpackungen bekamen. Er hätte sie ja auch selber essen können.

Heute schaffte Hilde es nicht so recht, sich mit diesem Gedanken zu trösten. Das mochte an der Art liegen, in der Kirsten an ihr vorbeistöckelte. Oder an dem fröhlichen Lärm, der jetzt aus dem Sekretariat drang. Sie ging zurück in ihr Büro, erledigte noch zwei Stunden lang die wichtigsten Aufgaben für heute, schrieb eine To-do-Liste für den nächsten Tag, die sie an ihren Bildschirm heftete, und brach auf.

Ihr Ziel war das Altersheim, in dem ihre Schwiegermutter lebte. Obwohl seit der Scheidung schon über zehn Jahre vergangen waren, hatte sie die Gewohnheit, dort vorbeizuschauen, nicht aufgegeben. Die alte Frau hatte ja sonst niemanden. Ihr Sohn, Hildes Exmann, ließ sich dort jedenfalls nicht blicken. Und seiner neuen Gefährtin mit dem tollen Job und der mondänen Lebensweise war das natürlich auch nicht zuzumuten. »Als Managerin hat sie einfach zu viel zu tun«, erklärte die Alte ihr. »Du hättest auch mal berufstätig sein sollen, selbständig, modern. Dann hättest du ihn vielleicht halten können.«

»Sicher«, erwiderte Hilde und stellte die Flaschen mit dem teuren stillen Mineralwasser auf den Tisch, die sie unterwegs eingekauft hatte, da ihre Schwiegermutter das Wasser im Heim nicht vertrug, wie sie sagte. Sie hielt kurz den Kassenbon für ihre Einkäufe in der Hand und überlegte, ihn ebenfalls auf den Tisch zu legen, ließ es dann aber sein. Er würde ignoriert werden, wie all die Jahre.

»Hast du meine Pflegecreme dabei? Du weißt, ich kann nicht auskommen mit dem billigen Zeug, das sie einem hier geben.«

Hilde nickte nur und packte die Tuben aus. »Und die Reinigungsmilch, und den Balsam.«

»Und die Windeln«, fügte die Alte hinzu. »Das Zeug, das die Kasse zahlt, ertrage ich einfach nicht auf der Haut.« Hilde öffnete die zweite der großen Einkaufstüten. Ich sollte mir ein Auto anschaffen, überlegte sie nicht zum ersten Mal, während sie sich die umständliche Erzählung darüber anhörte, wie ihr Ex mit seiner zweiten Frau Karten für den Wiener Opernball bekommen hatte.

»Ihr Kleid soll ein Traum sein.«

Hilde murmelte etwas Unverständliches. »Soll ich dir weiter aus unserem Roman vorlesen?«, fragte sie dann und hielt das Buch hoch, *Der Stechlin* von Fontane. Ihre Schwiegermutter hatte einen konservativen Geschmack.

»Du hast ja nie besonders auf dich geachtet. Ich dagegen, als ich jung war ...«

Hilde überhörte den Rest des Vortrags und schlug das Buch auf. Sie blätterte so lange nach der Seite, auf der sie aufgehört hatten, bis die Alte endlich still wurde. Dann setzte sie mit ruhiger Vortragsstimme ein.

Es dämmerte bereits, als sie schließlich nach Hause kam, erschöpft, aber ein wenig getröstet von der ruhig fließenden, ironischen Prosa Fontanes. Sie schloss die Tür auf, schlüpfte aus den Schuhen und trat barfuß auf den Balkon, dessen Boden noch warm war von der Abendsonne, die sie so liebte und deren goldenes Hereinscheinen mit ein Grund war, warum sie die Wohnung vor fünf Jahren gemietet hatte. Das und der Ausblick über das schön renovierte Hinterhaus hinüber zum Fluss mit seinen alten Weiden. Vielleicht würde sie es morgen schaffen, hier eine stille Stunde mit einem Glas Wein und einem Buch ihrer eigenen Wahl zu verbringen. Wie lange hatte sie das schon vor?

»Na, meine Schönen, geht es euch gut?«, begrüßte sie ihre Pflanzen und fuhr mit den Fingern sanft über die Blätter. Sofort stieg das Aroma der Minze in die Luft, und der Lavendel entfaltete seinen Duft. Gierig sog sie beides ein. »Und wie geht es dir?«, wandte sie sich dem Topf mit der Rose zu, von der sie hoffte, sie würde eines Tages die Umrisse ihres Balkons mit ihren feuerroten Blüten umranken wie ein Märchenschloss. Im Moment streckte sie nur wenige schüchterne Triebe aus, und Hilde hatte darauf verzichtet, diesen bereits ein Klettergerüst zu schaffen. Noch war sie unschlüssig, ob der Topf an der nördlichen oder an der südlichen Seite der Brüstung besser stand. »Ich hole euch gleich mal ein bisschen Wasser.«

Sie goss alle ausgiebig und mit Gerechtigkeitssinn. Nur die Rose machte ihr Sorgen. »Ich sollte dich vielleicht auf die Brüstung stellen«, überlegte sie laut. »Da unten bekommst du einfach nicht genug Sonne, nicht wahr?« Sie überlegte, ob die schmiedeeiserne Balkonkastenhalterung breit genug für den Rosentopf wäre, kam zu einem positiven Schluss und hob den Topf an. Als sie ihn gerade in Position hieven wollte, hörte sie drunten im Hof Schritte, die sie kannte. Sofort begann ihr Herz, schneller zu schlagen.

Das war ihr Nachbar, Simon Flußner, Herr Flußner für sie, denn nach fünf Jahren siezten sie einander noch immer.

Genau genommen waren sie über ein »Guten Morgen« oder »Guten Abend« im Treppenhaus auch noch nicht hinausgekommen. Allerdings, erinnerte sie sich, fügte er manchmal eine Bemerkung über das Wetter an. Oder er ärgerte sich laut über die Dauerbaustelle am Ring. Einmal hatte er ihr sogar erzählt, dass er neue Bremsen für das teure Sportrad brauchte, mit dem er immer zur Arbeit fuhr. Er schob es auch jetzt über den Hof. Hilde war mit dem surrenden Klicken der Gangschaltung so vertraut wie mit den Umrissen seiner Gestalt. Er sah so sportlich aus und lebendig, mit den vom Fahrtwind ein wenig zerzausten Haaren über dem korrekten Anzug. Gut gekleidet war er immer, und trotzdem, fand sie, hatte er etwas von einem Jungen an sich. Kaum zu glauben, dass er beinahe genauso alt war wie sie.

Ob er wohl wusste, wie wichtig ihre kurzen Begegnungen für sie waren? Wie sehr sie sich freute, wenn es ihr gelang, ihm im Treppenhaus zu begegnen? Und wie sie jede seiner kurzen, über die übliche Begrüßung hinausgehenden Bemerkungen entgegennahm wie ein Geschenk, wie sie jedes Wort noch lange danach beschmeckte, betastete, drehte und wendete, deutete und nachflüsterte, bis alle Bedeutung herausgesogen war und nichts blieb als der schale Nachgeschmack und die Leere. Und die Hoffnung auf das nächste Mal.

An Tagen, an denen die Wahrscheinlichkeit besonders hoch war, ihm über den Weg zu laufen, bemühte sie sich, etwas Hübsches anzuziehen, eine etwas farbigere Bluse, eine teure Seidenstrumpfhose, die Schuhe mit den Absätzen. Auch wenn sie sich darin am Abend Blasen gelaufen hatte. Letzte Woche hatte er ihr gegenüber über seinen Chef geschimpft, ganz direkt und unverstellt. Sie hatte das als Zeichen einer wachsenden Vertrautheit empfunden, als einen Schritt über die routinierte Nachbarschaftshöflichkeit hinaus. Es hatte sie stolz gemacht, dass er sich ihr gegenüber so gehen ließ, ja nahezu gerührt; seine schlechte Laune war ja bei ihr wahrhaftig gut aufgehoben, sie würde sie hegen und pflegen und verwöhnen wie ein Kind. Ach, wie gut sie zu ihm sein würde; das musste er doch spüren? Wenn er es nur wüsste! Da, schaute er jetzt nach oben?

Sie hob den Arm, um ihm zuzuwinken, noch unschlüssig, wie sie ihn begrüßen sollte. Zwar dachte sie sich über den Tag immer ein paar Bemerkungen für ihn aus, von denen sie hoffte, sie würden seine Aufmerksamkeit erregen, aber heraus kam dann oft doch nur ein »Hallo«. Hilde holte tief Luft. Dass der Blumentopf ihr entglitt, spürte sie im selben Augenblick, aber es war zu spät. Sie neigte sich vor, so weit sie konnte, und griff mit beiden Armen nach den Rosen, aber vergebens. Obwohl alles so langsam ging, dass sie glaubte, es geschähe in Zeitlupe, obwohl sie jedes Blatt einzeln davontrudeln sah und den eigenen Schrei in ihren Ohren langgedehnt verfolgen konnte, fassten ihre Hände doch ins Leere.

Simon Flußner schaute auf. Ob er sein Verhängnis kommen sah? Von da an ging alles ganz schnell. Der Topf schlug auf, der Mann ging zu Boden. Da lag er, als hätte er immer schon dort gelegen. Das Vorderrad seines Fahrrades drehte sich noch sirrend in der Luft und kam schließlich zur Ruhe. Hilde war schon auf dem Weg nach unten. Sie flog förmlich die Treppen hinab. Ihre Knie zitterten, kaum wusste sie, wie sie die Stufen geschafft hatte. Sie stakte über das Fahrrad und kniete sich neben den Mann, schluchzend vor Aufregung.

»Oh Gott, Simon, Herr Flußner, oh mein Gott! Es tut mir so ... um Himmels Willen! Simon!« In der Aufregung duzte sie ihn. Und etwas in ihr besaß die Geistesgegenwart, es zu genießen, das und die Wärme seiner Haut, als sie seinen Kopf in beide Hände nahm. Angespannt suchte sie in seinem Gesicht nach einem Lebenszeichen. Und quittierte es mit einem Aufschrei, als er die Augen aufschlug. Sie wischte ihm ein paar Krümel Blumenerde von der Stirn.

»Ist alles in Ordnung?«, flüsterte sie liebevoll und strich wieder und wieder über sein Haar. Sie hatte ganz vergessen, wo sie sich befanden.

»Was war das?«, murmelte er und kniff die Augen zusammen. Langsam schüttelte er den Kopf und verzog das Gesicht.

»Tut das weh?«, fragte sie mitleidig und strich ihm über den Scheitel. Er schob ihre Hand weg.

Das brachte sie ein wenig zu sich. Errötend ließ sie ihn los und gestand: »Das war meine Kletterrose. Ich wollte sie umstellen. Und da ...« Unwillkürlich griff sie nach dem Topf, der den Sturz dank des sanften Aufpralls auf Herrn Flußner heil überlebt hatte. »Es ist eine Regina Christine.« Hilflos streckte sie ihm die Blume entgegen.

»Ouuuh«, kommentierte er und fasste sich an die rechte Schulter. »Verdammt, genau auf den Knochen.«

Erschrocken wollte Hilde die ausgewiesene Stelle betasten. Aber da hatte er sein gestürztes Rad mit dem verdrehten Lenker und dem gesplitterten Vorderlicht entdeckt und stieß einen Wutschrei aus. »Du dämliche alte Gans!«, rief er und wollte aufstehen. Sein rechter Arm versagte, und mit einem Fluch sackte er wieder zurück.

Alte Gans! Die beiden Worte trafen Hilde wie Schläge, schlimmer, als eine ordinärere Beschimpfung es hätte tun können. Alte! Gans! Sie sah sich mit einem Mal durch seine Augen, durch die Augen der Welt, der sie es doch immer nur recht hatte machen wollen. Alt war sie, alt und lächerlich. Sie kannte das Gefühl nicht, das mit einem Mal in ihr aufwallte. Aber es fühlte sich gut an, kalt und klar. Selten hatte Hilde sich ruhiger gefühlt, sicherer und stärker. Prüfend sah sie sich im Hof um. Dann hob sie die Regina Christine.

»Was ist denn hier los?«, rief kurz darauf eine Stimme von oben. Herr Brunner aus dem zweiten Stock steckte seinen Kopf aus dem Fenster.

Hilde antwortete, ohne hinzusehen, prompt und ruhig. »Er wurde von einem abstürzenden Blumentopf getroffen. Rufen Sie einen Krankenwagen!«

Herr Brunners Kopf verschwand. Sie ließ endlich den Blumentopf los, der, ihres festen Griffes ledig, in mehrere

Scherben zerfiel. Aus Simon Flußners Stirn, dort, wohin sie mit aller Wucht geschlagen hatte, sickerte eine dünne Blutspur. Hilde sah zu, wie die Scherben ein natürliches Fallmuster bildeten. Einen Moment lang studierte sie ihre gespreizten Finger. Aber es wäre normal, sagte sie sich, wenn man auf dem Topf ihre Fingerabdrücke fände. Die konnten schon oben auf dem Balkon daraufgelangt sein. Sie stand auf und bemühte sich, nichts zu berühren. Dann fiel ihr ein, dass es unnatürlich aussähe, wenn sie keine Erste-Hilfe-Maßnahmen einleitete. Also kniete sie sich wieder hin und brachte Simon Flußners Körper in eine stabile Seitenlage. Sie wusste, dass das vergebens sein würde. Er war warm, aber er war tot. Zu deutlich hatte sie das Knacken seines Schädelknochens gehört. Das Einzige allerdings, was sie daran verwunderte, war, dass es sie nicht im Mindesten erschreckte.

Die Sirenen des Krankenwagens näherten sich. Hilde stand auf und trat zurück. Sie sah zu, wie die drastische Realität eines Rettungseinsatzes den Innenhof zu erfüllen begann, aber sie blieb ruhig. Eine Polizeistreife kam, nahm ihre Aussage auf und bat sie höflich, in ihrer Wohnung auf den Kommissar zu warten, der ihr einige Fragen stellen werde. Nur Routine, wie sie versicherten.

Hilde wandte sich ab und ging hinauf. Einen Moment lang stand sie im vertrauten Flur ihrer Wohnung und war sich nicht sicher, was sie als Nächstes tun sollte. Dann schaltete sie den Computer an. Als Erstes schrieb sie ihrem Exmann eine Mail, in der sie ihm ankündigte, seine Mutter künftig nicht mehr zu besuchen. Sie fügte den Namen eines professionellen Besuchsdienstes bei und schickte die Mail zur Kenntnis an die Heimleitung. Dann öffnete sie ein Textverarbeitungsformular, tippte ein paar Buchstaben und hielt erneut inne. »Zeugnis«, stand da. Sie überlegte. Dann aber schrieb sie los wie im Furor. Sie brauchte nicht einmal innezuhalten, kein Datum, keine Fakten nachzuschlagen. Sie wusste schon so lange, was hier zu stehen hatte.

Plötzlich klingelte es an der Tür. Hilde hielt inne wie ertappt. Jetzt endlich waren ihre Wangen gerötet, ihr Puls raste. Sie hatte das dringende Bedürfnis, die obersten Knöpfe ihrer Bluse zu öffnen, oder sie würde ersticken. »Ich komme«, rief sie zur Tür und fuhr sich hektisch mit beiden Händen durch die Haare, verwilderte sie aber nur noch mehr.

Der Mann, dem sie die Tür öffnete, ließ seinen Ausweis sinken und starrte sie an. Hilde sah, wie seine Pupillen sich verengten, ein faszinierendes Schauspiel, dessen Auswirkungen sie in den Tiefen ihres Beckens spürte. Ihr Atem wurde noch ein wenig rascher, auch seiner ging hörbar schwer.

»Ich ...«, begannen sie beide und verstummten. Er machte einen unbeholfenen Schritt in Richtung der Tür, sie wollte ausweichen, um ihn einzulassen, zögerte jedoch, als er innehielt. Als sie sich gleichzeitig ein Herz fassten, um aufeinander zuzugehen, stießen sie zusammen. Das verlegene Lächeln auf ihren Gesichtern schmolz in der aufflammenden Hitze, als sie einander berührten.

»Du ...«, sagten sie und verstummten wieder. Es gab nichts weiter zu sagen.

Als er wieder gegangen war, lag Hilde noch eine ganze Weile im Bett und schaute an die Decke. Sie war nackt, aber sie hatte nicht das Bedürfnis, sich zuzudecken. Sie klebte von Schweiß, aber ihr war nicht nach Duschen, im Gegenteil, sie knurrte vor Zufriedenheit, wenn sie den Duft einsog, den er auf ihr zurückgelassen hatte. Erst eine ganze Weile später stand sie auf und ging hinüber an den Computer, der noch immer leise summte. Sie bewegte die Maus und brachte so den Bildschirmschoner zum Verschwinden. Langsam nickend las sie den Text, den sie verfasst hatte – wann? Vorhin? In einem anderen Leben? Mit schnellen Fingern fügte sie noch ein paar Passagen ein, dann klickte sie auf ›Drucken‹. So, das würde morgen auf Erics Schreibtisch liegen, zusammen mit ihrer Gehaltsforderung. Und wenn er nicht bereit war nachzugeben ... – sie lächelte.

Horst würde wiederkommen, er hieß Horst. Aber nicht, um sie zu verhören. Sondern um sie zu verwöhnen. Der Fall war abgeschlossen, ehe es einer wurde. Es war gar kein Fall, das hatte Horst ihr versichert. Allenfalls ein Unfall, keine Frage. Sie hatten nur kurz darüber gesprochen, dann hatte es wichtigere Dinge gegeben. Morgen Abend zum Beispiel. Er käme gleich nach Dienstschluss. Er hatte sie darum gebeten. Und sie hatte es ihm gnädig gewährt.

Wieder stieg das Prickeln in ihr auf. Morgen würde sie singen bei der Arbeit. Sie würde sogar singen, während sie Eric zum Weinen brachte. Und die Nacht würde ihr gehören, diese, die nächste, die übernächste. So lange und so viel sie wollte.

Und wenn nicht mehr ... Hilde lächelte.

Kalte Betten

Maja schaute hoch zu ihrem Freund. Sie war nicht verdutzt, nicht einmal erschrocken. Sie fühlte gar nichts. Sie sah, wie seine Augen sich einen Moment angstvoll weiteten über dem eingeseiften Kinn. Seine Hand mit dem Pinsel hing in der Luft.

»Mein Gott«, sagte er. Endlich besann er sich und streckte ihr die freie Hand entgegen. Sie nahm sie mechanisch und richtete sich auf.

»Das hab' ich nicht gewollt.« Sie nickte und fühlte die Stelle zwischen den Rippen, wo sein Ellenbogen sie getroffen hatte.

»Der Schlag war ja ganz schön laut. Alles in Ordnung mit deinem Kopf?« Erst jetzt kam der Schmerz. Sie musste am Badewannenrand aufgeschlagen sein, als sie gefallen war. Aber sie ertastete kein Blut. Wieder nickte sie. Sie war so benommen, dass sie wortlos zur Zahnpastatube griff und begann, sie aufzuschrauben.

Er schaute ihr eine Weile zu. »Du weißt, wie ich es hasse, beim Rasieren gestört zu werden«, sagte er. Es klang schon nicht mehr so kleinlaut wie die Sätze zuvor, rechtfertigend, ja, aber nicht mehr als das. »Es war eine reine Reflexbewegung. Du hast mich erschreckt.« Dann rasierte er sich zu Ende. Als er fragte, ob er Kaffee für sie beide machen solle, schüttelte sie den Kopf, die Zahnbürste im Mund. Aus den Augenwinkeln beobachtete sie ihn, wie er innehielt, ehe er ihr flüchtig die Schulter kraulte und das Bad verließ. In sein Gesicht war bereits wieder der alte Ausdruck zurückgekehrt, den sie so gut kannte: Missmut. Maja schaute sich selbst im Spiegel an: Was war dort zu lesen? Sie war ratlos.

Auf dem Weg zur Arbeit prüfte sie ihr Spiegelbild in sämtlichen Schaufensterscheiben. Sie war schlank, fand sie, noch immer, ihre Beine lang, ihre Brüste wohlgeformt. Sie war sportlich, ihr Schritt federte, ihr Pferdeschwanz wippte. Äußerlich unterschied sie sich nicht von anderen Frauen ihres Alters.

Dass sie sich fühlte, als schleppe sie den Panzer einer hundertjährigen Schildkröte mit sich herum, samt dem Schlamm des Teichgrundes, das sah man nicht, oder? Argwöhnisch behielt sie sich im Auge. Einmal blieb sie stehen und strich über ihren flachen Bauch. Woran lag es, fragte sie sich. Was machte sie verkehrt? Was stimmte nicht mit ihr, ihrem Charakter, ihrer Ausstrahlung? Warum war sie die Einzige, die zurückgestoßen wurde, wenn sie versuchte, einen Mann in den Nacken zu küssen?

Sie ging weiter und beschleunigte ihre Schritte. Männer kamen ihr entgegen, so viele Männer, junge, alte, im Anzug, in Joggingsachen, in Jeans, mit kurzen Haaren, Irokesenkämmen, Ohrringen, Aktentaschen, Stirnglatzen, Krawatten, mit Falten, arroganten Mienen, mit dem Finger in der Nase, im Schritt, den Coffee-to-go in der Hand. Sie waren alle so real, so körperlich, sie kamen ihr so nah vor, dass es sie beinahe ekelte. Maja konnte sich vorstellen, wie sie alle nackt aussahen, sie konnte sich vorstellen, wie es wäre, von ihnen umarmt zu werden, sich mit ihnen zu verschlingen, mit allen, auch den hässlichen, widerlichen, ungepflegten, mit den Schnurrbartträgern und Spießern. Für Sekunden trieb sie es mit ihnen allen, in einem Inferno aus nackten Gliedmaßen, überwältigend, hemmungslos.

Erschrocken hielt sie inne. Das war doch nicht sie. Sie war verrückt. Pervers. Hartmut trieb sie in den Wahnsinn. Warum tat er das?

Sie ging weiter. Er hatte viel um die Ohren, die Arbeit, die Zusatzausbildung, nächsten Monat standen die letzten Klausuren an. Sie verstand, dass er angespannt war. Sie verstand, dass ihm der Sinn nicht nach Sex stand bei all dem Stress. Sie hatte gelesen, dass überhaupt die Menschen in unserer Gesellschaft, trotz all der Nackten in der Werbung, trotz der Freizügigkeiten und Liberalität viel weniger Sex hatte, als man allgemein annahm. ›Oversexed and underfucked‹ lautete die These, sie hatte alles darüber gegoogelt. Es schien auf ihr Leben zu passen. Vielleicht erlebte sie nur, was für viele Realität war. In sämtlichen Eheratgebern stand auch, dass die erotische Aktivität im Laufe der Jahre abnahm. Sie hatte viele gelesen und immer begierig das entsprechende Kapitel aufgeschlagen. Der Hinweis fehlte nirgends, es schien also normal zu sein. Allerdings wurde überall gesagt, dass es die Libido der Frau wäre, die nachließe, voller Verständnis wurde darüber berichtet, und dass es kein Grund zum Schämen sei. Was aber war dann mit einer wie ihr? Musste sie sich schämen? War sie ein Monster?

Hartmut schien eines in ihr zu sehen. Oder war das sie selbst? Gott, sie fühlte sich so hässlich mit ihrem Begehren, ihrer – sie blieb stehen und sagte sich vor einer weiteren Schaufensterscheibe das Wort mit aller Brutalität ins Gesicht – ihrer Geilheit. Sie lief so rasch weiter, als könnte sie die Beleidigung dort in der Auslage zurück und hinter sich lassen. Aber sie entkam ihr nicht.

Sie erfuhr sie Abend für Abend in ihrem Bett. Nach außen hin war alles friedlich, sie lagen Seite an Seite, lasen in ihren Büchern, drehten sich irgendwann zueinander für einen züchtigen Kuss und knipsten das Licht aus. Dort lag sie dann, vibrierend vor Spannung, am ganzen Körper hungrig, dass es sie beinahe schmerzte. Anfangs hatte sie gewartet, dann, als sie das Warten nicht mehr aushielt, hatte sie versucht, ihn zu berühren. Später hatten sie geredet. Konnte man Begehren herbeireden? Sie war wieder verstummt. Eine Freundin hatte ihr mit weisem Lächeln gesagt: »Wenn du etwas willst, dann gib ihm doch etwas.« Das hatte gut geklungen, wahr, geradezu buddhistisch. Also hatte sie begonnen, Duftöle zu kaufen, Schaumbäder, Kerzen, halterlose Strümpfe, Zeitschriften, Handschellen. Sie hatte gesalbt und massiert, sie hatte getanzt und gestrippt. Sie hatte Obszönitäten geflüstert und sich erniedrigt, immer auf der Suche nach dem Moment, dem Funken, der seine Begierde in Gang setzen würde. Dann, mit einem Schlag, war sie ermüdet.

Ihr war schlecht geworden bei dem Gedanken an das Arbeitslager, zu dem ihre Beziehung verkommen war. Sie begnügte sich wieder mit Hartmuts Bussis und dem flüchtigen, begütigenden Kraulen seiner Finger auf ihrer Schulter, bei dem sie sich vorkam, als sei sie ein Hund. Es kehrte Frieden ein, äußerlich. Sie lebten ihren Alltag. Heute Morgen allerdings hatte sie versucht, ihn auf den Hals zu küssen, mit aller Macht hatte sie ihn zwingen wollen, zärtlich zu ihr zu sein. Er hatte sie gegen die Badewanne gestoßen. Eine Reflexbewegung. Warum waren seine Reflexe so gegen sie? Was hatte sie ihm getan?

»Frau Kommissarin.« Der Streifenbeamte hob das Absperrband und ließ sie ein.

»Hans.« Sie betrat die Wohnung und nickte den Leuten von der Ambulanz zu, die sie kannte. Langsam streifte sie sich die Handschuhe über, während sie sich aufklären ließ über das, was vorgefallen war.

»Das auf dem Sofa ist die Frau«, flüsterte Hans.

Sie nickte rasch und sachlich, damit er nicht weitersprach. Es war offensichtlich, um wen es sich bei der blassen, völlig verweinten Frau mit den aufgelösten Gesichtszügen handelte. »Hat sie ihn gefunden?«, fragte sie leise.

Hans nickte. Maja warf einen raschen Blick durch die nun weit offen stehende Badezimmertür. Ein nacktes Männerbein ragte grotesk aus der Wanne in den Raum. Die Haut an den Zehen war runzlig wie nach einem langen Bad. Tropfen hingen in den schwarzen Haaren auf dem Schienbein. Maja griff zur Klinke und zog die Tür ein Stück zu. »Bringt sie in die Küche und flößt ihr einen Kaffee ein«, sagte sie und nickte hinüber zu Hans' Kollegin, die gerade mit dem Bestatter verhandelte.

»Er will wissen, wie lange es noch dauert«, sagte sie, als sie herüberkam. Als Maja ihren Vorschlag wiederholte, nahm sie die Frau am Arm. Maja hörte ihre tüchtige, bodenständige Stimme, als sie sagte: »Wir werden uns erst mal alle etwas Heißes gönnen, nicht wahr?«

Maja wandte sich an Hans: »Wenn er es eilig hat, kann ich ihm auch nicht helfen. Der Arzt hatte ganz recht, die Polizei zu rufen.«

Der zuckte mit den Schultern. »Ich weiß nicht, was ich von der Sache halten soll. Die Sicherung hätte herausspringen müssen, als der Rasierer ins Wasser fiel. Das hätte alles gar nicht passieren dürfen.«

»Da hast du recht«, bestätigte Maja. Gemeinsam gingen sie zum Sicherungskasten, der sich im Windfang befand.

»Es ist ein altes Siedlungshaus aus den Dreißigern, sie sagt, als sie es kauften, habe es weder Zentralheizung noch Wasserspülung gehabt. Sie hat erzählt, ihr Mann habe fast alles selbst gemacht.«

»Auch die Elektrik?«, fragte Maja und betrachtete stirnrunzelnd den Kasten. Er war alt und verklebt, so viel konnte sie sagen, und keine der Sicherungen war herausgesprungen; auch der Hauptschalter war intakt. Sie zog einen Latexhandschuh an und betätigte ihn probehalber. Er war schwergängig, dann verlor sich plötzlich der Widerstand. Sie runzelte die Stirn.

»Kaputt?«, mutmaßte Hans.

»Oder manipuliert«, fügte sie zweifelnd hinzu. Ihrer beider Blicke wanderten zur Küche.

Er wiegte zweifelnd den Kopf. »Ich glaube nicht, dass sie das Wissen dafür hätte«, meinte er. »Ich musste ihr erst einmal erklären, was ein Sicherungskasten ist, als ich sie bat, mich hinzuführen.«

»Könnte sie lügen?«, überlegte Maja.

Aus der Küche kam ein Klirren, dann ein Aufschrei, halb trotziges Kind, halb Verzweiflung. »Das macht doch nichts«, hörten sie die Polizistin begütigend sagen. »Das wischen wir einfach wieder auf.«

Hans grinste unfroh. »Wird wohl nix mit dem Kaffee. Schade, ich hätte einen vertragen können.«

»Nachtschicht?«, fragte Maja mitfühlend. Sie klopfte ihm auf die Schulter, als er nickte. »Ist schon in Ordnung. Ich schau' mich hier noch ein bisschen um, und wenn ich doch etwas finden sollte, hole ich die Kollegen vom Dezernat. Ansonsten regle ich das mit dem Bestatter.«

Er schaute sie dankbar an. Maja lächelte. Ob er mit seiner Frau schlief, überlegte sie. Sie wusste, dass er eine hatte.

Hans winkte ihr zu, als er ging. Sie hob kurz die behandschuhte Rechte, ihr Blick wanderte dabei schon über die Regale und Sideboards im Wohnzimmer. Und ihre Gedanken wanderten ein wenig weiter. Das geschah manchmal, wenn sie so wie jetzt in die Privatsphäre anderer Menschen eindrang und sich mit den Kulissen von deren alltäglichem Leben konfrontiert sah. Alles, was sie registrierte, die aufgestellten Glückwunschkarten, auf denen schon der Staub lag, die Ziergläser, die offenbar ein Erbstück waren, die Buntstiftbilder an der Wand mit den ungelenken Unterschriften von Kinderhänden, lenkte ihre Überlegungen zu Hartmuts und ihrem Leben. Sie hatte sich schon manches Mal gefragt, was jemand über sie erfahren könnte aus dem, was es zu entdecken gab in ihrem Bad und Schlafzimmer, ihren Nachttischen und Schubladen. Wie würde ein Kriminologe wohl ihre Beziehung beurteilen? Nach den Sexutensilien, die sie noch hinter die Socken verbannt hatte? Oder nach den überschrittenen Verfallsdaten der Kondome, die im Spiegelschrank vergammelten? Nach den Bildern aus glücklicheren Tagen, auf denen sie in enger Umarmung aus dem Rahmen lächelten?

Auch von dem Toten und seiner Frau gab es solche Fotografien. Sie hatten eine Wand ihres Schlafzimmers geradezu damit tapeziert. Maja spazierte daran entlang und musterte sie, während ihre Hände wie von selbst routinemäßig über Toilettengegenstände, Vasen und Schatullen strichen, Schubladen öffneten und zwischen Wäschebündel fuhren. Ein Bild ließ sie innehalten. Die Frau, die hier glücklich lächelte, umarmte den Mann von hinten, die Arme um seinen Hals geschlungen, die Wange an seine geschmiegt. Auf seiner Brust kreuzten sich ihre herabhängenden Hände und die leeren Ärmel des Pullovers, den er lässig umgeknotet trug. Genau dasselbe Motiv gab es auch von ihr und Hartmut. Wie oft hatte sie es schon betrachtet. Ihr Gesicht strahlte darauf ebenso rückhaltlos und mädchenhaft wie dieses. Auch Hartmut lächelte, aber verhaltener, genau wie der Mann hier. Maja trat näher und blickte ihm in die Augen. Täuschte sie sich oder war in ihnen die selbe Zurückhaltung zu lesen, die sie auch in Hartmuts Augen zu erkennen geglaubt hatte, nachdem sie das Bild viele, so viele Male in die Hand genommen und studiert hatte, mit einer Eindringlichkeit, als wolle sie ein Orakel befragen? Sie hatte seinen Mund abgedeckt und nur in seine Pupillen gestarrt, dann das rechte und das linke Auge einzeln befragt, weil es ihr mit einem Mal so schien, als wäre ihr Ausdruck sehr verschieden. Dann hatte sie wieder den Gesamteindruck studiert, von nahem und von fern, hatte das gesamte Gesicht abgedeckt und plötzlich wieder freigegeben, um den Eindruck des allerersten Blickes noch einmal zu wiederholen, wenn auch vergebens. Sie war zu keinem Ergebnis gekommen. Der Hartmut auf dem Bild hatte ebenso wenig zu ihr gesprochen wie der echte. Und ihre Frage war unbeantwortet geblieben: Warum?

Das letzte Bild in der Reihe war ein Schnappschuss von einem Betriebsfest, man erkannte das Pappschild mit dem Firmenlogo im Hintergrund; einige der Gestalten am Rand der Tanzfläche trugen Nikolausmützen mit Lämpchen daran. Das Foto war nicht gerahmt, sondern mit einer Nadel an der Tapete befestigt. Offenbar war es neueren Datums. Es zeigte den Mann in Großaufnahme, sein Gesicht war verschwitzt, das Hemd stand offen, ebenso sein Mund. Sein Ausdruck war gelöst und selbstvergessen, er lachte. Die erhobenen Arme legten nahe, dass er gerade tanzte, ja, es musste mitten auf der Tanzfläche gewesen sein, dass die Kamera ihn erwischt hatte. Der Tote war im Halbprofil zu sehen, sein Blick ging zum rechten Bildrand. Dort jedoch war niemand.

Spontan nahm Maja das Bild ab. Weihnachten vor zwei Jahren fiel ihr ein. Hartmut war erst spät von der Weihnachtsfeier nach Hause gekommen, die in seiner Abteilung alljährlich stattfand, immer am Abend vor Weihnachten. Maja hasste sie, hasste es, an diesem Abend alleine zu Hause zu sein, dem einzigen, an dem sie selbst Zeit hatte, so etwas wie eine Festdekoration zu arrangieren und für ein wenig Besinnlichkeit zu sorgen. Meist kam Hartmut gegen Mitternacht, nach Rauch riechend und zu müde, um ihre zärtliche Besorgnis, dass er mit so viel Glühwein im Leib noch Auto gefahren war, anders als mit einem Brummen zu beantworten, ehe er ins Bett sank.

An diesem Abend war es nach zwei Uhr geworden; Maja hatte wach im Bett gelegen und sich Sorgen gemacht. Er hatte sie in den Arm genommen und ihr ausführlich erzählt, wie er eine Kollegin nach Hause hatte bringen müssen und sich dann in den abgelegenen Vororten, in denen sie lebte, verfahren hatte. Er schilderte die prächtigen Einfamilienhäuser mit den weihnachtlich beleuchteten Vorgärten, so ganz anders als die Mietshäuser hier in ihrer Gegend. »Ihr Mann ist Zahnarzt«, sagte er. »Er scheint ganz nett zu sein, wir könnten sie doch mal einladen.«

»Sicher«, hatte sie damals gemurmelt. Ihr war kalt gewesen. Er hatte noch nie jemanden von der Arbeit eingeladen. Die Sache beschäftigte sie, nein, das wäre untertrieben gewesen. In ihr machte sich eine bohrende Angst ans Werk, und es dauerte nicht lange, bis sie sich eingestehen musste, dass sie rasend eifersüchtig war. Sie schämte sich dafür und erzählte Hartmut davon. Er seufzte. »Da verlangst du immer, dass ich auch mal was mit Freunden unternehmen solle, und dann benimmst du dich so. Du weißt echt nicht, was du willst. Ich bitte dich – sie hat einen Mann! Und ich stelle dir die beiden sogar vor.«

Aber ihr einziger Gedanke war gewesen: Sie muss ja etwas ganz besonders Tolles sein, wenn du das tust. Hartmut hatte keine Freunde, er hatte noch nie einen Kontakt geknüpft, hatte ihr noch nie jemanden vorgestellt, keine einzige Einladung von sich aus ausgesprochen, seit sie zusammenlebten. Sie sagte es nicht laut. In der Frauenzeitschrift beim Friseur las sie, dass wenn man den Verdacht auf Untreue hat, auch meist Untreue vorläge, Beweise hin oder her, das läge an den feinen Antennen, die man in einer Beziehung füreinander entwickle. Maja ging ihre Argumente durch. Sie hatte keine. Sie jagte den Namen durch den Fahndungscomputer und fand nichts, natürlich. Sie schwelgte in Phantasien, in denen sie Hartmut mit der anderen in flagranti ertappte, in all den Posen, und anschließend mit ihrer Dienstpistole hinrichtete. Nicht die andere, sondern Hartmut, der anderswo gab, was er ihr verweigerte. Sie tötete ihn wieder und wieder dafür. Es tat weh, doch sie genoss den Schmerz. Danach weinte sie stets. Sie weinte am helllichten Tag auf dem Klo im Revier und wusch sich das Gesicht, ehe sie wieder an ihren Arbeitsplatz zurückkehrte. Schließlich fand sie ihr Verhalten unwürdig und erkundigte sich von sich aus nach der anderen, stellte Fragen, ließ ihn von ihrem Arbeitsalltag erzählen, bemühte sich um Anteilnahme.

An dem Abend zog sie sich sorgfältig an und gab sich Mühe mit den Snacks. Das fremde Pärchen saß bei ihnen auf dem Sofa, man unterhielt sich, anfangs zäh, dann ging es leichter, man fand ein paar Themen, fast konnte man es einen netten Abend nennen. Aber der Funke wollte nicht überspringen. Maja war zu allem bereit gewesen, aber sie hatte niemanden getroffen, den sie ein zweites Mal hätte sehen wollen. Sie hatte nichts dazu gesagt und abgewartet. Aber auch Hartmut hatte die Angelegenheit mit keinem Wort mehr erwähnt. Die Kollegin war auf einmal kein Gesprächsthema mehr. Sie verschwand aus ihrer beider Leben. Maja jedenfalls vergaß sie. Jetzt hielt sie dieses Bild in Händen.

Dort, am rechten Rand, wohin der Blick des Toten ging, war dort nicht doch jemand? Sie hob das Bild näher an die Augen. Wenn man genau hinsah, erkannte man am Boden den vorderen Teil eines Schuhs, eines blauen Damenpumps mit hohem Absatz. Und hielt er in seiner erhobenen Linken nicht etwas? War das eine fremde Hand? Tanzte der Mann dort, der so mit sich selbst beschäftigt schien, in Wahrheit mit einer Partnerin?

Und was sagte das über Hartmut und sie aus?

Aus der Küche kam ein erneutes Klirren. Sie legte das Bild fort und ging hinüber. Hans' Kollegin kam ihr entgegen. »Sie steht total neben sich. Jetzt spült sie das Geschirr. Es war ihr nicht auszureden. Wenn sie so weitermacht, hat sie bald keines mehr.«

»Das ist der Schock«, meinte Maja und ließ den Gedanken fallen, heute noch ein paar Worte mit der Frau zu sprechen. »Hat überhaupt schon jemand ihre Personalien aufgenommen?«, erkundigte sie sich.

Die Beamtin nickte. »Anfangs war sie noch ganz ansprechbar.« Sie zog ein Formular heraus. »Cordula Faber heißt sie, 43 Jahre alt. Sie arbeitet als Grafikerin, von zu Hause aus.«

Maja wandte sich um. »Ach, dann ist das ihr Schreibtisch?«, fragte sie und ging hinüber, um sich das Ganze näher anzusehen. Sie hatte den imposanten Apple-Computer mit dem großen Flachbildschirm automatisch für den des toten Mannes gehalten. Ehrfürchtig drückte sie auf eine Taste. Mit einem feinen Schnurren sprang das Gerät an. Was für ein Unterschied zu den vorsintflutlichen Modellen, mit denen sie im Büro auskommen mussten. Probeweise ließ sie ein paar Masken aufspringen. Fast alle Ordner enthielten graphische Entwürfe. Katalogseiten mit teuren Gartenmöbeln öffneten sich vor ihr, Folder, die für Kaffee aus fairem Handel warben, Einladungskarten für eine Hochzeit. Dann entdeckte sie eine Textdatei, außer einigen Rechnungsformularen war es die einzige. Sie steckte im Papierkorb und trug den Titel »Gespräch im Kopf mit dir«. Maja zog sie auf den Desktop, öffnete sie und las.

Sie las lange und konzentriert, jeden Satz, jedes Wort.

Dann schloss sie die Datei wieder, löschte sie und leerte den Papierkorb. Sie klickte auf den USB-Stick und versicherte sich, dass dort keine Kopie gespeichert war. Danach ging sie ins Schlafzimmer und nahm den Schnappschuss von dem Tischchen, auf dem sie ihn abgelegt hatte. Als sie hinter sich Schritte hörte, fuhr sie herum und steckte ihn rasch in ihre Jackentasche.

Es war der Bestatter. »Was ist nun?«, erkundigte er sich unwirsch.

Sie schenkte ihm ein dürres Lächeln. »Wenn Sie uns rufen, müssen Sie uns auch unsere Arbeit machen lassen.« Sie ging an ihm vorbei in Richtung Bad. »Hat der Notarzt die zweite Untersuchung beendet?«, fragte sie. Und fuhr fort, als er bejahte: »Und hat er irgendwelche Hinweise auf Fremdverschulden gefunden?« Der Bestatter schüttelte den Kopf.

»Ich ebenso wenig«, erklärte sie. »Die Leiche wird nicht beschlagnahmt. Sie können sie jetzt mitnehmen. Und danke für ihr Engagement.« Danach ging sie in die Küche. Sie warf einen langen Blick auf die Frau, die noch immer störrisch vor dem Spülbecken stand, mit gesenktem Kopf, wie ein verwundetes Tier, und ihr Geschirr in Scherben wusch. Sie hätte gerne etwas zu ihr gesagt. Aber das war unmöglich.

So verabschiedete sie sich nur mit einer stummen Geste von ihrer Kollegin und verließ die Wohnung. Draußen war ihr, als atmete sie nach langem Tauchgang zum ersten Mal wieder frei. Krampfhaft hob sich ihr Brustkorb. Alles tat ihr weh. Ihre Stirn, hinter der die Worte des Briefes, gesprochen mit ihrer eigenen Stimme, rumorten, glühte. Sie fühlte nach und fand ihre Haut trocken und heiß. Die Hand, die sie erhoben hatte, zitterte. Ob sie krank wurde? Sollte sie ins Revier oder nach Hause gehen? Konnte sie noch einmal dorthin zurück? Was genau würde sie dort tun?

Als sie an den Fluss kam, zog sie das Foto heraus, zerriss es in Stücke und warf es ins Wasser, ohne noch ein einziges Mal auf das Motiv zu schauen. Ihr war, als würfe sie mehr weg, viel mehr. So viel mehr, dass es kaum zu ertragen war. Auf wackligen Beinen ging sie weiter. Wohin, das würde sie wissen, wenn sie angekommen war.

All about Eve

Es muss einiges gesagt werden über Eve, wirklich, das ist nötig. Sonst müsste man am Ende schlecht von ihr denken. Und das möchte ich nicht. Es ist Zeit für die Wahrheit.

Wenn man Eve erst kennt, dann begreift man. Auch Sie werden begreifen. Wollen Sie mir ein wenig zuhören? Wir haben Zeit dazu, der Notarzt ist noch nicht abgefahren und noch ist nichts entschieden. Wovon ich rede? Na, sicher nicht von dieser Sache mit den Bienen. Natürlich nicht, obwohl sie auch eine Rolle spielt. Wenn es nur das wäre! Damit wären wir schon fertig geworden, Eve und ich. Wir hätten versehentlich sein Bier verschüttet oder seine Reifen zerstochen – oh, nicht, dass jetzt jemand einen falschen Eindruck bekommt. Eve ist ein friedliches, freundliches Wesen. Das muss man begreifen.

Nein, nicht allein darum geht es. Das war ja nur die Spitze des Eisbergs. Das Ganze hat doch eine sehr lange Vorgeschichte. Eves Unglück waren und sind die Männer. Wenn die nicht wären, wie sie sind, dann gäbe es gar kein Problem.

Dieser Matthias zum Beispiel würde immer noch leben, gesund und munter, wenn er nur die Bedeutung des Wörtchens ›nein‹ verstanden hätte. Aber er wollte ja nicht hören. – Was das heißt, er würde noch leben? Nun ja, das heißt eben, er ist tot. Man überlebt den Zusammenstoß mit einem Pajero bei 70 Stundenkilometern nun einmal als Fußgänger nicht. Das hätte er wirklich wissen können. Aber das nur nebenbei.

Auch diese Geschichte hat natürlich eine Vorgeschichte, aber ich merke schon, dass es langsam kompliziert wird. Ich erspare Ihnen also den Vorspann und halte nur fest, dass zwischen Eve und Matthias niemals etwas war, etwas gelaufen ist, wie man so sagt. Sie hatten keine Beziehung, keine Affäre, nicht den Anflug eines Flirts. In keiner Weise. Er hätte ja schon gewollt, sie aber nicht. Es ist einfach unwahr, dass sie ihn angelächelt hätte mit diesem gewissen Etwas, Sie wissen schon. Eve flirtet nie. Sie ist ein sehr zurückhaltender Mensch. Es war ein unglücklicher Zufall, dass Matthias Archäologe war und sie sich nun einmal brennend für das Altertum interessiert. Statuen, Tempel, Vasen – damit können Sie Eves Augen zum Leuchten bringen. Aber das sollte man nicht persönlich nehmen. Hätte sie ihre Passion für die Antike leugnen sollen, nur weil der Ausgräber ihr gleichgültig war? Darf man sich als Frau denn nicht einfach für eine Sache interessieren, muss es immer ein Mann sein?

Er war ja überhaupt nicht ihr Typ. Und mit einem verheirateten Mann hätte sie eh nichts angefangen, das kann ich Ihnen versichern.

Dass er sie in dieser Bar angefasst hat, das war Eve sehr unangenehm. Deshalb hat sie das Lokal ja auch verlassen. Alleine, wohlgemerkt. Wäre der Barkeeper ein Gentleman gewesen und hätte ihr geholfen, wäre das vielleicht nicht nötig geworden, aber so ist es nun einmal: Eine Frau wird belästigt, und alles sieht weg. Eve jedenfalls wollte sich dem nicht länger aussetzen.

Sie war auf dem Weg nach Hause, das hat sie der Polizei damals auch erklärt. Und die Fürther Straße liegt ja auch auf ihrem Weg. Sie hat sich die ganze Zeit über nicht wohl gefühlt. Es war dunkel, die meisten Straßen leer um diese Zeit, bis auf ein paar Betrunkene, die hier und da grölend vor den Kneipen herumstanden. Und dann als Frau alleine, Sie wissen schon. Sie hatte Angst; mit jedem Schritt wuchs ihre Panik. Und deshalb lief sie schnell. Recht hatte sie ja auch damit, wie sich herausstellte, sie wurde schließlich verfolgt. Sie hatte lange keine Ahnung, dass es Matthias war, das hat sie mir anvertraut. Sie hörte nur die Schritte in ihrem Rücken und lief rascher und rascher. An der Fürther rannte sie dann blindlings über die Straße. Im Grunde ist es ein Glück, dass es nicht sie erwischt hat. Sie war beinahe drüben, da hörte sie ihren Namen rufen. Die Stimme kam ihr bekannt vor, sie drehte sich um, halb erleichtert, dass es offensichtlich ein Bekannter war.

Da stand Matthias, er hatte angehalten, breitete die Arme aus, um ihr zu signalisieren, dass sie sich nicht fürchten sollte. So stand er da, sehen Sie, wie Jesus auf diesem Berg über Brasilien, sage ich immer, der Name fällt mir gerade nicht ein, Monte irgendwas. Verzeihung, ich wollte nicht geschmacklos erscheinen. Aber in dieser Sache bin ich Partei. Ich sage: Hätte er sie nicht belästigt! Und hätte er sie nicht so täppisch verfolgt ... Eve war, wie gesagt, nur halb erleichtert, als sie Matthias erkannte. Immerhin hatte er ihr kurz zuvor ohne Erlaubnis an den Po gefasst. Sie ging langsam weiter rückwärts, runter von der Fahrbahn, und er ging weiter vorwärts, immer auf sie zu, mitten auf die Fahrbahn drauf. Es dauert jetzt so lange, das zu erklären, aber sie können es sich vorstellen, ja? In Wirklichkeit waren es Bruchteile von Sekunden. Da kam also das Auto und fegte ihn, wie er so dastand von der Fahrbahn. Einen Fuß von ihm fanden sie hundert Meter weiter unten, ungelogen, noch in seinem Schuh.

Eve stand total unter Schock, die Arme, ich meine, es passierte ja quasi vor ihrer Nase. Sie hat das mit ansehen müssen, wie dieser Mensch sich vor ihr über den Asphalt verteilt. Und dann die Verhöre. Sie war die wirklich Leidtragende der Geschichte. Natürlich hat sie sich Vorwürfe gemacht, der arme Schatz, aber das darf man nicht missverstehen; so ist sie nun einmal. Sie und ich, wir wissen aber, dass sie keinerlei Schuld auf sich geladen hat, nicht wahr? Ich meine, moralische Schuld. Juristische sowieso nicht. Gibt es noch irgendeine amdere? Ach, ich will nicht philosophisch werden. Schuld war nun einmal dieser Idiot. Entschuldigung, über die Toten nil nisi bene, ich weiß, ich weiß, obwohl ich mich in manchen Fällen frage, wozu. Oder vielmehr: wie.

Wir waren ja dann auch auf der Beerdigung. Und Eve war sogar so nett, der Witwe gegenüber zu verschweigen, warum Matthias ihr nachgelaufen ist. Sie ist so eine Liebe. Die Frau glaubt bis heute, ihr Gatte sei plattgefahren worden, weil er Eve ein versprochenes Buch über die neuesten Grabungen in Troja geben wollte. Und nicht etwa, weil er ihren Hintern begrapscht hat. Stellen Sie sich vor, auf Beerdigungen gäbe es so einen Moment wie auf Hochzeiten, wo der Pfarrer fragt: Hat jemand etwas dagegen vorzubringen, dass dieser Mensch in Frieden beerdigt wird, so möge er jetzt sprechen oder für immer schweigen. Das Buch hatte er ihr übrigens wirklich versprochen. Aber bekommen hat sie es natürlich nie.

Ob das alles ist? Ich wünschte, es wäre so. Aber damit fing es erst an, damals geriet Eve zum ersten Mal in die Akten der Kriminalpolizei. Weitere Einträge sollten folgen. Ich ahne, was Sie nun denken: Wo Rauch ist, meinen Sie, da ist auch Feuer, nicht wahr? Aber damit liegen Sie falsch, genau wie die Polizei. Denn hier gibt es kein Feuer, Eve ist unschuldig, egal, wie es aussieht. Im Gegenteil, sie ist ein Opfer.

Der zweite Fall ... da lagen die Dinge nun ganz anders. Ich will nicht leugnen, dass Eve diesen Philipp attraktiv fand. Bis zu einem gewissen Grad jedenfalls. Ich meine, er war groß, Leistungsschwimmer, wenn Sie wissen, was ich meine, die Sache mit den breiten Schultern und den schmalen Hüften. In diesem Punkt kam keiner ihrer Männer mehr an Philipp ran. Das musste man ihm lassen. Philipp, wie gesagt, Philipp Brause. Witziger Name für einen Schwimmer übrigens, finden Sie nicht? Schließlich stand er jeden Tag im Training mehrmals unter einer ... wie gesagt.

Dieser Philipp also war auf den ersten Blick gar nicht so übel, schwarze Haare, blaue Augen ... Er hatte nur eine unangenehme Eigenschaft: Er musste einen unbedingt und um jeden Preis beeindrucken. Die Sorte Alpha-Männchen, die nicht verlieren kann, Sie wissen schon. Die Sorte, die einem keinen Blumenstrauß schenken kann, ohne sicherzustellen, dass es der größte ist, den man je erhalten hat, auch wenn er am Ende in keine Vase passt. Der nicht mit einem Minigolf spielen geht, ohne den Bahnrekord zu brechen, und den man nicht mit Freunden zusammenbringen sollte, die Fallschirmspringen oder Bungeejumping oder irgend etwas Ähnliches betreiben, weil er sonst am nächsten Wochenende sofort loszieht, um sich den Hals zu brechen. – Woher ich meine Erfahrungen habe? Ich habe sie, das ist das, worauf es ankommt.

Also dieser Philipp, Gott, ich wiederhole mich. Er war ein netter Kerl, aber als er erfuhr, dass Eve Japanologin ist, da ist etwas in ihm durchgebrannt. – Was das ist? Die Wissenschaft von der japanischen Sprache und Kultur. Das heißt, dass Eve japanisch spricht und liest. Und sich mit Ikebana auskennt, ganz richtig. Ikebana und Kalligraphie und Teezeremonie. Das ist es wohl, was den meisten von uns dazu einfällt. Das und Harakiri.

Sie lebt davon, Gebrauchsanweisungen aus dem Japanischen zu übersetzen, ganz vernünftig also. Jedenfalls, als Philipp davon erfuhr, war er völlig aus dem Häuschen. Natürlich wollte er sofort japanischer als der edelste Samurai werden. Er kaufte sich ein Katana und fing auf der Stelle mit Schwertkampf an. Unbeschreiblich seine Enttäuschung, als er erfuhr, dass das alles jahrelange Übung erfordert. Er kritisierte, dass sie Bademantel statt Kimono trug, kaufte einen Bonsai für seinen Balkon, schwadronierte über Geishas. Ich hätte mir ja gewünscht, dass er sich fit gemacht hätte, um meinen japanischen DVD-Player zu programmieren. Aber das war es nicht, was ihm vorschwebte.

Klar, dass er mit Eve auch japanisch essen wollte, Sushi, Tepanyaki – er schrieb sie beide sogar für einen japanischen Kochkurs an der Volkshochschule ein und trank nur noch grünen Tee. Und als er von dem neuen Fugo-Restaurant erfuhr, da ruhte er nicht, bis sie zustimmte, einen Tisch zu reservieren. Sie kennen Fugo? Macht nichts, da haben Sie wirklich nichts versäumt. Fugo ist ein Fisch, der roh gegessen wird. Der Koch nimmt ihn aus und präpariert ihn, und wenn er dabei einen Fehler macht und ein bestimmtes Organ ritzt, ich glaube, es ist die Galle, aber nageln Sie mich nicht fest. Jedenfalls, wenn er diesen Fehler macht, dann ergießt sich das Gift dieses Organs ins Fischfleisch und Sie sind innerhalb von Sekunden tot. Von

Sekunden, wie ich sage, das Zeug ist teuflisch. Die Fischabfälle aus Fugo-Küchen müssen als Sondermüll entsorgt werden. Unter anderem deshalb ist es ja so schwierig, eine Lizenz für so einen Laden zu bekommen.

Wie das schmeckt? Keine Ahnung, wie das schmeckt, ich mag ja nicht mal Austern. Fischig, nehme ich an, und ich habe mir sagen lassen, nach gar nichts Besonderem, der Kick ist das Gift, verstehen Sie? Obwohl der ganze Vorgang Routine ist und jedes Jahr nur wenige Leute an einer Vergiftung sterben, kann es doch trotzdem geschehen. Es ist wie Russisches Roulette.

Für jemanden wie Philipp war das natürlich die finale Herausforderung. Final wurde es dann ja auch. Aber kann man das Eve anlasten, frage ich Sie? Sie selbst hatte sich nur eine Suppe bestellt. Nicht, weil Sie etwas wusste oder auch nur ahnte, wie die Lokalpresse ihr damals in ihren reißerischen Artikeln unterstellt hat. Keiner konnte doch wissen, dass der angeblich so fähige Koch ein Alkoholproblem hatte, das hatte ja offenbar nicht mal der Betreiber des Lokals mitbekommen, sonst wäre diesem Menschen doch wohl das Handwerk gelegt worden. Nein, sie bestellte die Suppe nicht, weil sie eine Schwarze Witwe wäre oder irgendwie seherisch veranlagt. Oder etwa den Koch persönlich gekannt hätte. Sondern einfach, weil sie Fisch nicht mag. Sie wollte ja auch keinen Fugo-Abend veranstalten. Sie ist nur ihm zuliebe mit. Ich wiederhole: Er hat auf diesem Restaurant bestanden. Von wegen » ... lockt Liebhaber in Killerlokal«, wie die Abendzeitung so überaus lyrisch titelte. Wie viele »L« waren das übrigens? Nein, wenn da einer gelockt hat, dann er. Tja. Friede seiner Asche.

War vielleicht das Beste, was ihr passieren konnte, dass er da auf seinem Stuhl zusammenbrach. Auf die Dauer wird ein Typ wie er zur Belastung. Ich meine, mit jemandem zu leben, der sogar aus dem Aufschlagen des Frühstückseis einen Wettbewerb macht ...

Ein gnädiger Tod war es im Grunde ja auch, wenn man so darüber nachdenkt. Die wenigsten von uns werden es wohl so gut treffen: binnen Sekunden aus dem Leben zu scheiden, in angenehmer Umgebung – das Lokal ist wirklich nett eingerichtet – bei einem guten Glas Sake, im Kreise von Freunden ... Ich denke nur so vor mich hin.

Wo war ich stehen geblieben? Ach ja, der Japaner, so nennen wir Philipp inzwischen kurz bei uns. – Wir? Na, Eves Freundinnen. Sie schüttet uns doch immer ihr Herz aus. Und das ist gut so. Bei dem Pech, das sie hat, braucht sie auch ein wenig Trost, einen Ausgleich und Halt. Und den geben wir ihr.

Den Nächsten nannten wir bei uns den Raucher. Wie hieß er noch gleich mit bürgerlichem Namen? Richtig, Reiner, wie in reiner Wahnsinn. Oder reiner Selbstmord, genau das war es nämlich.

Eve hat schließlich jedes Recht zu verlangen, das in ihrer Wohnung nicht geraucht wird. Dagegen gibt es inzwischen sogar ein Gesetz; nicht mal in Kneipen dürfen Sie das mehr, oder in Büros, oder auf Bahnsteigen. Haben Sie übrigens bei dem Volksbegehren mitgemacht? Wir waren selbstverständlich dabei, obwohl es bei Eve nach all dem ungute Erinnerungen geweckt hat, so eine Art Flashback. Wir mussten danach einen langen, beruhigenden Spaziergang machen. Aber wie gesagt: Unverletzlichkeit des Wohnraums und so weiter. Man sollte doch wirklich meinen, wenn man einem Mann sagt: Rauch hier drinnen bitte nicht, dann ist es eine Selbstverständlichkeit, dass er seine Kippe ausmacht, oder? Er tut es in allen öffentlichen Verkehrsmitteln, warum also nicht bei der Frau, mit der er verkehrt? Ja, das war ein Kalauer, na gut ich gebe es zu. Ach, ich bin so wütend, wenn ich über all das nachdenke.

Dieser Typ – ja, Reiner, gut, so hieß er, aber das macht die Sache auch nicht besser. Dieser Typ hat sich aufgeführt, sage ich Ihnen. Eve hat es mir später am Telefon haarklein geschildert. Er hat einen erstklassigen Wutanfall hingelegt, über stalinistische Methoden gegen Raucher, hat sie eine Faschistin genannt und sich als das arme Opfer hingestellt. Dabei hatte sie ihn einfach nur höflich gebeten.

Eve wusste kaum, wo ihr der Kopf stand, sie ist so viel Aggression nicht gewohnt, sie ist schließlich ein Einzelkind. Sie war noch damit beschäftigt, wie sie ihm am besten erklären könnte, wo der Unterschied zwischen Stalin und Hitler lag, während er sie schon als verklemmte Hygienefanatikerin beschimpfte. Und sie hat noch Entschuldigungen für ihn gefunden, das arme Lamm. Sie hat wohl gedacht, sie führt hier eine Neuauflage des Historikerstreites, statt dem Typen einfach zu sagen, wo die Tür ist, wenn er sich nicht benehmen kann.

Er jedenfalls, nennen wir ihn also Reiner, wenn es unbedingt sein muss, hat sich danach in einen Wutanfall erster Güte hineingesteigert; da können Sie die Nachbarn fragen. Als er die Schrubber nahm und überm Knie durchbrach und anschließend die Teile in die Gegend pfefferte, da hat man das sogar im Stockwerk darunter noch gehört. Und von da an hat er alles selbst erledigt. In sauberen Eskalationsschritten, bis hin zum »Was glaubst du denn, wer ich bin?«. Ein Riesenidiot, wie sich herausstellte. Sie war so verschüchtert, dass sie ihm nicht in den Arm fiel, als er anfing, ihre Einrichtung zu demolieren. Ja, gut, es waren nur die Schrubber, zwei Schrubber, ich will ja nicht übertreiben. Aber hätte sie es denn riskieren sollen, von ihm am Ende verletzt zu werden? Später, viel später haben wir ja gehört, dass er durchaus dazu neigte, handgreiflich zu werden.

Mit den Schrubbern hatte Eve im Übrigen die Tür zu ihrem Balkon verbarrikadiert, damit niemand aus Versehen hinausging. So vorausschauend war sie; und deshalb kann man ihr auch nicht den geringsten Vorwurf machen. Aber er bestand ja auf seiner Zigarette danach.

Natürlich hatte sie ihm außerdem mitgeteilt, dass der Balkon baufällig sei. Ist es ihre Schuld, wenn er diese Auskunft als arrogant und sarkastisch oder gar als Schikane einordnete? Er hatte alle Informationen, die er benötigte. Aber er zerbrach ja lieber Holz.

Es war auf der Eigentümerversammlung besprochen worden, dass die Renovierung erst im April erfolgen sollte, wenn die Kostenvoranschläge gesichtet wären. Nebenbei bemerkt ist jetzt August, und die Sache ist immer noch nicht erledigt. Eigentümerversammlungen, ich sage Ihnen. Darüber könnte ich Romane erzählen. Aber das werde ich Ihnen ersparen. Nur so viel, er wusste, was er tat, als er auf den Balkon trat. Soweit ihm das mit seinem adrenalinüberschwemmten Hirn möglich war. Nach allem, was Eve erzählt hat, rauschte er in die Tiefe, noch ehe er inhalieren konnte.

Das war's dann mit Reiner. Alle Fenster gingen auf; die Nachbarn hatten Gesprächsstoff für die nächsten fünf Jahre. Und Eve hatte die Kosten für den Container zu tragen, in denen der Bauschutt weggeräumt wurde. Reiners Familie wollte sich nicht daran beteiligen. Und den Ärger mit den anderen Wohnungsbesitzern hatte sie ebenfalls alleine auszubaden. Die fanden es wertmindernd, dass eine Leiche in ihrem Hinterhof lag. Als ob sie das jede Woche und zum Spaß machen würde. So etwas nenne ich kleinkariert. Und falls Sie das für übertrieben halten: Eves Nachbarin prozessiert noch immer wegen der Angorakatze, die es bei dem Absturz mit erschlagen hat.

Danach jedenfalls hat Eve den Männern abgeschworen, man könnte ja auch zur Nonne werden mit so einem Schicksal. Sie hat einen Fastenaufenthalt in einem Kloster gemacht und nach einigen Therapiegesprächen mit Qigong angefangen, im Frauenfitnesscenter. Ausgegangen ist sie kaum noch, außer mit uns, und wir haben unser Bestes getan, um sie aufzumuntern und ihr ihr Selbstwertgefühl zurückzugeben.

Es grenzt eigentlich an ein Wunder, wenn man so darüber nachdenkt, dass sie Clemens überhaupt kennengelernt hat. Für eine Weile glaubte sie an ein Happyend. Und wir hofften mit ihr. Nichts schien gegen Clemens zu sprechen; es sah alles so gut aus. Sogar zusammengezogen sind die beiden, schon nach wenigen Wochen. Er zog bei ihr ein, um genau zu sein. Hätte einen das misstrauisch machen sollen? Die ganze Zeit hat Eve höllische Angst gehabt, er würde durch die Balkontür in die Tiefe stürzen. Hat ihn gehegt und gepflegt, ihm bei jeder Straßenüberquerung die Hand gehalten, damit das Auto sie, wenn schon, dann beide überfährt, der gemeinsame Liebestod sozusagen. Lokale hat sie unter allen Umständen gemieden und nicht mal mehr Fischstäbchen in die Pfanne geworfen. Sie hat wirklich alle Vorsichtsmaßnahmen ergriffen.

Man kann von Glück sagen, dass er kein Raucher war, sonst hätte sie ihm vermutlich persönlich im Bett die Kippe angezündet, und ihr schöner Stuck wäre inzwischen völlig ruiniert.

Na, der Schlag kam dann ja von einer ganz anderen Seite. Eines Abends, sie macht sich gerade die Haare, er liegt hinter ihr in der Badewanne, sie wollen gleich ausgehen, alles ist wie immer, da erzählt er ihr aus heiterem Himmel, dass er nicht aus dem Büro käme, sondern aus dem Bett seiner Ex, die er zufällig getroffen habe. Es hätte sofort wieder gefunkt zwischen ihnen, der Sex sei umwerfend gewesen, und er gedenke sie, Eve, nun zu verlassen.

Das war kein Grund, den Fön in die Wanne fallen zu lassen, meinen Sie, ja? Nun, darüber könnte man streiten. Es war immerhin ein gewaltiger Schock für sie, da kann man schon einmal die Kontrolle über seinen Körper verlieren. Ich meine, am Morgen saßen sie noch beieinander, schmierten ihre Frühstücksbrötchen, gaben sich Küsschen und planten den Jahresurlaub. Was soll das denn?

Eve war in jenem Moment zweifellos erregt; sie war nicht bei sich, als ihre Hand sich öffnete. Aber darum geht es gar nicht. Denn wenn ihre Schwäche auch vielleicht zu verurteilen ist, so bleibt doch das unumstößliche Faktum, dass der Fön nicht eingesteckt war.

Was auch immer Eve in dem Moment also gewollt oder gedacht oder gefühlt haben mag, falls so klar umrissene Kategorien hier überhaupt anwendbar sind – und wenn Sie mich fragen, sind sie das eindeutig nicht – wie auch immer, so ist doch das alles völlig irrelevant. Denn es ist nichts geschehen.

Weder traf sie ihn irgendwie schmerzhaft, noch hat sie ihn gegrillt. Der Fön schlug platschend auf, ging unter, und das war es. Kein Stromschlag, nichts. Ganz abgesehen davon, dass bei den modernen Geräten sowieso sofort die Sicherungen rausspringen.

Eve wusste das nicht, meinen Sie? Falls, dann wusste sie es so was von gründlich nicht, dass es sozusagen nicht handlungsrelevant für sie war. Konnte nicht gedacht werden, verstehen Sie? Zu weitab von ihrer Welt. Das ist Ihnen zu fern? Lassen Sie es gut sein. Jedenfalls müssten Sie dann erst mal beweisen, dass Eve auch nicht wusste, dass der Fön nicht eingesteckt war. Was ihr, da sie ja vorhatte, sich zu föhnen, allenfalls dann nicht bewusst gewesen sein konnte, wenn sie völlig unter Schock stand. Womit wir dann wieder beim Versagen der Körperkontrolle wären. Hier beißt die Katze sich in den Schwanz – und Clemens allerdings ins Gras, ja, das muss ich zugeben.

Möglicherweise hat er auch nicht gewusst, dass die modernen Sicherungen rausspringen, was weiß ich. Müsste ein Mann so was nicht wissen? Fragen Sie mich nicht; ich kann mich in die Gedanken so eines Menschen nicht hineinversetzen, ich will es auch gar nicht. Entschuldigen Sie, aber einmal kommt der Punkt, an dem einen das Verständnis für seine Mitmenschen verlässt. Fakt bleibt, er sprang auf, erschrocken, ja, bitte, das soll zugegeben werden. Wäre er allerdings freudig aufgesprungen, wäre es trotzdem auf dasselbe hinausgelaufen, oder? Dabei rutschte er aus, stürzte unglücklich auf den Hinterkopf und war im Handumdrehen tot. Sein Problem. Eve ist an dem Schreck, den er ihr versetzt hat, ja auch nicht gestorben. Nicht einmal, als er da so in der Wanne trieb und an die Decke starrte. Das war vielleicht ein Anblick; ach Gott, Männer können so gedankenlose Egoisten sein.

Sie hatte keinen Zusammenbruch, aber sie war nahe dran, hockte zitternd und mit so fest zusammengebissenen Zähnen in der Ecke des Bades, dass ich Stunden brauchte, bis es mir gelang, ihr wenigstens etwas Tee einzuflößen. Und noch viel länger dauerte es, sie davon zu überzeugen, dass sie nicht so eine Art weiblicher Blaubart war. Sie hat einfach ein bisschen Pech gehabt.

Diesmal bin ich mit ins Kloster, ich wollte es nicht riskieren, dass sie sich über Nacht in ihrer Zelle alleine was antut. Und meiner Figur tat das Fasten ohnehin gut. Eve allerdings magerte erschreckend ab. Nach drei Tagen konnte ich sie dann überreden, in ein Wellnesshotel auf Ibiza umzuziehen. Fast hätte ich sie an einen dortigen Ashram verloren, aber sie ließ es dann doch mit Poweryoga gut sein. Seit einer Woche sind wir jetzt also wieder zurück. Und dann das. Es müsste wirklich ein Gesetz dagegen geben. Es geht doch nicht an, dass so ein Wesen, das eben mit Mühe um seine Fassung und Gesundheit gerungen hat, von jedermann angepöbelt werden darf. Wie soll diese Frau denn jemals ihr Gleichgewicht wiederfinden?

Jemand müsste das unterbinden. Dagegen muss es doch etwas geben. Das ist doch seelische Grausamkeit auf höchster Stufe, und so etwas ist justiziabel.

Eve hatte sich, seit wir hier waren, noch nicht wieder unter Menschen gewagt. Heute konnte ich sie zum ersten Mal überreden, ein wenig am Dutzendteich entlangzugehen. Was für ein Tag, was für ein Wetter, es war ein Spätsommernachmittag wie gemalt, mit glitzernden Spinnweben in der Luft und den Resten einer goldenen Wärme auf der Haut. Wir setzten uns anschließend hier ins Lokal, bestellten einen Tee, ja, sie entschloss sich sogar, ein Stück Kuchen zu kosten.

Da ruft dieser Mensch, den wir vorher nicht einmal bemerkt hatten, quer über die Tische, sie solle doch mal zu ihm kommen, sie sei so eine geile Braut. Ich sah sofort, wie sie blass wurde, und schlug vor, aufzubrechen. Aber ehe wir nach der Rechnung rufen konnten, beleidigte er Eve erneut, meint lauthals, sie sei wohl prüde, und so toll wäre ihr Arsch – entschuldigen Sie die Ausdrucksweise – auch wieder nicht, dass sie sich deshalb so zieren müsse.

Zuerst sah ich Tränen in Eves Augen aufsteigen. Mein Gott, sie tat mir so leid. Dann aber bekam sie die Wut. Und ich kann nur sagen: Bravo! Endlich! Es war Zeit, dass sie sich davon löste, ewig das Opfer zu sein. Wenn Sie mich fragen, war das ein durch und durch produktiver Ansatz. Sie also marschiert los, geht hinüber zu dem Kerl, der doppelt so breit ist wie sie, und haut ihm eine runter. Kein Karate, keine israelische Selbstverteidigung, einfach eine klassische Ohrfeige. Er schnappt nach Luft – und da muss er die Biene eingeatmet haben. Sagen Sie selbst, kann Eve da irgendetwas dafür? Ich finde, ihre mutige Handlung hätte Unterstützung verdient und Applaus, zumindest ein wenig Erfolg. Und was haben wir stattdessen? Einen Kerl mit einer Allergie gegen Bienen!

Er schwillt an, fällt um, man ringt in einem dramatisch heranrasenden Krankenwagen um sein Leben. Und er ist der Gegenstand des allgemeinen Mitleids. Anaphylaktischer Schock nennt sich das. Und wie soll man den Schock nennen, den Eve erlitten hat? Wer kümmert sich um sie? Zum Glück hat Eve uns. Diesmal werden wir wohl eine Fernreise unternehmen müssen. Oder es mit Zen-Meditation versuchen. So oder so, es wird dauern, bis Eve sich davon erholt hat.

Danksagung

Ich danke Eva für die Überlassung der literarischen Nutzungsrechte an ihrem baufälligen Balkon samt gekreuzten Schrubbern, Andrea für ihr Beschimpfungserlebnis an der Tankstelle (auch wenn sie unerschüttert daraus hervorging), Renate für die Datteln im Speckmantel (einfach köstlich), der Zeitschrift *Stern* für den Artikel über Eifersucht (in dem sich die »Hundefutterbeichte« fand, Rita für die tollen Halloweenparties (mein Sohn fand's klasse), meiner Mutter, dass ich ihre Schatz-Schublade verwenden durfte, den Entführern Sardiniens für ihre Eigenheiten, meinem Sohn für die Liebe, die mich die Trauer ahnen lässt, die ich empfände, wenn er nicht mehr wäre, Ronda für ihren munteren Trab beim Spazierengehen ...

... ihnen allen und vielen anderen dafür, dass sie wissen: Die Figuren in diesen Geschichten sind trotz der vielen geklauten Realitätspartikel nicht sie, sondern Kunstwesen, Spielfiguren, erdacht, gemixt, verschnitten, abgemischt, umgeschminkt, erweitert, radikalisiert usw. usf. Die wollen nix Böses. Die wollen nur spielen.

Dank an Jonathan und Carlos fürs engagierte Korrekturlesen und dafür, dass es sie gibt. Dank an das Team des *Mr. Bleck*, Röthelheimallee, Erlangen, in dem das Manuskript größtenteils entstand, für das freundliche Catering. An meine Eltern für all die Hilfe und Loyalität, immerzu. Und an meine wunderbaren Freundinnen; was wäre ich ohne sie?

5/40

15,50